孙琴安 著

上海詩歌四十年

(1978—2018)

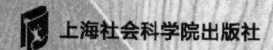

上海社会科学院出版社

图书在版编目(CIP)数据

上海诗歌四十年：1978—2018 / 孙琴安著.—上海：上海社会科学院出版社,2019
 ISBN 978-7-5520-2741-9

Ⅰ.①上… Ⅱ.①孙… Ⅲ.①诗歌研究-中国-当代 Ⅳ.①I207.22

中国版本图书馆 CIP 数据核字(2019)第 081241 号

上海诗歌四十年(1978—2018)

著　　者：孙琴安
责任编辑：霍　覃
封面设计：周清华
出版发行：上海社会科学院出版社
　　　　　上海顺昌路 622 号　邮编 200025
　　　　　电话总机 021-63315900　销售热线 021-53063735
　　　　　http://www.sassp.org.cn　E-mail:sassp@sass.org.cn
排　　版：南京展望文化发展有限公司
印　　刷：上海龙腾印务有限公司
开　　本：890×1240 毫米　1/32 开
印　　张：11.25
字　　数：245 千字
版　　次：2019 年 6 月第 1 版　2019 年 6 月第 1 次印刷

ISBN 978-7-5520-2741-9/I·329　　　　定价：88.00 元

版权所有　翻印必究

前　言

　　1976年10月,历时十年的"文化大革命"结束,中国迅速转入改革开放的时代。这是中国当代诗歌的转折点,也是上海当代诗歌的转折点。

　　自"五四"新文化运动以来,上海一直是中国诗歌的重镇,刘延陵、朱自清等在此创办了中国诗歌界的《诗》刊物。郭沫若在此又卷起了《女神》的浪漫诗风,随后又有以徐志摩为首的新月派和以戴望舒为首的现代派。1930年"左联"成立之后,又有以蒋光慈和殷夫为代表的太阳社诗人,以王独清、穆木天、冯乃超为代表的创造社后期三诗人。两年以后,以蒲风、杨骚为代表的中国诗歌会又在上海成立。这些代表诗人和诗歌团体,都曾引领潮流,在全国产生过重大影响。

　　抗战爆发,全民抗战。中国的诗歌走向了民族救亡和现实主义的广阔道路。抗战胜利,内战继起,上海又出现了以辛笛为代表的"九叶诗派",穆旦、郑敏、陈敬容、袁可嘉、杜运燮等名重一时,同时又出现了以袁水拍、臧克家为代表的政治讽刺诗,也都在全国产生一定影响。

　　中华人民共和国成立以后,上海与全国一样,写诗环境发生了根本性的变化,诗基本上成为政治宣传的工具。在此情况下,辛笛、任钧等老诗人已很少写诗,活跃于上海诗坛的基本上都是中华人民共和国成立之初涌现出来的一批新诗人,如石方禹、芦芒、冰夫、宁宇、宫玺、罗洛、于之、黎焕颐、谢其规、吴钧陶、肖岗等。与此同时,上海也涌现了一批工人诗人,如毛炳甫、居有松、仇学宝、谷亨利、陈宴、李根宝等。不久,闻捷、白桦等诗人从各地调至上海,增加了上海的诗歌力量。但与民国年间上海在全国的诗歌地位和影响来说,却相去甚远,不可同日而语。

改革开放的春风唤醒了上海的诗坛。在解放思想的鼓点声中,上海的诗人也冲破了原有的思想禁锢,迈开步伐,放开喉咙纵情抒怀,有对十年"文化大革命"浩劫的深刻反思,也有对人性的热烈感召和强烈呼唤,有对新时代的美好憧憬,也有对前进道路上的新的思考和探索。其中白桦无疑是最杰出的代表,他在诗中大胆提出的一系列的反思和批判,是最有力量的,而且与北京的北岛、福建的舒婷等人几乎是同步的。他所写的《春潮在望》《阳光,谁也不能垄断》等诗,可以说是上海诗人中吹响解放思想的最为嘹亮的号角,振聋发聩、振奋人心。与此同时,钱玉林、张烨、许德民等诗人也带着他们的困惑和惶恐,质疑世界,寻觅人性。他们几乎是随着"崛起的诗群"而共同崛起的。而辛笛、宁宇、宫玺、冰夫、黎焕颐、谢其规、吴钧陶、肖岗、姜金城等一批在"文化大革命"前就已饮誉诗坛的著名诗人,此时也焕发青春,重新歌唱。

至此,上海诗歌翻开了新的一页,也开始了一个新的时期。而本书就是对这一时期的上海诗歌所进行的研究。

在前几年撰写完成的《中国诗歌三十年》一书中,我对改革开放以来中国诗歌的论述,主要是从中国诗歌的区域性和群落性来加以考察的。而在此书的撰写中,我根据改革开放以来上海诗歌发展的一些状况和特点,决定换取一个角度,主要从这一时期上海诗歌发展的几个主要阶段来加以研究。也就是以时间性为主,突出阶段性的主线,设计基本框架,把各个不同时段出现的一些风格流派、代表诗人、社团活动和诗人群落等,串挂在这一主线上,有机结合,各有侧重,时而交叉,各成风景。

根据我个人的考察,改革开放以来的上海诗歌创作和发展,大致可分三个阶段,即:

1978年至1989年,为第一阶段;

1990年至2000年,为第二阶段;

2001年至2018年,为第三阶段。

这三个阶段的诗歌现象和特性是各不相同的。

1978年至1989年,上海诗歌的觉醒和活跃阶段。

在"文化大革命"的荒唐岁月里,上海与全国一样,多为类似于标语口号般的革命诗或政治宣传诗,一些真正的诗和诗情则被压抑着、沉默着。而当改革开放的春风吹拂中华大地的时候,上海也开始解冻,许多老诗人重新放开歌喉,咏怀抒情,其中辛笛、白桦、芦芒、宁宇、黎焕颐等人的声音,尤为高亢动人。一些从"文化大革命"风雨中走出的青年,随着崛起的诗群而登上诗坛,也显得异常活跃,其中赵丽宏、张烨、许德民等诗人,都是改革开放之初走上诗坛,引起全国诗歌界的关注的。

与此同时,上海的高校和民间诗社也相当活跃。在复旦大学、华东师范大学、上海师范大学等校园,大学生们都成立了自己的诗社。而在社会上,则有《海上》《大陆》《撒娇》《喂》《倾向》等一些民间诗刊的涌现。而在这些民刊的背后,几乎都有一批青年诗人组成的民间诗歌团体。到20世纪80年代中期,上海的诗歌力量和民间诗社,已引起了全国的关注,一度曾引领潮流。直至1989年"六四"以后,才走向低落沉寂。

1990年至2000年,上海诗歌的沉默与消沉阶段。

从1990年开始,上海的诗歌与全国一样,从热闹而转入冷清。尽管这一时段上海也有过一些全国性的大型诗歌活动,如李疑的《诗时代》和铁舞的城市诗人社,有时也举办一些诗歌比赛或诗歌研讨,但民间诗社、诗刊大多不再活跃,有的甚至销声匿迹,难觅踪影。更糟糕的是,许多上海诗人不再关注社会,关心民众,遁入个人生活的小圈子。以诗自娱自乐,或写闲情逸致,或写一些谁也看不懂的诗,一时或为时髦。用当时诗圈最为流行的一句话来说,就是:"诗是写给自己看的,与别人无关。"在这种诗歌观念的影响下,诗歌堕入了表现自我的狭隘圈子。在改革开放之初,不少诗人都是以天下为己任,为民请命而走上诗坛的,他们让诗歌锋芒不仅指向自身,反思自己,而且常常指向社会,反思社会,对社会的不良现象和弊端会加以批判。而现在则完全相反,他们的诗歌只表现自我,沉湎于个人,写诗只是自己的事,与社会无关;诗只要自己能懂就行,别人是否能懂并不重要。有的甚至陷入了极端自我和极端个人主义的泥潭。诗歌已失去了改革开放之初的轰动效应,诗人大多也都仅作为个体而存在。他们所写的诗愈显晦涩,甚至连他们自己都互相看不懂。上海的诗歌陷入了困境,有的甚至走进了误区。

2001年至2018年,上海诗歌的多元化阶段。

新的世纪带来了新的气象。当21世纪的第一缕曙光洒在了上海这座东方都市的屋檐和江面时,立刻给上海的诗歌带来了新的希望。

经过了整整十年的痛苦挣扎、沉默和酝酿之后,上海诗人终于在新世纪来临的那一刻,做出了新的选择。那就是让诗从表现自我的狭隘圈子里挣脱出来,重新走向社会,走向民众;让人在表现自我的同时,也表现社会,表现民生,表现时代的各种风貌和各种情绪。与此同时,许多新的民间诗社和民刊,如海上诗社的《海上》诗刊、虹口诗社的《海上风》诗刊、东宫的《上海诗人报》、顾村的《诗乡报》、碧柯诗社的《新声诗页》诗刊,乃至《外滩》《活塞》《雅剑》《浦江诗荟》等民间诗刊,也都在新世纪的阳光中破土而出。上海的诗歌进入了多元化、多流派的创作阶段。近些年来,又在诗歌艺术的提升、新旧诗的交汇融合等方面进行了一些新的探讨。

纵观改革开放以来上海诗歌的发展历程,亦即以上三个不同的阶段,可以发现,上海诗歌的起落变化,几个比较重大的转折和走向,与中国改革开放以来的诗歌发展历程,基本上是同步的,可以折射出近40年来中国诗歌发展的基本风貌,即使视为改革开放以来中国诗歌发展的一个缩影,也不为过。

尽管如此,由于上海在中国地位的独特性,本身也有自己的一些文化氛围和社会环境,因此,改革开放以来的上海诗歌发展,还是显示出了自身的一些特点。其中比较突出的有两点:

第一,城市诗。

作家的创作与其生活的环境和氛围关系甚大,并影响着他的文学创作。诗人也是如此。上海是一座国际化大都市,早在民国年间就有"东方的巴黎"之称,为远东第一大都市。改革开放以后,城市化建设和进程相当迅猛,至今仍是世界上著名的大城市之一。对于上海的诗人来说,他们就生活在这座城市之中,天天面对这座城市,即使主观上想完全回避或摆脱城市的影响,实际上也很难办到。天长日久,不少诗人在城市环境氛围的影响下,不得不感受城市,描写城市,融入城市。甚至有不少诗社诗刊的名称,都与城市有关,如"城市诗人社""新城市诗社""浦江诗会""《外滩》"等,其中涌现出了不少城市诗,也出现了一些描写城市的代表诗人,除老一辈的诗人辛笛、公刘、宫玺、谢其规、姜金城等在诗中有着描写以外,从风雨中走出的一批诗人的笔下,似乎有着更多的描写,如张烨、赵丽宏、宋琳、徐芳、李天靖、桂兴华、韦泱、芜弦、古冈、曲铭、杨明、缪克构、程林、汗漫、陈佩君、张健桐等人的诗中,都有这方面的代表作。此外,刘希涛、钱国梁、朱珊珊、季渺海、路鸿、朱金晨、铁舞、谷亨利、陈柏森等诗人,都曾参与过这座城市的建设,他们不仅写出了曾在这座城市里的劳动生活和青春岁月,而且也写出了这座城市的侧影和内层,以及他们悲欣交集的复杂心情。尽管法国的波特莱尔、阿波里奈尔,比利时的凡尔哈伦,美国的庞德、桑德堡等著名诗人,都曾对城市有过出色的描写,在城市诗的发展过程中做出过重要贡献,但上海诗人对上海这座城市的描写和反映,却有着其特有的影响与色彩,有其不可取代的地方,这也是上海诗人对城市诗的一种特有贡献。

第二,包容性。

改革开放以后,中华人民共和国建立之初人口禁锢的格局重被打破,人口流动量增多,大量人口涌入上海。上海本来就是一座移民城市,高校林立,百业待兴,急需大量的各界人才,此时立刻以博大的胸怀吸纳来自全国各地的人才资源。从政府官员到外企高管,从科学技术到文化艺术,从工矿企业到服务行业,从大学生到打工族,各行各业,应有尽有。在这批"新上海人"中,也不乏诗人和热衷写诗的人。

于是，共同的生活与共同的爱好，使他们很快融入上海的诗人队伍中，并成为上海诗人中一股不可忽视的力量。如严力、汪漫、程林、徐俊国、韩高琦、冬青、孙思、小鱼儿、晓雾、谷风、林溪、语伞、秦华、胡桑等，在诗中都有很好的表现。为此，杨斌华和陈忠村还特意主编了一本《新海派诗选》，内收陈仓、聂广友、许云龙、肖水、茱萸等十位已融入上海诗坛的中青年诗人的诗作，证明这些人都已成为上海诗坛不可分割的组成部分。这种诗歌的融入性现象，中国大陆似乎只有北京、广州、深圳等少数城市才更具代表性，上海无疑是其中之一。

"五四"新文化运动以后，白话新诗逐渐发展壮大，至 20 世纪中叶，基本上成为中国诗歌的主流，其霸主地位已成定论，不可摇撼。故此书论述改革开放以来的上海诗歌，仍以白话新诗为主。然改革开放以后，中国的旧体诗词也出现了复兴的现象，形成了一个创作高峰，上海也不例外，出现了许多名家名作，与新诗创作并行不悖。此书把其也作为改革开放以后出现的诗歌现象之一，纳入了研究视野，加以简要论述，其中包括了苏步青、王蘧常、朱东润、苏渊雷诸名家。凡在"文化大革命"浩劫中已去世者，如刘大杰、周瘦鹃、龙榆生诸名家，则只好忍痛割爱，暂付阙如，以俟来日。

中国文学源远流长，文体众多，却无散文诗。此体是"五四"新文化运动以后从国外引入中国的舶来品。即使在西方，也只不过 100 多年的历史。其中以波特莱尔、屠格涅夫、惠特曼、泰戈尔、纪伯伦诸家的散文诗最为有名。自鲁迅《野草》诞生以来，在中国也有一些热心于此文体者，出现过一些散文诗作家，如石评梅、郭风等。其实像陆蠡、丽尼、缪崇群等人的一些散文作品中，也颇有散文诗的气息，有的甚至完全是散文诗写作模式了。改革开放以后，在散文诗的复苏过程中，上海也出现了一些散文诗作者,虽然相对于新诗来说,散文诗仍是一个难以产生广泛影响的小品种,但上海毕竟也有着肖岗、赵丽宏、张烨、桂兴华、秦华、古铜、王迎高、语伞、包建国等一批散文诗作家,故此书也加关注,作有简要论述。

另需说明的是,改革开放以来,上海有不少诗人如辛笛、白桦、宁宇、宫玺、赵丽宏、张烨等,他们的诗歌创作早在1976年之前就已开始,而且在改革开放40年的各个时段都在写作,都产生了影响。他们甚至可以称之为跨世纪的诗人。即使更年轻一点的诗人如许德民、傅亮、陈东东等,也几乎贯穿了改革开放的各个时段。为了便于和兼顾到一些新生代诗人的论述,所以本书在撰写过程中,把上海的一些代表诗人,都分别归属于一定的历史时段加以论述,一般情况下不再重复论述。除辛笛等个别情况例外。其实,有些新生代的诗人也一直在诗园里辛勤耕耘,有着跨时段、跨世纪的现象,这里还侧重其崭露头角或产生影响的那一时段加以论述,不再重复。

此外,对于一些有影响、跨时段的民间诗社和校园诗社,也采取同样的叙述办法。

毋庸置疑,改革开放以来,上海的诗歌确实取得了十分可喜、甚为可观的成就,仅出版的各类个人诗集,就已大大超过了新中国成立之初和"文化大革命"十年的总和。诗人的写作环境,虽然尚有待进一步的调整与改善,但较之新中国成立前的30年,已宽松了许多,所以民间诗社和民间诗刊也比较活跃,自生自灭,此消彼长,从未间断。此外,诗歌的对外交流也日益频繁。辛笛、白桦、罗洛、谢其规、冰夫、宁宇等老诗人都曾走出国门,与外交流,张烨、赵丽宏、田永昌、郭在精、海岸、杨小滨等诗人后来也步其后尘,先后作为上海诗人的代表,出访国外,参加世界诗人大会或其他各项国际诗歌交流活动,有的甚至还获得了国外的诗歌大奖,为中国诗歌和上海诗歌获得了荣誉,也扩大了上海诗人在海外的影响。与此同时,许多国外诗人也走进上海,与上海诗人共同交流,切磋诗艺,增进友谊。至于上海与北京、浙江、江苏、港澳台的诗歌交流活动,那就更多了。凡此,也大大推进了上海诗歌发展的步伐。

不过,上海近40年来的诗歌发展尽管有成就,有影响,有特色,但与上海的经济发展、科学技术等方面的成就比起来,显然还有很大差距,与北京、成都等一些大城市的诗歌力量比起来,似乎也有距离。能在海内外享有盛誉,并能为全国所认可、具有全国影响力的著名诗人,也嫌太少。在全国的诗歌地位也并不耀眼。在诗歌创造上的创造力和冲击力,也有待大幅度的熔铸、提升与爆发。凡此,也都有待于上海诗人的共同努力。

上海在前进。上海的诗人也在前进。我们希望上海的诗人在前进的道路上能为上海这座城市增添更多的诗意,写出更多的好诗,使生活在这座城市的人们能感觉到诗意的存在,并能诗意地栖居。

孙琴安

2018年5月18日于

上海社会科学院文学研究所

目　录

第一章　改革开放之初的上海诗坛（1978—1989） *1*

第一节　概述：苏醒、回归与崛起　*1*

第二节　荒唐岁月里的抚弦低吟　*4*

第三节　前辈诗人的回归与心声　*5*

第四节　从风雨中走出的青年诗人　*50*

第五节　工人诗人的转型与新时代的步伐　*75*

第六节　校园诗人的活跃　*86*

第七节　民间诗社、诗刊与先锋诗的活跃　*103*

第八节　上海诗词的复苏与振兴　*111*

第九节　上海诗词界的代表诗人（上）　*113*

第十节　上海散文诗的发展（上）　*127*

第二章　20世纪末的上海诗坛（1990—2000） *141*

第一节　概述：个体写作与表现自我　*141*

第二节　20世纪90年代的上海诗社与诗歌活动　*143*

第三节　活跃于20世纪90年代的上海诗人（一）　*156*

第四节　活跃于20世纪90年代的上海诗人（二）　*171*

第五节　上海的诗评家　*192*

1

第三章　21世纪初的上海诗坛(2001—2018)　201

第一节　概述：从表现自我到走向多元　201

第二节　多元共存的诗社诗刊　205

第三节　《上海诗人》的出现与改版　207

第四节　逐渐增多的对外诗歌交流　210

第五节　活跃于21世纪初的上海诗人(一)　212

第六节　活跃于21世纪初的上海诗人(二)　227

第七节　活跃于21世纪初的上海诗人(三)　239

第八节　代表诗社及其代表诗人　259

第九节　上海诗词界的代表诗人(下)　305

第十节　上海散文诗的发展(下)　317

第十一节　丰富多彩的新诗选本和个人诗集　323

主要参考书目　328

后记　340

第一章 改革开放之初的上海诗坛(1978—1989)

第一节 概述:苏醒、回归与崛起

1949年中华人民共和国成立以后,中国的诗歌已逐渐成为政治宣传的工具,自1966年至1976年的十年"文化大革命",中国的诗歌更是处于一个前所未有的荒唐时期。在所有报刊上发表的诗歌,都必须符合"文化大革命"的要求,否则就要受到批判,甚至入狱治罪。在这样的政治空气和社会环境下,中国绝大多数诗人只能苟且偷生,随风而倒,对诗的本义已忘得精光,不少诗人与不少作家对文学与诗的认识和理解已非常机械,甚至已经麻木了。只有极少数的诗人,以沉默或其他方式保持着人的尊严和对诗的独立品格的认识。

1976年10月,"四人帮"的粉碎,意味着十年动乱的结束。1978年中国共产党十一届三中全会,提出了改革开放、解放思想。全国人民,包括上海的诗人们,精神为之一振,在新的航道上迈开了新的步伐。

在改革开放春风的吹拂下,使一些在"文化大革命"中哑然失语、沉默多年的老诗人的诗心也苏醒了过来,焕发了激情,重新在诗坛上发出了声音。其中有"九叶诗派"的辛笛,有被冤为"胡风分子"的罗洛,有被错划"右派"的白桦,还有黎焕颐、吴钧陶、肖岗、于之、宁宇、宫玺、冰夫、谢其规、廖晓帆、姜金城等。他们在新的政治氛围和社会环境中,不断有新的诗作发表和出版,有对以往人生道路的反思,也有对新生事物的关注,对未来人生的憧憬。

还有一些与中华人民共和国差不多同龄的诗人,在经历了"文化大革命"风雨的吹打,走过了一段坎坷不平的泥泞之路以后,沐浴了改革开放的阳光,又在"崛起的诗群"的影响下,开始对"文革"和社会现实中的种种荒谬和弊端进行了反思,写出了一些与以往完全不同的诗篇,随着"崛起的诗群"而同时崛起,其中有张烨、赵丽宏、钱玉林、季振邦、田永昌、朱金晨、郭在精、陆萍、朱珊珊、刘希涛、钱国梁、季渺海、桂兴华、李疑、缪国庆、许德民、裘小龙、李天靖、徐如麒、裴高、齐铁偕、铁舞、宋琳、陈柏森、玄鱼、姚村、程庸、戴达、严志明、曾正曦等。到了20世纪80年代中期,一些更年轻的诗人也开始活跃于诗坛,他们之中有陈东东、孟浪、默默、郁郁、冰释之、陈鸣华、杨小滨、王寅、陆忆敏、徐芳、张真、京不特、海岸、刘漫流、醉权、傅亮、芜弦、曲铭、孙悦、余志成、张健桐、叶青、风铃(陆新瑾)、王乙宴、古冈、王天水、小伟等。

在解放思想,文学解冻并复苏的环境气氛下,上海的各种诗社如雨后春笋般地蓬勃涌现。据李天靖、朱珊珊的《举目朝向自己的圣地》一文所载,上海"自20世纪80年代起,先后出现五六十家诗社,大致可分为学院、民间、半官方等"。所谓学院诗社,主要是指大学生在高校里创办的诗社,也就是我们现在有时所说的校园诗社或校园文学,以在校的大学生们为主体。如复旦大学的复旦诗社,自1981年由许德民等创办成立,坚持至今已逾30届。华东师范大学有夏雨诗社,宋琳、张小波、徐芳、缪克构、郑洁等著名诗人均从此中走出。此外,上海师范大学办有文学刊物《蓝潮》,至此,上海财经大学的诗社有诗刊《惊蛰》《说说唱唱》;上海大学有风信子诗社,由本校教授、著名女诗人张烨担任指导老师;同济大学有兰樱音乐诗社,他们几乎都有自己的刊物和园地。

所谓的民间诗社,主要是指一些诗人完全依靠自己的力量创办的诗歌组织。他们尽管有相当的能力和水平,但受体制等限制,难以充分发挥才华,只能在有限的范围内,聚集同道进行一些沙龙性质的诗歌活动,或朗诵,或交流,或研讨。这些诗社也都有自己办的刊物,如《撒娇》《大陆》《海上》《喂》等都属此类。

所谓半官方的诗社,主要是指铁舞等主持的上海城市诗人社、玄鱼等创办的《新城市》诗刊等,以及后来由陆飘创办主持的浦江文学社、季振邦、孙思主持的顾村诗社,徐俊国主持的华亭诗社,严志明创办主持的浦东诗社等。这些诗社一般不同程度都能得到各区文化部门的资助扶持,有时要结合文化部门的要求,配合形势组织一些诗歌宣传活动,但管理上还较为松散。

与此同时,一些以写旧体诗词为主的上海诗词沙龙也悄然兴起,如枫林诗社、春江诗社等,后枫林诗社等还合力成立了上海诗词学会,使上海的诗歌创作更有生气,出现了中华人民共和国成立以后从未有过的活跃局面。

第二节　荒唐岁月里的抚弦低吟

如同北京的食指、北岛、多多、芒克一样，其实，在改革开放之前的"文化大革命"岁月里，在黄浦江畔，也有一群类似的诗人，对"文化大革命"中的荒诞现象和摧残人性的暴行无法忍受，却又不能公开抗议，便只能在私下里感慨叹息，抚弦低吟，抒发着心中的愤懑、恐惧、悲鸣和忧愁，以及对现实的不平、困惑和反思。后来，这些诗都被李润霞收选进《青春的绝响》一书中，由武汉出版社出版。

《青春的绝响》共收上海诗人九家、依次为蔡华俊、陈建华、丁证霖、郭建勇、钱玉林、王汉梁、许基鹤、张烨、周启贵。这些诗都写于"文化大革命"岁月，作者都不过是 20 岁上下的年轻人。当同时代的许多人都因一时的政治煽动而头脑发热，丧失理性，疯狂崇拜时，他们却以一种冷静而带忧伤的眼神，在为中国的命运而担忧，为中国的未来而忧心忡忡，对现实的残暴和荒唐而进行反思。郭建勇在《我走过母校大门口》的开篇写道：

> 深秋的黄昏，枯叶飘满街头，
> 我蜷缩着走进母校大门口。
> 呵，学生时代青春的乐园，
> 如今充满凌辱、漫骂、疯狂和殴斗！

在这种混乱荒唐的岁月里，郭建勇还写下了《在那夜雾笼罩的河上》《痛哭吧，祖国！》等一系列诗篇，表达了他心灵的沉重和对祖国未来的憧憬。丁证霖以他的《猴戏》一诗,对"文化大革命"的乱象和滑稽进行了巧妙而深刻的讽刺。许基鹤则以另一种姿态面对狂热的疯狂:

> 我们不愿歌唱,我们默默地
> 驾着小舟在湖上飘荡。
> 心中有东西在颤动,
> 牵动着心绪使我们无限忧伤——
>
> ——《我们不愿歌唱》

陈建华的诗含蓄一些,但从《梦后的痛苦》《悼外祖母》《荒庭》等一些诗中,仍可以感受到他灵魂的忧愁与痛苦。他们一方面为祖国和人民的未来而忧愁,另一方面也为自己的爱情而忧愁和哀伤。因为他们毕竟都在爱心萌动的青春期。在那个没有爱情诗,也不允许写爱情诗的年代,王汉梁、蔡华俊则写下了不少爱情诗。当然,在那个年代,爱情诗是不能公开的,更不能发表,权当他们人生路上暗暗留下的一道印辙。

当然,在这群诗人中,对"文化大革命"反思最多,作品数量居多的还得推钱玉林和张烨。由于这两位诗人在改革开放以后依然写诗,且各产生影响,我们将在后面再加论述。

第三节　前辈诗人的回归与心声

改革开放以后,由于赵丽宏、张烨等诗人的崛起,因而辛笛、罗洛、白桦、黎焕颐、冰夫、宁宇、宫玺、谢其规、姜金城、吴钧陶、廖晓帆等,便俨然成为名副其实的前辈诗人了。可惜芦芒在1979年就已去世,此处就以上所列数家,分别加以论述。

一、辛笛、罗洛与白桦

辛　笛

改革开放以后,辛笛(1912—2004)在上海诗坛的复出,引人注目。他早年在清华大学毕业,1936年赴英国爱丁堡大学研究英国文学,与诗人艾略特、史本德等时相往来,1939年回国后在暨南大学、光华大学任教,后在银行系统任职。1949年参加了第一次文代会,之后转入工业系统工作。他对新诗旧诗都很擅长。早在中学时便已写下了《弦梦》《夜别》等诗,后出版有诗集《珠贝集》《手掌集》,又与陈敬容、穆旦、郑敏等合出诗集《九叶集》,被称为"九叶诗派",在当时影响甚大。旧诗则与钱锺书等时相唱和交流,有旧体诗集《听水吟》。因其新诗多,有现代派、象征派风味,与中华人民共和国成立后所倡导的革命现实主义和革命浪漫主义的诗风大相径庭,相去甚远,再加上其他原因,故其中华人民共和国成立后几乎从新诗队伍中消失,偶尔兴起,也只写些旧体诗,多为与钱锺书、李鼎芳诸同学之间的寄赠之作。直到"文化大革命"结束,改革开放以后,他的诗情再度燃烧,重新写诗并公开发表诗作,出版有《辛笛诗稿》《印象·花束》《王辛笛诗集》《听水吟集》等,也写散文、书评等,并出任了上海作协副主席、上海诗词学会顾问等职。

辛笛作诗,他的起点与国内一般诗人的起点是不一样的。因为他精熟外语,少年时候就试译过波德莱尔《恶之花》中的部分诗作,且心折法国象征派诗人马拉美,酷爱李商隐诗,赴英国爱丁堡大学攻读英国文学时,又与艾略特、史本德、刘易士、缪尔等现代派诗人时相过从,同时又深爱印象派音乐和绘画,这些都深深影响了他的诗歌创作。所以,他刚起步写诗,便跳过了过去的现实主义、浪漫主义等诗歌流派,而直接与现代派诗歌发生关系,所作的诗都具有很浓的现代派韵味。他的代表诗集《手掌集》早已为大家所公认,他的《风景》《航》《识字以来》等诗也一直为人们所赞扬。然而,这些诗久已为人们所熟知,对于他改革开放以来的诗作,人们却不很注意。

事实情况是,即使到了老年,辛笛的诗思依然十分敏锐。当许多当年逞豪一时的老诗人举步维艰,难以跟上诗歌发展的步伐时,辛笛却老当益壮,写出了许多诗意浓郁、令人回味的好诗。如他在解冻后所写的《蝴蝶、蜜蜂和常青树》《三姊妹》《大海唱给月亮的歌》《一个人的墓志铭》《一首永恒的诗》《只要你有一颗金子的心》等,都是这一时段写的,得到读者广泛的好评。因为人们已经厌倦了"文化大革命"中那些假、大、空的口号诗,所以一读到辛笛那些真挚亲切、含蓄委婉、清新柔美的诗,便马上感到耳目一新,由衷喜欢起来。

他年轻时曾在香港逗留过,50余年之后的1985年,他又以73岁的高龄重访故地,写下了《香港,我又来了》《难忘的夜晚》(之一)、《凝望遥天》《请带去一片云彩的问候》《留别香江》等一系列怀念香港、与香港友人叙情的诗篇,这些诗热情洋溢,真挚动人,有时也闪现出一些意象。如他在《留别香江》的诗中写道:

  听凭高楼下呼啸的车流
  就像深山中万壑松涛响彻了夜吧
  海天的忧郁已经让位给坦荡的怀想

田野间到处有九畹溪兰

在静静地散发幽香

辛笛一直重视诗歌创作中的印象捕捉,他很早就说过:"诗歌既是属于形象思维的产物,首先就必须从意境(现代化说法就是指印象、意象等)出发。善于捕捉印象是写诗必不可少的要素。"到了晚年,他仍不改初衷,给诗歌创作列了如下公式:

印象(官能通感)+思维=诗

应该说,辛笛对作诗如此强调印象,肯定是有他的道理的。依照我的理解,他所说的"印象",不是我们生活中通常所说的对某人某地的印象,那是简单和静止的,而辛笛所说的"印象"还包括了"官能通感",即在此印象基础上,还包括了联想、比喻、想象,甚至灵感等一系列带有形象意味的活动,正因为如此,他把"印象"放在第一位,而把"思维"放在第二位。也就是说,如果没有"印象"这第一要义,就无从谈到作诗。也正是基于这一点,辛笛在诗歌创作上尽管也不断吸取新营养、新理论、新主张,却从来也不去赶时髦,即使在"文化大革命"中也是如此。由于他一贯坚持自己所确立的诗歌原则进行创作,所以,时至今日,许多诗人已被诗坛淘汰了,而他的不少诗几经风雨吹打,却依然能站住脚跟,富有生命力,显得诗意浓郁,这进一步说明了他的创作主张是有一定道理的。

辛笛的诗虽然以现代派为主,讲究诗的技巧与表达,注重诗的含蓄之美,但他又是一个充满豪情的人,有些诗又充满着豪壮之气,其爱

国之心,至老未衰。如他在《祖国,我是永远属于你的》一诗中写道:

> 我爱你爱得这样深沉,
> 我爱你爱得这样热烈,
> 即使是在那些田野间劳动
> 而黑云压城城欲摧的日子里,
> 我心的深处还是从不间断地
> 闪耀着你的光辉;

在此诗的末尾,辛笛又满怀深情地写道:

> 祖国,让我展开双臂,
> 虔诚地拥抱起你脚下的大地,
> ……
> 大声地说:
> 祖国,你是属于我的,
> 同样,我是永远属于你的
> ——一个忠诚的儿子!

像这类诗句,旋律都非常铿锵有力,刚健遒劲,与他平时委婉的诗风很不相同。说明了其晚年诗风的多样性,也说明了他一生对祖国的忠诚和热爱。他在《心不死就总要唱歌》的末尾写道:

> 我们的民族的悲哀是太多了呵,

但谁能说:"哀莫大于心死?"

只要一颗心还在跳跃,

那就永远没有死,

就永远要唱歌!

　　他和艾青、卞之琳、何其芳等许多老诗人一样,唱着归来的歌,纵情欢呼春天的到来。在1981年的春天,他写下了《呵,这儿正是春天》《欢迎你,春雨》等诗,他要与昨天的悲哀告别,他在后者中写道:"再见吧,淡淡的哀悲,/再见吧,低徊的情思!"

　　除了歌唱祖国的新生,他也歌唱改革开放以后的新生活,歌唱对生命与生活的爱,他经常朗诵他那首《蝴蝶、蜜蜂和常青树》,每次都获得了热烈的掌声,引起了人们内心的共鸣,唤起了人们对生命的热爱。他希望今天的青年人能更珍视自己的生命,热爱当下的生活。他在《我曾和无数个异化的"我"争吵过》一诗中,以亲身的经历来提示今天的青年:

相信我这个过来人吧,

我从前并不快乐,

我们心曾经默默地

长期承受着煎熬的痛苦。

　　然而,他还是"永远怀着愉快的歌声热爱生活"。他只想把爱留在人间,其余什么都不重要,并为此写下了《一个人的墓志铭》,以诗表明了自己一生的遗愿。

改革开放以后,各种文艺思潮活跃,各种诗歌流派纷呈,并有诸多争论和分歧。青年诗人们尤喜象征派、现代派、意象派的表现手法,一时艾略特、里尔克、庞德、波德莱尔、兰波、瓦雷里等西方现代派、象征派的诗又重获重视。而辛笛早年在英国留学时就熟悉西方文学,作诗上也受西方现代派的影响,早年所写《手掌集》,后与穆旦、郑敏等合著《九叶集》,便借鉴了艾略特、里尔克、奥登等诗人的表现手法,注重知性和感性的结合,官能感觉与抽象玄思的交融,主观与客观的统一,他本人也受到海内外诗人的一致敬重。为此,他也不得不对流派众多、歧义纷争的中国诗坛做出一些回应,写下了《诗的魅力》《谈创作经验》《试谈40年代上海新诗风貌》《我和西方诗歌的因缘》《我与诗》《新诗的发展及诗的回归》《我看"九叶"诗派及"朦胧诗"》等一系列文章,对当时争论不休的诗坛起到一定的引领作用。在1984年他已82岁高龄时,仍写下《诗之魅》一文,从自身的诗歌创作的得失中,发现了如下一些情况:

> 那些缺乏一定的意境或境界的,不是好诗;
> 那些缺乏生活源泉和生命的,不是好诗;
> 那些不是出自内心真实感受的,不是好诗;
> 要感动人,首先要自己感动。

这些话在我们今天看来似乎很平常,但对当时的中国诗坛,仍有一定的针对性和积极意义,特别是从辛笛口中说出,非同寻常。因为在当时的上海,只有辛笛和白桦在海内外都有影响力,其中辛笛的资格更老,成名更早,因此他的观点不仅在上海,而且在全国都会产生影响。

当然,我们也不得不承认,辛笛在改革开放的岁月里,尽管也出版了《辛笛诗篇》(1983年)、《印象·花束》(1986年)、《王辛笛诗集》(1989年)、《王辛笛短诗集》(2002年,中英对照),写下了《蝴蝶、蜜蜂和常青树》《大海唱给月亮的歌》等一些较为优秀的诗篇,但从总体上来说,晚年复出后的诗篇是不如他早年《手掌集》《九叶集》中的那些诗的,早期《航》《再见,蓝马店》等诗,仍被人视为他的代表作。因为复出后的辛笛毕竟年届古稀,即使诗情满怀,豪情仍在,然与其早年的才情比起来,终究有别,此乃年龄使然,时代使然,不可强求。好在人们也能理解这一点,因此也并没苛求过辛笛,因为辛笛在诗坛上曾有过的辉煌和光芒已足以让人敬畏。

辛笛是一位比较纯粹的诗人,对祖国,对人民,对自己的亲人,有一种刻骨铭心的爱,我们从他耄耋之年所写的《浪子从远方回来》《听着小夜曲离去》《永远和时间同在》等一系列诗中,都可以深切地感受到。

值得欣慰的是,在辛笛诞辰百年之际,上海诗人缪克构在其恩师王圣思,亦即辛笛小女儿的帮助下,整理编辑了一套《辛笛集》。凡五册,其中新体诗二册,旧体诗一册,散文随笔各二册,基本上囊括了辛笛一生的主要作品,也为研究辛笛提供了较为系统的重要文本。我们希望不久的将来,能有辛笛年谱、辛笛传和辛笛研究评论集的出现。因为他的经历、作品和人品,都非常值得我们研究和重视。

罗 洛

罗洛(1927—1998),原名罗泽浦,四川成都人,1945年即开始发表诗作。长期在上海工作。后因胡风冤案受牵连,调青海。平反后曾任上海作协党组书记、主席。他以写诗为主,也写散文,译诗,搞自然科学研究等。仅改革开放之初,就出版了《春天来了》《阳光与雾》《雨后》等诗集,后继续写诗,又出版了诗集《海之歌》《山水情思》等。译诗集《法国现代诗选》《魏尔仑诗选》等。身后有《罗洛文集》四卷出版,其中诗歌卷收录了其诗歌创作的主要部分,约500首上下,数量相当可观。这里拟从艺术形式、求新与创造,以及语言风格三个方面谈一下。

1. 罗洛诗歌的艺术形式

在任何一种文学体裁中,都难以像诗那样讲究形式。而诗由于其本身形式的多样化,也最容易引起争议。小的不说,即以大致类分,就有古体诗、格律诗、自由诗、新格律等。由于罗洛自幼受中国传统诗词教育,能写旧诗词,后又能以英、法、俄、德等多种外语直接阅读西方诗文,并翻译、介绍了许多西方各国著名诗人的诗作,其中也包括法国象征派诗人瓦雷里、圣雄·佩斯,未来立体派诗人阿波里奈、雅各布等各种现代派诗人的作品,出版有译诗集《法国现代诗选》《魏尔仑诗选》《当代世界名诗》等,因此,在诗歌形式上,他一直坚持多方吸收、兼容并蓄,古今中外都为我所用的主张,他在自己的诗集《雨后》的"后记"中曾说:

在诗的形式问题上,曾经有过许多争论。

我是赞成自由体的,但我也不反对别人用格律体和民歌体写作。实际上,我尝试过各种形式,包括旧体诗词、格律诗和民歌。

在《答〈星星〉诗刊问》的"你喜欢读长诗还是短诗"等一系列问题

时,他又说:

> 凡是好诗,我都爱读。惠特曼和狄金森,雨果和波德莱尔,弥尔顿和布莱克,普希金和叶赛宁,都同样使我得到教益和艺术享受。我爱读的当代中国诗人有几十位……

从这里,我们可以发现,罗洛在诗歌领域中涉及的面是相当广泛的,并进行过多种形式的诗歌尝试和创作实践。他所说的"凡是好诗,我都爱读",不仅包括了这些诗人的风格和流派,同时也包括了这些诗人所运用的诗歌形式。

我们从《罗洛文集》中大量的诗来看,他的诗尽管以自由诗为主,但稍加归纳,仍可以看到多种形式并存的现象,《穿越喜马拉雅》《祖国之歌》《哈罗·美国》《邮集》等都采用长句的形式,《在悲痛里》《黎明的星》《孤山》《友谊》诸诗则都用短句的形式;他有许多诗是以四句一节组成的,但《迟开的蔷薇》《历史》《命运》《悲伤》《幸福》《我和时间》等诗则都由两句一节组成;组诗《又是江南》中的《千岛湖日》是每句六字,四句一节;《长安月——悼念戈壁舟同志》则是通篇都用每句十二字的句子写成,这些诗都句式整齐,有着闻一多所说的"线条美"的特点;他有不少诗押韵,但更多的诗则不押韵。特别值得一提的是,由于罗洛精熟西方诗歌,懂得十四行诗,因而他继孙大雨、戴望舒、徐志摩、朱湘、冯至等人之后,也写了大量的十四行诗,如《写给黄山的十四行诗》(十四首)、《写给宝钢的十四行诗》(六首)、《桂林十四行诗》(四首),《西湖十二题》也用十二首十四行诗组成……除此之外,他的《四月的田野》《十月之歌》《秋晨》《绍兴二题》,以及《写给前苏联的十四行诗》

《仰光大金塔》《紫葵花》等组诗,也都以十四行诗的形式写成。

　　平心而论,由于罗洛尝试以各种形式写诗,因而使他的新诗形式丰富多彩,各有姿态,特别是西方十四行诗的大量移植和输入,更使他的诗集五色缤纷,光彩流丽,为他的诗集增色不少。

　　细心的读者也许会发现,罗洛在有些诗中,会把一行诗重复多次,在不断重复中又不断变化,有如中国古代反复吟咏和复沓的手法,如《我和时间》一诗,每节的首句都用"当我"二字开头;在《夕阳》一诗中,曾数次出现"不要为夕阳叹息"或相类似的话;此外,像《弯弯的山道》《绿》等诗中不同程度地也出现这样一种句式。这实际上也并不奇怪,中国的《诗经》中就有这种反复咏叹的排比情况,而罗洛"不到十岁就把《诗经》背完了"(《答〈未名诗人〉问》);再说,法国现代诗人夏尔·佩吉·艾吕雅等也都不同程度地使用过这种句式,如艾吕雅名重一时而又永垂不朽的《自由》一诗,便是用这种句式写成的。罗洛曾熟悉并翻译过他们的诗篇,因而在诗中时而采用这种句式,那也是顺理成章、十分自然、完全能够理解的现象。

　　此外,对于现代派诗人的一些表现形式,他也不完全加以排斥,并主张应该吸收其中一些有益的营养。他在《外国诗之我见》中曾真诚而坦率地说:"为了对法国现代诗有所了解,我较为广泛地阅读了20世纪法国诗人的作品……法国现代诗给我的一个强烈的印象,就是几乎每个诗人都在探索和开拓新的艺术天地,力求为诗坛增添一点新的东西。同时,还力求保持自己的艺术个性,不去依附或仿效别人。其次,他们总是力求形式的完美。"在《传统·现实·自我》一文中,他也表示:"至于所谓现代派诗歌,包括英美的意象派、法国的象征派、德国的表现派、意大利的未来派等等……它们也并不全是一堆垃圾。"由此可见,对于现代派以及各种新的诗歌流派中的各种诗歌形式,只要是好的或可取的,他也是加以肯定,并在自己的创作实践中有所体现的。

2. 罗洛诗歌的求新与创造

罗洛在自己的诗歌创作中虽然十分注意形式的问题,并用格律诗、自由诗、十四行诗等多种形式作诗,但他并不主张照搬和"原地踏步",而是认为应该不断进行新的探索和创造,不断有自己的新成果、新形式和新的表现方法。他在《脚印》一文中回顾自己诗歌创作历程的同时,并说:"我写诗不遵守一定之规,这样的规则还没有人制订出来,也许永远也制订不出来了。"他还说:"不要原地踏步。每一首诗都应该有新的探索,新的创造。……艺术没有创新就会僵化,缺乏'变'的诗人是不会有多大成就的。"又说:"不要囿于一端,而要兼收并蓄。……中国的,外国的,古典的,现代的,民歌的,只要是好的就吸收,取其精华,去其糟粕。"

他在这里所说的"不遵守一定之规""不要原地踏步""不要囿于一端",不仅包括表现手法,同时也包括艺术形式,是包括了形式和技巧在内的一切艺术表现能力。

罗洛很坦率,在《答〈未名诗人〉问》中说:"在四十年代,惠特曼、泰戈尔、艾青、绿原都对我产生过影响。"我们从他早期所写的《出发》《旅途》《站在这小小的土冈上,我望着》《写在一个大的城市里》等一些诗中,的确可以找到这些影响的存在。但是,随着创作的深入,罗洛发现了独创的重要性,并力求形成自己的艺术风格。正如他在《诗的随想录》中所说的:

每个诗人都有自己的情感世界,并探索着与之相适应的形

16

式。在艺术形式上强求一律,只能徒劳而无功。

正是在这一创作思想的支配下,中华人民共和国成立以后,特别是在"四人帮"粉碎以后,罗洛在自己的诗歌创作中,无论在表现形式或表现技巧上,他都进行了全方位的探索、求新与创造。诚如他本人所说的:"以后我的全部努力都在摆脱别人的影响,努力寻求自己的道路。"(《答〈未名诗人〉问》)

较之早期的诗,罗洛中年以后的诗显得更成熟和更精练,表现形式和艺术手法也更加多样化。他早期的诗,句式一般较冗长繁复,题意都很好,感情也极真挚,只是白描、铺陈偏多,表现手法也比较单一。到了中年以后,也许是经历的坎坷,思想和修养的成熟,又经过了血与火的磨炼,罗洛诗歌的表现手法显得相当丰富,象征和意象的成分显然增多。有些诗则相当委婉含蓄,带有浓厚的诗意。他一些最成熟的诗篇,如《给诗人》《栀子花开》《我和时间》《离别》《白色花》《小屋》《雪》《不需要》《雨后》等,几乎都产生于这一时期。此外,他那一些意味隽永、含意深刻而又令人喜欢的哲理诗,如《信念》《幸福》《夕阳》《不是》《当你》《我知道》《狼牙刺》等也几乎都写于这一时期。

也是在这一时期,他对诗的思想、情感、形象三者之间的关系似乎有了一种较为深刻的理解,他说:"诗的思想,必须融于情感之中,寓于形象之中。与情感、形象分离的思想,如枯槁的树,生意全无,遑论妍媸……当思想渗着情感,依托于形象,三者融为一体,则诗如苍松翠柳,使江山多娇;又如干将莫邪,可以断金裁玉。"试看其中年以后的诗,大多思想内涵丰富,感情真挚充沛,而形象又生动饱满,创造出了自己特有的风格。我们不妨试举《给诗人》中的两节为例:

> 你可曾见过：一枝洁白的昙花
>
> 永不萎谢,昼夜吐出芳香
>
> 你可曾见过：成林的青松与翠柏
>
> 覆盖着悬崖峭壁,耸立在雪线之上
>
> ……
>
> 时间在你额上刻下的每一道皱纹
>
> 都化作智慧：你的歌像大海一样深沉
>
> 镌刻在你手上留下的每个印痕
>
> 都化作勇气：你的歌像春雷一样轰鸣

罗洛在中年复出以后的重新歌唱,大多都是他自己的声音,歌声动情而又美妙,他的确摆脱了早期所受其他诗人的一些影响,开始形成了他自己独特的艺术风格。他曾说:"诗贵独创。诗人独特的风格,得力于对诗的独特性的追求。"(《诗的随想录》)

当然,罗洛的独特风格的成功,与他"对诗的独特性的追求"是分不开的。但是他的追求并不偏执,也不朝荒诞险怪一路瞎闯,或是一味地在赶时髦、求新奇的狭窄路子上乱钻,而是依然敞开胸襟,以博大的胸怀来接受各种各样的诗歌形式和艺术流派,诚如他在《当代中国诗歌一瞥》中所说:"在诗的表现形式和表现手法上,越来越趋向于多样化了。……诗人们面对纷纭繁复的变革中的世界而寻找更为多样化的表现手法,进行各种新的试验和探索,对于提高诗的表现力来说应该是有益的。在诗的表现手法上,完全应该尊重不同的诗人各自作出不同的选择。"

正因为如此,罗洛中年以后的诗歌风格,在艺术表现上不仅是独特的,而且是多样的。

3. 罗洛诗歌的语言风格

不过,在我们探讨罗洛诗歌的艺术表现和风格形成过程中,不得不谈到他的诗歌语言。因为诗歌是语言的艺术,任何思想感情的表达,艺术技巧的运用,表现方法的体现,最终还是要落实到语言上来,通过语言来加以实现的。从这个意义上来说,语言不仅体现着一个诗人在诗歌艺术上的表现能力,而且也是构成一个诗人艺术风格的重要组成部分。一个诗人艺术风格的形成,总是与他的语言风格紧密相关的。

也正因为如此,一切优秀的诗人,几乎都有意无意地注意到自己诗歌语言的选择,形成自己的语言特色。罗洛作为一个学贯中西、精熟多种外语而又在诗歌园地中辛勤探索、笔耕不辍的诗人,也一定会注意到自己诗歌的语言问题,并表示了他对诗歌语言的看法和选择。如他在《诗的随想录》中说:"要特别注意诗的语言。诗的语言应该是朴素的,自然的,生动的,凝练的,有丰富内涵能够'以一当十'的。'言有尽而意无穷',言尽意即尽的语言,往往不是诗的语言。"在《关于我的诗歌创作情况》一文中,他又说:"诗必须深思浅貌,短语长情。诗歌是语言的艺术,它不能展开来写,一写就很多很多,诗人应该用一句话来表现散文里头十句话表现的内容,语言要短,写得精练,但情要长,就是使诗的字里行间,人们读了还有余味,感到了诗人要表达的感情。诗是通过感情的力量、语言的力量来引起共鸣,打动读者。"在《谈诗歌的创作和鉴赏》一文中,他再次提示:"诗的语言是更为凝练和富于表现力的。它是一种从生活中来的,经过诗人熔铸和提炼的具有感情力量的语言。"

类似的话还可以找到一些。我们从中至少看到他对诗歌语言的几个基本要求,这就是:第一,自然朴素的,却又是生动的;第二,精练浅显的,却又是内涵丰富的;第三,从生活中来的,却又是充满感情力量的。

罗洛是这么说的,也是这么做的。应该说,他刚起步时所写诗的语言就已有着自然朴素的风格,在铺写中也有着较为浓重的抒情色彩,多从生活中来的,只是凝练不够。他说他早期曾受到过艾青、绿原等诗人的影响,我们从他的《旅途》《写在一个大的城市里》等诗中,是可以看到艾青对他的一些影响,找到一些相似的诗句;而在《短歌》等诗中,则又可以看到绿原对他的影响。不过,很快地,罗洛便开始注意到了自己语言风格的探索和寻找了。特别是在"四人帮"粉碎不久的一段时间里,他的诗情喷涌而出,在原先自然朴素的基础上,显得更加自然生动,形象也更加丰富鲜明:

你又笑了,朋友
你的笑像一阵微风
掠过静静的绿杨林
有点寂寞,却又那么恬静

你曾经笑过,那个时候
你的笑像一只云雀
从草丛展翅飞向蓝空
那么欢乐、明朗、从容

这是《笑》的开篇两节,而通篇都是用这种极其自然流畅而又形象生动的语言写成的,让我们再来看《夜雨》的最末两节:

雨丝浸湿了我薄薄的衣衫
我说不出是激动还是战栗
因为我想起了塞外彩虹熠熠
想起了江南杨柳依依

蓦地,街灯亮了,亮了
在我身旁落下两道光的长堤
我看清了扑面而来的雨丝
我懂得了春雨给我的信息

不仅诗的语言自然流畅,生动形象,而且清气袭人,似有一股清新之气迎面扑来,并夹有淡淡的几缕情丝,令人心醉。罗洛中年以后大量的诗,如《雨后》《栀子花开》《让记忆在忘却中长存》《灯》《森林》《离别》,以及大量的十四行诗,几乎都是用这种清新淡雅、自然生动的语言写成的。

在阅读和翻译法国现代派诗人的作品中,罗洛发现:"法国现代诗人还特别注意创造诗的语言,比日常语言更凝练、更有力、更深刻、更优美的语言。一些平常的词语,经过诗人匠心独运的组合,常使人耳目为之一新。"(《外国诗之我见》)于是,他也注意从日常生活中吸取语言,进行加工提炼,然后运用或组合到自己的诗中,使自己的诗句也显得更加凝练和深刻。这在他的一部分哲理诗中尤其显著。如他在《历史》一诗中写道：

> 十年前，我是个牛棚里的"罪人"
> 但我相信人民无敌，历史无情
>
> 今天，我是个重新入伍的老兵
> 我举起枪，向愚昧无知瞄准

这些诗句里的话，实际上在我们口头交谈的话语中，经常可以听见，并不陌生，甚至很耳熟，但一经他的点染和化用，便成为十分精练的诗的语言，深刻而有力。此外，像《幸福》中的"人是幸福的，他把生命/献给祖国献给世界"等一些诗句，实际上也如同生活口语，但移用到诗中，便也成了凝练而又很有思想境界的诗句。

总之，罗洛非常注意诗歌的语言，一切晦涩、拗口、生硬、模糊、僵化、诘屈聱牙、文理不通的病句等等，都在他的痛扫之列。他的好友绿原曾深有体会地说起自己有一本诗稿在他手中审处的情景："为了便于通过审阅，他让我考虑修改一些当时不习惯因而容易被挑剔的字眼，由此我认识到他文字处理上的细致和精当。"（《罗洛文集·序》）正因为如此，罗洛诗歌的语言才总是显得那么年轻，那么自然流畅，那么生动活泼，或清新，或明快，或淡雅，或凝练，或委婉，或充满灵气，有时却又那么深刻犀利，刚健有力……他是一位形成自己语言风格，同时又能注意吸收各种语言进行诗歌创作而又能操纵裕如的诗人。

事实证明，罗洛能驾驭各种诗体和诗歌形式，并能博采众长，勤于探索，勇于创新，最后终于走出了自己的路子，形成了他自己独特的诗歌风格。无论是初登诗坛,还是在改革开放以后,他的诗中始终有着对生命的强烈感受,对人生理想的执着追求,对祖国和人民的深情热爱,对生活哲理的深刻揭示,对高尚人格和不屈灵魂的一种赞美,这些都构成其诗歌思想内涵和情感世界的主导面。

白　桦

白桦是一位才华横溢、多才多艺的作家,青少年时代即开始文学创作,在小说、电影文学剧本和散文方面都有引人注目的作品,然而他最为擅长的还是诗歌,诗人也是他最为自豪的身份。在20世纪60年代的最初几年间,白桦一度在上海工作。1985年结束军旅生涯后,他由外地回到上海定居。

由于白桦曾被错误地打成"右派",相当长的一段时间里,被剥夺了发表诗歌的权利,曾一度沉默。当改革开放的春风吹遍祖国大陆,白桦被迫积压多年的诗情,重又燃烧,写下了一系列震耳欲聋、令人惊骇的诗作。他以一个诗人的勇气、胆识和良知,写下了许多深受人民喜欢的诗作。《阳光,谁也不能垄断》《春潮在望》《情思》,以及发表在《文汇报》上的一些诗,都曾传诵一时。人民重新听到了他的声音。而他倾吐的心声,也真正代表了人民的声音。仅在改革开放之初的几年内,就出版了《情思》《白桦的诗》《我在爱与被爱时的歌》等一系列诗集。

白桦的诗在当时之所以能博得这么多人的喜欢,产生如此大的轰动效应,除了其对语言的把握,诗歌表达方式上的处理以外,更主要的是有以下几个原因:

第一,深刻的反思。

白桦很早就参加革命,经历了中华人民共和国成立以后的所有政治运动,并且自己本身就受到了错误的批判,历经坎坷和磨难,所以对中国政治运动所造成的冤假错案和非人待遇,有着强烈的不满和深切的认识。当大多数提倡向前看,或是轻描淡写地一笔带过,即将忘记这段历史和这些创伤时,白桦却以与众不同的非凡勇气,尖锐批判了"文化大革命"的荒唐,并加以深刻的反思。如他在《阳光,谁也不能垄断》中写道:

　　有些人以真理的主人自居,
　　真理怎么能是某些人的私产!
　　他们妄想像看到财奴放债那样,
　　靠讹诈攫取高额的利钱。
　　不!真理是人民共同的财富,
　　就像太阳,谁也不能垄断。

　　正因为真理对人民有用,
　　人民才有权让真理接受实践的检验;
　　人民有权在实践中鉴定真理,
　　充实它,让它和人类社会一起发展。
　　是渣——怕火也没用,
　　是钢——怕什么千锤百炼。

　　旗帜的真正捍卫者是人民,
　　人民为了保卫旗帜白骨堆成山,

人民为了保卫旗帜鲜血流成河,
谁也无权自任掌旗官!
试看那个自命为"旗手"的泼妇江青,
不是已经成为永世的笑谈了吗?!

在改革开放之初,对"文化大革命"加以批判和反思的诗不少,也不乏佳篇,如雷抒雁的《小草在歌唱》,韩瀚的《重量》,以及柯原、梁南等人的诗作,但他们大多集中在对张志新烈士遇难的不满上,或是一事一人地叙情议论,很少有人像白桦这样正面切入,对"文化大革命"进行全方位的揭露批判,义愤之情,跃然纸上。

第二,对一切社会弊端和腐败现象的无情批判。

如果一个诗人仅仅是对过去的荒谬历史和社会的不公加以批判,那还是不够的。白桦之所以受到人们的欢迎,经常受到热烈的掌声,就是因为他不仅敢于反思批判过往的蹉跎岁月,而且敢于正视并批判当今社会的一切弊端和腐败现象。在像他这种年龄的中国诗人中,能始终坚守正义,坚持文学的批判精神,敢于向不良社会现象提出批判和不同声音的人,是相当少见的。直到他年近八十,还写下了《他死了》和长诗《从秋瑾到林昭》等一些持有尖锐讽刺和批判,同时又充满良知和正义之气的诗篇。

第三,对人性的召唤和赞美。

白桦对一切腐败、专制、荒唐、凶残的社会现象都是深恶痛绝的,并以诗进行无情的讽刺与批判。但与此同时,他对祖国、对人民、对人类的文明正义事业,却又充满着无限的热爱。在那个"以阶级斗争为纲"的年代里,提倡斗争哲学,使人的本性丢失,六亲不认,互相揭发批斗，伦理丧失，人性泯灭，白桦对此深感悲悯，因此，他在许多诗中提倡爱，赞美人性，呼唤人性的回归。他在《叹息也有回声》一诗中曾坦率而从容地表白：

> 我从来都不想做一个胜利者，
> 只愿做一个爱和被爱的人，
> 我不是也从不想成为谁的劲敌，
> 因为我不攫取什么而只想给予。

他在诗中还明确表示："我只不过总是和众多沉默者站在一起。"正因为白桦当时所写的诗中有着深刻的反思、尖锐的批判和对人性的关爱与感召，充满着正义的力量和人性之美，所以他的诗在当时的中国诗坛极受关注，也极受民众欢迎。而他出版于1987年的《我在爱与被爱时的歌》一书，可视为他改革开放之初的代表诗集。该诗集分为两辑，第一辑为八十四首短诗，第二辑为两首长诗：《颂歌，唱给一只小鸟》与《追赶太阳的人》。这些都是白桦自1984年至1986年间写下的诗作。白桦个性鲜明、感情丰富，敢于针砭时弊，富于独立思考精神，他在十年浩劫结束后所写的《春潮在望》《阳光，谁也不能垄断》等诗，都因敢于反思现实而传诵一时。在诗集《我在爱和被爱时的歌》中，无论是咏物、抒怀还是描写自然山水或故事，在表达诗人美好感情的同时，处处凝聚着他对现实的思考、人性的呼唤，渗透着他对祖国与人类的爱，延续着他一贯的独立自主的诗人品格，诚如他在《相知》一诗中所写的：

> 我们和这块土地是一体的,
> 这是我们的全部不幸和幸运;
> 山脉连着我们的骨骼,
> 江河连着我们的血管;
> ……
> 我从不为自己的苦难疼痛、呻吟,
> 我却会为你的伤痕颤栗、痉挛,直到死。

在这首诗中,诗人把我们每个人的生命都和祖国大地连接在了一起,其中包括了我们每个人的"骨骼"和"血管"。也就是说,祖国的命运和我们每个人的命运都是息息相关,生死相依,不可分割的。此外,他的《自信》《独白一》《独白二》等也都是其中最为重要和深刻的诗篇。

另一个很有意思的现象是,收入这本诗集中的短诗几乎都是十四行,却又与西欧的十四行诗有所不同,无所谓起承转合,而完全是量体裁衣,是作者根据自己的感情需要和汉语的特征而创作出来的。

当然,此后的白桦还继续创作,写诗。他的文学创作几乎贯穿了整个改革开放的时代,继此书之后,他还出版了诗集《白桦的十四行诗》《长歌和短歌》等。有不少作品曾以英、法、德、日、韩等国文字在国外发表和出版,足见其影响之大。

二、黎焕颐与冰夫

黎焕颐

黎焕颐也是从中华人民共和国成立之初便已开始诗歌创作的。虽然 1957 年那场反右斗争使他流放青藏高原,让他在诗坛外沉默了

22年,但他的诗心未曾泯灭,即使在那些最荒唐、最黑暗的年代里,仍坚持写诗。在改革开放以后,他更是纵情抒怀,大声说话,大胆写诗,在20世纪80年代有影响的文学报刊上发表了许多诗歌,其中有政治诗,也有爱情诗。至今已出版了诗集《春天的对话》《迟来的爱情》《历史的风雪线上》《黎焕颐抒情诗选》《黎焕颐自选集》等十余种,为上海诗坛名家之一。

  我不知黎焕颐是否专门研究过历史,反正在我的印象中,他是位历史感很强的诗人,这倒并不是因为他喜欢以历史为题,写下了《读史杂咏》《我不怕历史的反坐》《历史的风雪线上》等标明历史字样的诗篇,也不是因为他雪夜读《清史稿》,掩卷长思后写下了《读史,望黄河长江》,实在是他在许多诗中都涉及了历史,或由今及古,或由古及今。总之,他喜欢怀古,好发思古之幽情,《包公祠前》《在无字碑前》《题武侯祠》《成都平原怀古》《步出胥门》《三苏祠拜东坡》等诗自不必说,即使《夜读赤壁赋》《读李后主词》,他也会想起历史;当车路过滁州,他想起了欧阳修,即使在《烟雨江南》之中,他也会想起庾信、王安石、龚自珍……值得注意的是,作者在这些诗中常把古今联系在一起,时间跨度很大,给人以浩大的时空感。如他在《祖国,我的母亲》中写道:

  我的歌声,命运已经注定!
  上古属于轩辕。
  中古属于凌烟阁。
  现代属于天安门。

  他几乎常用这样简短的三言两语,便把几千年的历史串在了一起。对于那些忠贞刚烈的英雄人物,他都给予了肯定和赞美;而对于那些阴险狡诈的奸人,则都给予了讽刺和鞭挞。更重要的是,他在表现自己对历史的感慨、感受、看法和认识的同时,还表达了今人以及自己的历史责任感和历史使命感。正是这种兴亡感、责任感和使命感,构成了他这类诗歌的全部意义。

从形式上来说,黎焕颐的诗相当自由,也很潇洒。他的句子长短不一,参差错落,都为自己所用,而从不为形式所约束。实际上,只要我们仔细阅读和细心观察,就会发现,黎焕颐的许多诗篇都押韵,即使那些《我们角逐》《登大雁塔放号》《我,期待着第三次握手》等长诗也不例外。只是由于他写得潇洒自在,才不易被人发觉。能以很普通平凡的句子押韵,押得自然潇洒,轻松自如,不见痕迹,在当今的诗人中,黎焕颐可以说是相当出色的一位。

在《自画像》中,他曾这样描摹自己:

> 你怕不怕呵,我哭的时候,
> 两行热泪,像江河自天而下。
> 我笑的时候,声震屋宇,
> 乃是笑中之侠。
> 我怒的时候,拍案而起,
> 有如一匹烈性的马。

这是他的个性,这也与他诗的个性相仿。他的诗多豪放,多悲慨,多雄而悲壮,多英雄之气,即使在《问青藏高原的山》等悲怆至极的诗中,仍在痛楚中夹杂着豪迈,有着一种痛苦的豁达。而有趣的是,他在

《给妻子》《给小佑佑》等诗中，却又另是一番柔情蜜意。其诗时而雄豪，时而缠绵，英雄气短，儿女情长，此之谓乎？

　　黎焕颐的诗中有哲学，也有历史，但由于他并没在两者之中走得太远，陷得太深，所以尽管有哲学和历史在内，在本质上却又都是属于诗的，有着诗性的闪光。这一点，也许又是他区别于其他诗人而成为他自身的一个重要特色和可贵之处。

冰　夫

　　冰夫本在军中从事创作，转业上海，任上海美术电影制片厂编剧，1996年定居澳大利亚。曾任上海作协诗歌委员会主任，为上海资深诗人之一。早年出版有诗集《浪花》，改革开放之初出版了诗集《荧火》，以后又出版了诗集《凤凰树情歌》《冰光短诗选》等。同时也写散文与电影剧本。

　　在新的文学思潮和诗歌创作潮流的影响下，冰夫的诗也发生了变化，摒弃了以往的一些题材，而开始了一些新题材的尝试。从诗集《荧火》中，我们就可以看出他的这些变化。但他有些表现手法仍未变。如他很善于从一些平凡的小事中挖掘出富有诗意的内涵，时而能打动人心，则一如既往地保持着。《遥远的小站》一诗，是写他青年时的战地生活的，但他偏从环境气氛的渲染上写起，然后转到了对战地女护士的描写，她"也将我背出了血染的沼泽地"，随后两人在江南的梅雨天中分手，最终诗人在回忆了这段30多年前的往事后写道：

　　　　呵，小站，小站，喧闹的小站，
　　　　我们相识而又相别的小站。

> 你是我命运之树上一枚珍贵的叶片,
> 我人生旅途上一座奇异的灯盏,
> 像她的眸子,似星,似雨,时而在天边……
> 江南,时而在近旁,时而在天边……

先写景,次叙事,再抒情,这是冰夫写诗的常用手法,他的《暮宿》等诗也是用的这种手法。由于他对语言的驾驭能力,以及详略得当的处理,转捩与承接得恰到好处的掌控,所以使他的这些诗大部分都能获得成功,程度不同地获得动人的力量。

65岁的冰夫定居海外以后,思乡之情日渐浓烈,并且成为其晚年诗歌的主题之一。其中《乡音》无疑是他这方面的代表作:

> 乡音呵,故乡的使者,
> 慰藉过多少漂泊的灵魂。
> 当长夜在冥思中逝去,
> 羁旅者的烟蒂在窗口忽暗忽明;
> 当记忆的花朵逐渐枯萎,
> 往日的一切随时光而纷纷凋零;
> 只有执拗的乡音分毫未改,
> 它跟故乡的泥土空气一样清新!

全诗共53行,把游子思乡的故国之情,对祖国那份难以割舍的眷恋之情,表达得异常深切,淋漓尽致,与刘半农的《教我如何不想她》、郭沫若的《炉中煤》有着异曲同工之妙!

三、宁宇与宫玺

宁　宇

　　宁宇,本名王宁宇,1935年生于无锡,1949年12月在南京师院附中读书的他便参军南下,先后在三野35军文工团和华东海军文工团一队任话剧演员,1955年复员进上海国棉三十一厂,1957年调上海作家协会工作,先后任《萌芽》《上海文学》编辑、上海歌剧院编剧、上海市文联研究室主任、《电视、电影、文学》杂志主编、上海作协诗歌委员会主任等。早在20世纪50年代中期,宁宇便开始发表诗作,特别是1957年他在《人民文学》上发表的《航海日志》等一系列诗作,已经夯实了他写诗的基础。60年代末有诗集《海魂歌》问世,后因难产而告终,直到1973年他才出版了第一本诗集《红色的道路》。改革开放之初的1984年,他出版了第二本诗集《海琴》。随后一发而不可收,又有《竹梦》《云曲》《宁宇诗选》《宁宇短诗选》等诗集的问世。

　　当白桦、黎焕颐等诗人在对过去的岁月加以反思之时,曾经在部队、工厂生活过的宁宇,对生活和历史也进行了一些新的思考,如他1980年初秋在北京写下的《广场秋思》一诗,在赞美天安门广场的同时,也发出了一些让人深思的警示:

子夜,洒水车冲洗广场马路,
水晶玻璃映出玉兰花灯柱;
但我看到洗净的花岗岩石,
透出血一样淡淡的红色……
这是永远磨泯不掉的记忆吗,

还是十年历史教训的回顾?

与此同时,曾经有过海军生活,写下过《巡逻归来》《出航》《船长的话语》《柔和灯光》《蓝色的梦》等一系列海军生活诗篇的宁宇,仍未忘记大海,在1979年又写下了《大海》《舢舨》《海员的家》《思念》等一些与海相关的诗作,如《思念》:

我的思念像大海无涯,
我的思念像海风绵绵,
你在天涯,我在窗前,
你梦中海棠花可开得鲜艳?

美丽的家乡,泊在你心里,
你却永远抛锚我的心间;
我愿思念变成海鸥的翅膀,
紧紧飞翔在你的船舷。

从这些诗中我们可以看到,宁宇描写海员与大海的诗,大都比较凝练,诗意饱满,抒情意味比较浓郁,叙事诗则比较生动跳跃,海的气息与生活气息交织在一起,弥漫在字里行间。

在改革开放的岁月里,宁宇几乎走遍了祖国的山山水水,他也以笔热烈地歌颂与赞美了祖国的大好河山。他的视野也开阔了许多,不再把目光仅限于大海、水兵、渔民,写下了《唱歌的石头》《高傲的红柳》《高昌月的传说》《我思念大山》《回声》《倒下的黄山松》《松涛》《嘉峪关》《古战场》《东方女神》等一系列内涵丰富、颇耐寻思的行旅诗篇,或怀古,或关照现实,或联想到自身的人生之路,不拘一格。他后来自己回忆起来,也感到1988年夏季的西北之行对他至关重要,他在《宁宇诗选·后记》中曾这样写道:"从甘肃兰州开始,我沿着北丝绸之路一个县城一个县城走过去,饱览了大西北巍峨雪山,浩瀚戈壁风光和悠久历史古迹,感慨万千,诗情汹涌。每日深夜,诗的灵感凝聚笔尖,累积四十首……自感诗风有了较大的变化。"

与此同时,宁宇也敢于忠实地记录下自己思想感情和心灵的痕迹,如他的《你把手举出窗外》一诗便很有代表性:

　　你把手举出窗外
　　向我挥了一挥
　　不说一声"再见"
　　眼睛已经含满泪水……
　　……
　　汽车扬起遮眼尘埃
　　火车可载得动你的梦寐
　　今晚有双不眠的星星
　　在夜空中飞向遥远的边陲……

由于长期居住生活于上海这座国际性大都市,再加上改革开放以后,上海也发生了翻天覆地的巨大变化,从20世纪80年代开始,宁宇也把目光放到了对上海这座城市的描写上。一方面,他由衷地热爱这座城市,写下了《你早!上海》《闪光吧!夜上海》《南浦大桥》等一系列赞美上海的诗篇;另一方面,他又清醒地看到了上海在发展建设中存在的一些弊端,写下了《洗涤上海》《拥挤变奏曲》《高速立交》《上海人画像》《清洗垃圾》等一系列提醒市民注意,有着警示意义的诗。他在《洗涤上海》中写道:

> 不！我们要用洗涤剂
> 去冲洗每一条不畅通的街道
> 每一个浮肿的办事机构
> 以及我们自己的血管、肠胃
> 洗亮半敞开的锈迹斑斑的上海大门
> ……

在1990年4月30日写的《都市风》中,他甚至提示人们:"城市可以死去,城市可以复苏。"生死之间,就看是否抓住了时机。到了1991年7月,他在为《大上海变奏曲》作序时,明确建议——《诗歌要关心城市》,他在文中开宗明义地提出了"城市诗"的概念,即他对城市诗的理解:

> "城市诗"的提出是与"乡土诗"相对而言,主要表现现代城市人的生态与心态,它歌唱的对象是人,抒发城市人的种种思想与情绪。

接着他也坦率地承认,他对自己所写的诗《大都市变奏曲》《大上海变奏曲》等,都不尽满意,只是一些尝试,并提出了一些问题,这些问题也是他本人所面临并还在思考的,为此,他也参与了《六个诗人和一座城市》诗集的合作,写下了《石库门屋》《到咖啡座叫杯咖啡吧》《打电话的女孩》《"渔人之家"酒吧》《城市之夜》《女人是鱼》等一系列与城市相关的诗。《我们用鞋跟敲打城市》一诗,非常绝妙地写出了这座城市的节奏。在《城市是座千手佛吗》一诗中,他又用简单鲜明的对比,揭示了城市的复杂:

这里有崇高旗帜
这里有罪恶的深渊

漂亮的高楼大厦里
有不漂亮的暗中交易

繁华的街道阴暗处
有阳光照不到的霉菌

而在他另写的一首长诗《小闸镇》中,诗人以小闸镇的存在与即将消失为例,写出了上海变迁中的许多悲欣交集的历史与人事,令人沉思。

宁宇是一位非常勤奋、与时俱进的诗人。他平易近人,向时代学习,向青年学习,不断思考,不断探索。在他看来,各种风格,各种流派中都有好诗,尽管他对诗有自己的认识与主张,但他不轻易排斥,而是尽量发现和吸取各种诗中的好处,为己所用。他先踩着大海的波浪一路走来,那些诗随海浪一起波动闪耀,未曾消失,然后走进自己的内心世界,走向大山,走向森林,走向大漠,走向海外,随后又踅足走向城市,为上海、为中国的城市,为人类的生存,为诗歌与城市的关系,为诗歌的走向而殚精竭虑,贡献余热,诗路历程也说得上丰富多彩了。

宫　玺

　　宫玺也是上海资历甚深的老诗人,本在空军部队从事创作,早在1956年就开始发表诗作,在改革开放之前就出版有诗集《我爱连队我爱家乡》《蓝蓝的天空》《银翼闪闪》《花漫长征路》。1978年转业至上海文艺出版社任编辑,落户上海,从此成为上海诗人队伍的重要成员。

　　由于宫玺转业来沪不久,正是改革开放的春风频吹之时,在解放思想的口号下,诗坛也在发生变化,许多诗人都对"文化大革命"的创伤进行了沉痛的反思。宫玺本在部队工作,长期受到部队的政治教育,也许是地方环境的影响,也许他本身就有一种独立思考的习惯,总之,在改革开放浪潮的感召下,宫玺很快就融入这一洪流之中,写下了一些带有反思意味的诗篇,如他在《收割后的向日葵》一诗中写道:

　　　　一棵一棵,直立着
　　　　只有半黄半绿的叶子
　　　　只有躯干,没有头
　　　　……
　　　　五风十雨的记忆已模糊一片
　　　　有没有灵魂无所谓
　　　　割去花盘的脖子艰难地微微扭动

葵花向阳，是"文化大革命"中最流行的文学比喻，向阳院遍地都是，《社员都是向阳花》到处传唱，至于各种歌功颂德的诗篇中，更是不胜枚举，但在他的笔下却出现了另一种"只有躯干，没有头"的向日葵，并以此生发开去，写出了"文化大革命"刚刚结束中国大陆的一种状态，令人寻思。在《风中小芦苇》一诗的后半段，诗人又写道：

　　而我们并非随风俯仰之辈
　　我们是大地灵敏的触角
　　并非诸葛亮借来的十万狼牙箭
　　我们是五千年春秋之笔

　　尖锐
　　但绝不草菅人命
　　纵令威胁以火
　　依然不改初衷

古人所谓的"托物言志"，主要指的就是这类诗。他此时所写的《石头的声音》《路》《仰望》等一些诗，也都属此类。甚至他作于1981年1月6日的最有代表性的名篇《最后的飞翔》，似乎也可属于此类。宫玺身为空军一员，潜意识自然常常闪现鹰的形象，对鹰的感受也较常人为多为深，但他此时却写出了"一只受伤被缚的鹰"的最后飞翔，它"为了重获自由"而甘愿付出所有的代价。诚如黎焕颐评此诗时所说的："从形象中流出来的历史感，是多角的。这受伤而又被缚，然后又挣脱绳索、冲向蓝天作最后飞翔的，仅仅是鹰吗？小者，我们可以联想到个人；大者，我们可以联想到我们的民族，我们的国家许许多多的人和事……"他最后的结论："这是一支悲壮的自由之歌。"

自此，宫玺的诗歌似乎有了一个转折，开始了一条新的航线。他仍不断地写诗，不断地出诗集，先后有《空军诗页》《无声的雨》《抒情的原野》《宫玺自选集》《宫玺诗稿》等问世，21世纪初又出版了《冷色与暖色》《宫玺世纪诗选》《宫玺诗选》《庸诗碎》等。此外，他还出版有寓言诗集《关于斑马的传闻》，并与黎焕颐、姜金城合著有诗集《同题三色抒情诗》，又与姜金城、宁宇、米福松、徐芳、程林等合著诗集《六个诗人与一座城市》。

毫无疑问，改革开放是宫玺诗歌的一个拐点，其诗风也发生了巨大的变化。他不仅主观上尽量摒弃以往的诗歌题材和表现手法，而且与时俱进，尽量从中外诗歌经典和当代诗歌的优秀作品中汲取养料，为自身的创作服务。不管什么流派技法，只要合适，他都有选择地运用到自己的诗中。他的诗变得简约、洁净、飘逸潇洒、自由自在起来，在内涵上也比以前更加深邃，意味隽永，耐人寻思。《黄河依然是黄河》《致一位合唱队队员》《无题》（"当雷声一再警告的时候"）、《1968年4月29日》等，都有相当的代表性。

对于宫玺的诗，在诗人范围内有着截然不同的看法，有些诗人认为宫玺的诗能与时俱进，手法新颖，思想敏锐，愈到晚年，愈加老成，又能与现在的中青年诗人齐头并进，而不像是中华人民共和国成立之初那个年代走过来的诗人，在同年龄段老诗人中，他是最能与时代同步，走在时代前列的。但也有个别诗人认为，宫玺的诗老气横秋，如老僧念经，除了一些人生经验的议论和发挥，别无可取。

不错，宫玺晚年的诗中，的确有着不少议论，有的甚至是通篇说理,但这都是他的人生感悟。其实,有时他也尽量以诗的方式——诗的语言或有意味的物象来加以表达。有些诗颇有意象,或有象征手法。只是他没有刻意去追求现代派而已。在这方面,蔡其矫的评价是相当中肯的,他在1998年8月8日致宫玺的信中曾说:"对于你,我往常就觉得你有个性,耐读,就想了解其中奥妙。概括起来说,你把人生经验压缩在每一首诗里,哲理多于抒情,内部心象多于外部物象,有巧思,有奇句,却又朴素、易懂,别人写来可能说教味太重,你却轻而易举,文字的功夫不浅,诚实又忠厚,也非常重要。你只走自己的路,从不哗众取宠,每次在报刊读你的诗,都有新鲜感。"

的确,宫玺是一位有个性的诗人,他之所以能在他那一代人中脱颖而出,别具一格,与众不同,自成面目,与他的个性是分不开的。他在《对镜》一诗中曾告诫自己:"难的是坚守/在众人坚守不住的时候/坚守你自己。"

在长期的坚守、追求与努力之下,宫玺成就了自己,锤炼出了一种新颖而独特的诗歌品种。在全国不多,在上海更是独一无二。

其实,宫玺有不少诗也有着浓郁的抒情意味。然而,由于他好思索,所以他的诗又不纯以感情胜,在不少诗中也颇有些理性的成分;在抒写感情的同时,也含有一些哲理。也就是说,他有时不单纯是为了表现感情,同时也在表现一种思想。而这种思想,往往是他思考的结晶。大自然中的一草一木和人类社会中的任何一种现象和风情,都会引起他的思考,而《波浪》《看驯虎表演》《剪影艺术大师》《沉思》《压力》《彩虹》《新的大街》《回声》等,都可以说是这方面的代表作。

四、谢其规与姜金城

谢其规

由于谢其规在十年浩劫以后出版过不少小说,如长篇小说《精武传人》《上海滩恩仇记》《八卦拳王传奇》《鹰啸剑飞》《潇洒侠客》,惊险中篇系列《秘密追捕》等,又有电视连续剧《小刀祭》等在屏幕频频亮相,因而有许多当今读者都以为他是个武侠小说家。而一些诗坛前辈或老读者,一般则多知道他首先是一位诗人,并以诗发轫于文坛,早在半个多世纪前就已公开发表了许多诗,改革开放以后又陆续出版了诗集《钢铁齐鸣》《冷和热的地方》《诚实的孩子》《秋天的杜鹃花》《小红螺》《大西洋的风》《凝视秋雨》等,其中有不少诗已被选入《中国新文艺大系·诗歌卷》《20世纪中国新诗辞典》《志愿军诗一百首》《解放军诗一百首》等总集中。到了2009年,他又把自己以往所作之诗,以题材、内容而分为七类,每类又按年代、时间为顺序加以编排,题为《谢其规诗选》奉献给广大读者。

毫无疑问,谢其规写诗的起步是相当早的,1951年便在省报公开发表诗作,年龄才不过18岁。自此他便一发而不可收,从一头青丝到两鬓白发,始终与缪斯为伴。尽管他1980年调入上海电视台工作,写了不少小说与剧本,但仍深恋着他所钟爱的缪斯,写下了大量的诗篇,出版了诗集《小红螺》等。1991年5月,他作为上海电视台编摄组的成员,应邀出访,搭乘远洋巨轮李白号漂洋过海,指云望月,日出日落,耳濡目染,每被风物所感,便摇笔成诗。因此,在改革开放的最初20年里,谢其规在诗歌、小说、戏剧三个领域中,都取得了相当丰硕而可喜的成果,是其文学创作的一个高峰期。单以诗论,就先后出版了《秋天的杜鹃花》《小红螺》《大西洋的风》《凝视秋雨》等,从而进一步巩固与奠定了他在上海诗人中的地位。

每个诗人都有自身的人生经历,谢其规也不例外。他早年在华东人民革命大学读书,随即参军,在军队里做文化宣传教育工作,转业后又在河北地方政府部门工作,后重回上海,先后做过教师、工会干部和电视台的记者、编辑、编剧等,经历不可谓不丰富,而这些丰富的人生阅历和感受,或多或少要反映到他的诗歌中来,并决定了其诗歌题材的广泛性和内容的丰富性。仅就《谢其规诗选》所编选的诗歌栏目来看,便有"感悟风景""唱给祖国,唱给上海""海洋情怀""诗性人生"等七大类别,其中以行旅、咏物之作为多,也有对上海工人劳动生活的礼赞,以及大量感悟人生的言志抒怀之作。尤可贵者,他还喜欢与孩子为伍,"和他们一起做功课,做游戏,练武功,有机会就参加他们的课余活动",与他们共喜忧,因而他还有大量的儿童诗发表于《巨人》《儿童文学》等大型刊物上,出版了儿童诗集多本。

不仅如此,作为一个半个多世纪前的老兵,一个一路风雨泥泞中走来的老诗人,谢其规非但不排斥改革开放以后生活中涌现出的许多新现象,而且与时俱进,能以新的思想观念接受这些生活现象,率先写下了《美容厅》《时装表演》《交谊舞会》《迪斯科》《"人才交流咨询所"前的沉思》,以及《生活的色彩》中的《选美》《音乐茶座》等一系列诗篇,这对于今天的青年人来说也许司空见惯,不足为奇,但对于像谢其规这个年龄段的人来说,则是弥足称道,值得一提的。

如同那些有写作经验的诗人一样,谢其规对不同题材的诗,会有不同的处理方法和语言选择。每当面对瞬息万变的大自然和缤纷多彩的大千世界,无论是湛蓝无边的大海或风中摇曳的一花一草,他都会较多地注意到文辞的修饰,尽量赋予绚丽的光泽,给予更多的比喻和联想,《青海湖情思》《抒情的香江水》《海浪》《海滩吟》《大海,恢宏的美》《花,含着笑》等都属此类。而每当他面对一座高山,一株青松,一尊雕塑,一块岩石,或站在炼钢炉旁时,他并不在乎文辞的华丽与柔美,反更注重语言的洗练与节奏的铿锵有力。《江边钢城》《黄山连理松》《生命,铿锵闪光》等都有一定的代表性,如《读罗丹〈思想者〉》的开头两节:

> 头颅
> 沉重地垂下
> 整个身躯
> 乃至整个世界
> 几乎都难以将它
> 撑住

> 寰宇一如尘埃
> 阒然无声
> 嶙峋突兀如山岩的
> 额头,和太阳竞相
> 耀辉

句式短促,却有力,与他平时写景时惯用的长句大相径庭,判然不同。尽管他有时在个别句式的排列上稍嫌生拗,但与前者相较,我似乎更喜爱后者。《礁岩述怀》在遒劲中不乏风骨,在简短的句子中还时

43

透几分冷峻。他有几首动人的爱情诗,似乎也是以这种简洁的句子写成的,至少以这种句子为主。

对于一首诗,我们可以从各个角度去加以衡量和评估。或语言,或手法,或意境,或形式,或布局,或音节,但就传统或大多数情况来说,我们对一首诗的成就高下的认可和价值优劣的判断,主要还是看其创意的大小深浅。也就是说,主要看一首诗在意义、意味或意象方面的创造、挖掘、把握与发现上。如果我们从日常生活中能发现某些深刻的思想,或捕捉到一个有意味的东西,哪怕是寻找到一个不寻常的意象,那基本上就有了一首诗赖以成立的基本点和内核,随后才会考虑以什么样的语言、方法、形成节奏把它表达出来。如果没有这一基点和内核,一首诗就很难成立;即使写出来也会感到索然无味。谢其规深得其中三昧。因此,他写任何一首诗,都有一个基点和内核在内,无论是叙事、绘景、状物,或大肆涂抹,或纵笔挥洒,令人莫测其端,但到诗尾,往往点出真意,令人恍然大悟,回味无穷,其《玉女峰》《长城抒怀》《俯瞰》等写景诗是如此,其《风车礼赞》《珍珠吟》(三首)、《小飞鱼的潇洒》等也是如此。最妙的是《蟋蟀》《初晴》《蚯蚓》《虹》等一系列短诗,每首是前七句悉为描写,直到末句方轻轻点出题意,有如画龙点睛之笔,顿使全诗生辉,使诗的意味和含义也得到了提升。

与其他诗人相比,谢其规有一个明显的不同处,就是他还写有大量的儿童诗,发表过百余首。他对儿童诗有着自己的理解和创作要求,除了生活和时代气息以外,更重要的是"要写得单纯,优美和富有情趣"。如《小红螺》《小白帆》等皆如此,而《杰杰穿衣服》《买书包》《弟弟告状》等诗,则多以一事一题来说明一个孩子的成长过程,寓教于笑,饶有趣味。总之,谢其规的诗风格比较多样,如《格但斯克精神》的悲壮,《南岳云月》的柔美,《思念是初吻》的清芬,《石林风骨》系列的遒劲,《海洋情怀》中的斑斓多彩,《祖国》《祖国和我》以及歌咏上海系列诗篇中的无限深情……

然而,谢其规之所以能驾驭各种诗的题材,而在艺术上又能获得多种风格,这恐怕与他的诗歌观念,以及他对诗的理解与主张是分不开的。

谢其规对诗的态度爱憎分明,也毫不隐瞒自己的诗歌主张,他曾旗帜鲜明地指出:"诗歌永远是明志述情的一种最简洁、最富感染力的文学样式。"并说:"诗即我心。感应着社会、人生、自然,乃至整个宇宙的脉搏,诗情经开掘便从内心深处潺潺流出,于是我吟咏,我歌唱。"在《致诗友》一诗中,他还公开宣称:"诗人的崇高职责是和人民一起前进。"因此,他对那些"读起来比读学术论述还拗口、吃力的'先锋'诗,并不爱读,但不反对刊物'给予一席之地'。"

他自认为"对诗的各种流派和风格并无偏见",所以写起诗来能够做到"兼收并蓄"。我们从郭在精对他采访而写成的《理想是指路明灯》一文中,可以知道他对古今中外的诗作都有广泛的阅读,对李白、杜甫、苏轼、李煜、歌德、普希金、艾青、闻一多等人的诗尤为钟爱。当然,对于"先锋派""朦胧诗""后现代主义"等,他也不拒绝阅读。直至1996年,在与郭在精谈到今后对诗的追求时,他还是明确表示:"从诗艺上说,至今我所追求的仍是情感真挚,语言清丽单纯,结构新颖独特,内容又较深刻、耐咀嚼的风格。"

应该说,谢其规是一位写作态度相当严谨认真的诗人,他宁可把一首诗写得很饱满,也不希望在哪一方面有所缺失。他对诗有一个崇高的理想目标,并发表了大量诗作,但他从不满足,不自傲,很低调,谦虚谨慎,并总有一种"负疚感"。

姜金城

　　姜金城出生于1936年，笔名江水。1956年从人民解放军分配到第八军医学校，毕业后，又分配到上海警备区工作。1958年开始发表诗与散文。1974年转业，先后在上海人民出版社、上海文艺出版社任编辑。出版有诗集《海防线上的歌》，改革开放以后又出版了诗集《遥远的秋色》《昨天的月亮》《姜金城诗选》等，又与程林等合著诗集《六个人与一座城市》。

　　当十年浩劫结束，改革开放的号角吹响以后，姜金城与许多同时代的诗人一样，抑制不住内心的喜悦，写下了《暴风雨过去了》等一些诗，他在其中写道：

　　　　暴风雨过去了，
　　　　一只小鸟又飞回了树林；
　　　　它急切地鸣叫着，
　　　　在寻找什么……

　　"小鸟"飞回树林，显然是一种象征，这只小鸟也许诗人自喻，也可以是对经历过风雨的中国人的总体写照，写出了当时寻找出路的中国人的普遍心态。

　　自此，姜金城也调整了自己诗歌创作的观念和方位，调整的幅度虽然不如宫玺大，但也写出了不少富有个性的诗篇。如他的《野魂》一诗，便是因见野马群从戈壁滩上呼啸飞掠而过，发现了野马的性格：

　　　　从不属于谁，

也不追随谁,

真正享受了自由的权利。

不会因某种狂暴的摧残

变得驯服;

不会因某种陌生的诱惑

变得顺从。

诗人当时这种描写和发挥,自然有其真正的用心,以马喻人,道出了独立人格、自由人性对于中国人的重要性。此外,他的《在外白渡桥上远眺》等诗,在写景中,也蕴含着他对人生的感悟,有着一定的生活哲理。

姜金城的写诗态度相当严谨,并时出智慧,如他的《江南民歌》就写得非常绝妙,诗思独特,非常人所及。《伐木者》从伐木者的"作业点"和艰辛劳动中,发现了伐木者的精神和"平凡的伟大"。他后来也致力过一些城市诗的创作,如《新天地之夜》中的"仿佛阳光在飞溅"诸句,以及结尾的比喻,都是贴切而美妙的。

五、吴钧陶与廖晓帆

吴钧陶

吴钧陶(1927—)是著名翻译家,也是诗人。长期在上海译文出版社任编辑。笔名"纸囚一世"。他从青少年时代便爱上了诗神缪斯,后来因发表了《走向生活》《悼亡婴》等诗,受到错误的批判,错戴了"右派分子"的帽子。十年动乱中他怕再遭不测,便忍痛将自己多年的诗稿付之一炬,这对于他本人和诗坛都是一种损失。至今,他出版的诗集有《剪影》、诗与译诗集《幻影》等,并曾把杜甫、鲁迅等人的诗歌翻译成英文。

由于吴钧陶谙熟英语,受到西洋文学的影响和熏染,曾试作过一些十四行诗。这些诗以咏物为多,如《灯塔》《长城》《骆驼》《珊瑚》《鹰》《大象》《萤火虫》《虎》等都属此类,在描写上都显得十分漂亮生动,如《蝴蝶》的开篇一节:

像是轻盈的五彩缤纷的幻梦,
像是飘忽的行踪不定的微风;
用美丽的形状和图案装饰着自己,
把春天的气息和阳光温柔地扇动。

我们可以发现,吴钧陶的这些十四行诗,在描写或铺叙中便已常常含有比附的成分,诗意荡漾,至末尾两句,又常常以画龙点睛般的手法,点示出全诗的主题或要表达的思想,故读后总让人有所得益,或者便有一种深藏的意蕴供人咀嚼和回味。

除了十四行诗,另有一些诗篇也反映了吴钧陶成熟的艺术技巧和精美的思致,像《摇篮曲》《剪影》《夜曲》《乞丐》《春雨中的故事》《诊断书》等都是我们认为值得称道的。其中《剪影》一诗在表现上尤其独特,作者没有丝毫故弄玄虚或有意用一种晦涩朦胧的语言来造句,但他却把凡人常见的石阶、人影、门廊等物,在月色和黑色中的交织、变化、分合,用一种简洁和线条般的语言,刻画得栩栩如生,有声有色,既有着一种现代派、抽象派的造型艺术,又有着一种神秘的气氛和永难消失的魅力和趣味。这与吴钧陶那些以情动人的诗篇截然不同,而以另一种稀有的魔力和意味取胜。任何一个人,只要能写出这样的诗,多少都标志着他艺术上的成熟和精致。

当然,这并不是说他那些以情动人的诗篇就此逊色。平心而论,他的这一类诗仍会受到广大读者的喜欢,但这些诗难以体现艺术高度,别人一时兴起,或许也能摇笔而成,而《剪影》固然也是一种发现,而更重要的是他在发现的同时又酿造了一种精致的超现实的诗艺。

与其他一些好思索的诗人一样,吴钧陶也写过一些哲理小诗,这些诗他统称为《冥想录》,多三言两语,以思想深刻取胜,也有一些蕴有浓郁的诗意而显得意味隽永,如:

月亮不能,也不愿发出太阳的光芒,
她知道人们需要诗一般的夜晚。

再如:

蜡烛在自己的微光里滴着快乐的眼泪。

读着这样的诗句,多数人都会为之动心,为之移情,这一方面来自一种真诚,一种纯粹的象征意味在起作用,但更重要的是,这是一种来自生命的吟唱,来自一种悲喜交集的心情。他本写过不少这样富有情致和诗意的哲理小诗,只因在十年浩劫中怕遭灾,私下烧毁,现在只剩下20余首,每一首都金铮闪亮,只可惜太少了些。

吴钧陶的诗,大致上能达到情、辞、意三者兼而有之,搭配得很和谐,或以情动人,或以意取人,都能在人的心灵上引起一种震颤,或唤起一种美感，引起一番思索和回味。他的诗没有俗态，也没有媚态，更没有造作的姿态，有的却是一种丰富的情感和美好的祈愿。他真诚地赞美改革开放以后的新生活、新气象，他的诗都是从他的心灵上写出来的。

廖晓帆

廖晓帆（1923— ），原名廖顺祥，笔名廖顺庠，1947年毕业于同济大学土木工程系。他是高级建筑工程师，又是翻译家，曾翻译过海涅的诗集和《舒柏尔独唱曲集》等。同时也写诗，早年出版有诗集《运军粮》，以后又出版了诗集《祖国的春天》等。并数次获得各种诗歌奖项。2009年出版的诗集《欢唱》，基本上纳入了他各个时期的代表诗作。

在改革开放的岁月里，他不仅亲自参加了上海这座城市的建设，同时也以诗热情歌唱了这座城市的变化，写下了《南浦琴声》《外滩小夜曲》《斜拉桥印象》《申城之夜》《地铁车站》《赞铁路南站》《金茂大厦赞》《白玉兰》等一系列热情洋溢的诗，充分表达了诗人对上海的热爱。《森林的故事》等诗尤为意味隽永，耐人诵读而寻思，为其代表作之一。

第四节　从风雨中走出的青年诗人

说起改革开放以来的上海诗人，当然应注意到从"文化大革命"风雨中走出来的一群青年诗人，其中有赵丽宏、张烨、季振邦、田永昌、朱金晨、桂兴华、郭在精、陆萍、缪国庆、钱玉林、路鸿、戴达、徐如麒、裘小龙、曾正曦（蓁子）等，他们几乎与北岛、舒婷等"崛起的诗群"差不多同时步入诗坛,在改革开放之初的春风中扶掖互动,各显姿态。

一、赵丽宏与张烨

赵丽宏

赵丽宏初以诗著称,后又以散文名世,两者难分轩轾。早在改革开放之前,他的诗便在报上频频亮相,有着一定的名声。在改革开放以来近40年的创作历程中,他仍不断勤奋笔耕,写诗作文,出版了大量的诗集,仅20世纪80年代就出版有诗集《珊瑚》《沉默的冬青》《抒情诗151首》《挑战罗布泊》等。另有大量散文。他的诗不断地印证着他所经过的时代与道路,诗风也相应地发生着变化。他早期的诗清纯、明净,后期的诗显得深沉,意味也深长了许多,但其流畅、清新、明丽的风格始终保持。他的诗抒情意味甚浓,至长诗《沧桑之城》的出现,我们也可以看到他叙事的老成,叙事抒情的有机结合。

《沧桑之城》是赵丽宏比较看重的诗作,也是他的诗歌代表作,历时多年方得以完成。诗共分九章:《醒狮之眼》《惊雷大世界》《苏州河咏叹》《从霞飞路到淮海路》《生生不息,文化的风骨》《在地下

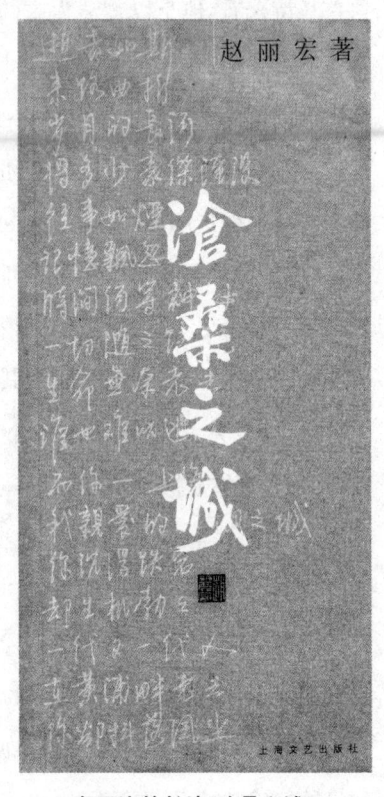

赵丽宏的长诗《沧桑之城》

飞翔》《我亲爱的父亲母亲》《烟囱的盛衰》《仰望和俯瞰》。末附《尾声：面向海洋》，前有诗人题词：谨以此诗献给我亲爱的故乡之城上海。

上海是诗人自幼成长的地方，诗人对这座城市怀有无比深厚的感情，他以夹叙夹议的抒情语句，描述了这座城市曾有过的辉煌、光荣和骄傲，以及曾经受到的耻辱、沧桑与反抗，直到今日的变化。

每个诗人对每座城市的感情是不一样的，因此，每个诗人心目中的城市可以是完全不同的，他可以赞美，也可以诅咒、痛恨、愤怒、埋怨，或爱恨交集，或又爱又恨，这些都能理解，不必苛求。从赵丽宏的这首长诗来看，他是以赞美为主的，同时也交织进他的许多感叹。这是他的出生地，在他一生的成长过程中，这座城市曾给予他很多，他也从中得到了许多。他能感受到这座城市给他的馈赠，并能产生一种感恩的心理与情怀，这种心理和情怀本身就是值得肯定和赞赏的。

再从上海这座城市来说，她也值得赞美。在其沧桑历史变幻的过程中，也的确涌现出许多惊天动地、可歌可泣、气壮山河、彪炳史册的人与事。看得出，赵丽宏是经过精心选择的，他选择了杨剑萍在大世界的壮烈殉国，选择了谢晋元及其战友在四行仓库的浴血奋战，选择了鲁迅、梅兰芳、巴金这些民族脊梁和高尚灵魂……他写到了这座城市曾经有过的喧嚣、浑浊和屈辱，但他更写到了这座城市有过的坚强、美丽和光荣。当然，出于无奈，他也忍痛割爱地舍弃了许多，因为诗需精练，而长诗更需要结构和剪裁。

说到结构，不得不提出的是，《沧桑之城》在结构和写法上有一个很大的特点，即诗人把父母对他的养育之恩与上海对他的养育之恩融合交织在了一起。这种写法不多见。因为一般说来，诗人要么写他与父母的情感与关系，要么写他与一座城市的情感与关系。而赵丽宏大胆地把这两者融合在一起，是有自身的理由的，诚如他在诗中所写："我亲爱的父亲母亲/他们的身影/早已和这座城市/融为一体/我探索这座城市/怎么不探索他们的经历/我讴歌这座城市时怎能不讴歌我亲爱的父亲母亲。"这种写法，就国内来说，目前似乎尚未见到，可说是一种创造，也担有相当的风险。因为把握不好，极易失败。就我个人来说，我认为他基本上还是比较成功的。至少有两个好处：一是不空疏。因为写一个人与一座城市的关系，很容易造成空疏感，大则大矣，但大而无当，大而空洞，结合到父母与家庭，有一定的载体，相对可减少一些空疏的感觉。二是情感上更真切。儿女与父母的感情，是一种亲情，是世界上最真挚的感情之一，这与一个人对一座城市的感情是不一样的，有区别的，如果在对城市情感的抒写中，能融进一些亲情，或把与父母的感情结合进去，这无疑可以使诗在情感上显得更真实、更亲切。我在读《沧桑之城》时，自始至终都感到诗人有一份真挚的情感在内，或许就与这种融合在一起的结构与写法有关。

近世以来，以小说、散文的形式来表现城市，成功的例子很多，如巴尔扎克笔下的巴黎、狄更斯笔下的伦敦，即以上海这座城市而论，茅盾、张爱玲、孙树棻、王安忆等人的小说中也都有出色的描写。但以诗的形式来表现城市，虽然在波德莱尔以后的一些现代派诗人的作品中也获得过一定的成功，但终究不能与小说、散文相比。因为诗所表现的多为感情、精神类的抽象物，当它面对一座由多种物象组构而成的活生生的城市时，就会受到许多限制，至少施展起来不像小说、散文那样得心应手，游刃有余。基于这一点，凡遇城市诗，或描写上海的诗，我们应多加关照和呵护，不宜苛求。而像赵丽宏这样以一首长诗的规模来表现上海，并能取得一定的成功，则更为罕见，值得研究。

2008年11月,上海文化出版社出版了上下两卷的《赵丽宏诗选》。收选了他从1970年至2004年间所创作的200多首诗,在很大程度上可视为诗人对自身诗歌创作历程的一个小结和回顾。作者在《自序:感谢诗》中也承认:"这些诗行中,有我人生的履痕,生命的印记,是我在文学之路上探索前行的足音,也是我所生活的时代在我心灵中激发出的真实回声。"

我们从他的这两册诗选中,既可以看到他的思想感情的丰富性,也可以看到他表现手法的多样性。《天上的船》《忆大足》《海上断想》《微笑的骷髅》《友谊》《往日,无题的故事》《路灯》《冬青》《读史》《誓言》《永远的琴声》《你是诗篇》《祖国啊……》《芦花》《古老的,永恒的……》《你看见我的心了么》《有过普希金铜像的花园》等一系列有代表性的诗篇,都在里面闪闪发光。其中有些是作者自己看重的,有些是读者喜欢的,也有些是评论者所认可的。诗人对事物的感知很敏锐,经常在一些普通的事物上发现诗意,化而为诗,所以咏物诗在诗选中占去一定的比重,也多有获得成功者,如《路灯》的首尾两节:

> 有时候
> 仿佛变成了一盏路灯
> 悬挂在寂寥的空间
> 期待着夜中行人
> ………………
> 假如变成路灯
> 我不会因此悔恨
> 不断的足音

远去的背影

延续着,延续着

我的遥远的憧憬

路灯是太普通不过的东西了。无论城乡,放眼望去,比比皆是。但赵丽宏却对其情有独钟,偏写下了这首赞美路灯的诗。他在诗中表示:"以我微弱的光/为后来者辟一段平安之径/孤独中自有淡淡的欢欣。"这是全诗的主旨和核心,说明诗人是心甘情愿化而为路灯的。随后,他又以夜行现场的描述,赞美了路灯甘于寂寞,暗中助人的美德。这虽是一首咏物诗,但与一般的咏物有所不同,他不是为咏物而咏物,而是托物言志,借助"路灯"这一物象,来委婉地表达了自己的心志。此外,他的《江芦的咏叹》《帆》《孤帆》《冬青》《剑兰》《柚树》《芦花》《灯》《白孔雀》等诗均属此类。

赵丽宏的感情细腻,不仅对自然万物,就是对各种艺术作品,如音乐、绘画、陶瓷、建筑、雕塑等,也常有敏锐的感觉,常为之黯然神伤,深深感动,或潸然泪下,或泣不成声。如他就曾为大足的石刻艺术而感到惊心动魄,深深震撼,忍不住失声痛哭,写下了《忆大足》一诗,在诗中反复吟咏:"一个诗人/面对着峡谷痛哭失声。"其感动的程度,由此可见一斑。然而,他对音乐的感受和想象似乎更为丰富,有着极强的欣赏能力,其中的佳作也比较多,如《天上的船》《琴声》《遐思》《神游》《乘着歌声的翅膀》《燃烧的中国心》《永远的琴声》《遥远的叹息》等都是这方面的代表作。如《永远的琴声》是纪念上海著名女钢琴家顾圣婴的。他在诗的开篇一节就由衷地赞美道:

> 她的琴声像流动的阳光
> 抚照过春天的田野和山林
> 她的琴声也像汹涌的春水
> 冲开阻隔人心的樊篱围墙
> 高举起金光灿烂的奖牌
> 让全世界为年轻的中国喝彩
> 虽然没有写过一行诗句
> 她却是一个真正的诗人
> 那些发自灵魂的歌唱
> 把无数人的心弦拨动

顾圣婴16岁便登台演出,20余岁就在国内外参加各种音乐演出和比赛活动,为中国赢得了许多荣誉和多项最高奖项,深受听众喜爱,在国外听众中享有极高的声誉,结果在"文化大革命"中被迫自杀身亡,年仅30岁。赵丽宏喜欢她的音乐演奏,在她去世34年后写下此诗,以示纪念。以为"肉体会消失,生命会枯萎/美妙的音乐却永远活着",直到今天,她的"琴声依然如诗如水如春风如阳光/千回百转,倾诉对生命的热情"。

每个诗人对诗都有着自己的认识和理解。在《海上诗坛六十家》的《诗观》一栏中,赵丽宏曾写道:"诗言志,诗抒情,诗歌为心灵之花,真情为根,想象为叶,哲学为蕾,无拘无束,自由开放。"在《赵丽宏诗选》的《自序:感谢诗》一文中,他引用了多年前在《上海文学》发表诗作时写过的一段话,表达了他对诗的看法:"把语言变成音乐,用你独特的旋律和感受,真诚地倾吐一颗敏感的心对大自然和生命的爱——

这便是诗。"我们可以把这两段话结合起来,尽可能完整地理解赵丽宏对诗的认识和看法。而我们从他各个时期所出版的各种诗集中,可以看到其诗的最初形态和目前的最新状况;看到他在诗歌创作上的发展和变化;看到他曾有的追求和自信,也可以看到他的坚守和放弃;可以看到他内容题材上的转换和拓宽,也可以看到他在语言和形式上的各种尝试;可以看到他的成功,也可以看到他的不足,可以看到其艺术表现上的多样性,也可以看到其创作个性和特色的形成……当然,他的诗路历程仍在延伸,他的诗歌创作仍在继续,近几年,他又出版了两本比较重要的诗集,这就是《我在哪里,我是谁》与《疼痛》,前者是他几十年来创作的一个选本,所收录的诗近百首,《天上的船》等一些最好的诗作,几乎都在其中。后者主要收录了他2015年内所写的诗,也有2014年12月内写的《脊里》《舌》《脚掌和路》三首诗。前面以2016年初春前写的《门》《冷》《凝视》《X光片》《暗物质》四诗作开场,后面以《活着》《我的座椅》《痛苦是基石》三诗为结尾。全书没有序跋,与其一贯的诗集体例略有不同,有着难以言说的微妙变化。凡此,都值得我们做进一步的探讨与研究。

张 烨

张烨在1965年便已开始写诗,那年她才17岁。"十年浩劫"中,在极其艰辛的条件下,除了音乐与绘画,她继续坚持写诗。粉碎"四人帮"以后,她开始向全国报刊投稿,但都告失败。直到1982年1月,她才在《人民日报》上发表了第一首诗——《故乡,我的清泉》。1985年4月,她在《诗刊》上以一组《"大女"的心律》,引起了诗坛的注意。1986年12月,当她的诗集《诗人之恋》由花城出版社出版,才标志着她在中国诗坛上的显现。

随后,她又出版了诗集《彩色世界》《绿色皇冠》《生命路上的歌》《孤独是一首天籁》《鬼男》《隔着时空凝望》等。已经发表而尚未结集的还有长诗《东方之墟》《海湾战争》《世纪之屠》《奥斯维辛之歌》等。至此,她在中国诗坛上的席位,已大致得到了确立。

对相当一部分人来说,诗只是一种消遣或业余爱好,但对张烨来说,诗就是她的生命,或是她生命的重要部分甚至全部。不论是谁,只要做出这种选择和定位,都必须要付出沉重的代价。张烨也不例外。从一种世俗的眼光来看,这或许是她的不幸;但从另一种人生视角来看,其生命的价值和意义也正在此。

正因为如此,张烨的每一首诗,都是她生命历程最真实的写照。

当古老的中华大地被红色海洋淹没的时候,当同辈的少年男女都热烈昂扬地唱着同一首颂歌的时候,纯真的张烨因她特殊的家庭和环境,却为此感到迷惘、困惑,甚至是恐怖,并且在极短的时间内便表现出对这场动乱的嫌弃、不满和谴责。我们从她当时私下所写的《迷惘之日》《玻璃窗里的诗》《喧嚣》《死神的表白》等一系列诗中,都可以清楚地看到她卓然不群的思想和人生态度。指明这一点可以表明以下两个意义:首先,张烨诗一开始就有着对祖国和人民命运的关注,并非都是单个体的存在;其次,她和北岛、舒婷、芒克等人一样,没有迎合那个荒谬时代的疯狂情绪,而是保持了一个诗人应有的独立人格和敏锐嗅觉,西方人所谓诗人的预言性和超前意识,都是就此而言的。

1. 绚丽感人的爱情诗

虽然"五四"以来,徐志摩、戴望舒等人都写过爱情诗,但自中华人民共和国成立以后,写爱情成为禁区,诗人只可写工农兵的爱情,却不能写自身的爱情,直至改革开放以后,爱情诗才陆续有所出现,舒婷、林子、李琦等都是有代表性的,张烨也是其中一家。不过她的爱情诗,色彩更为绚丽,也具有自身的艺术感染力,在她的整个诗歌创作中占有更重要的位置。她自己也承认:"爱情诗在我的诗中占有很大的分量。我这部分极为深刻的生命体验,是与人生、社会、人类的历史与现实紧密联系在一起的。"(张烨《诗的自白》)所以,真正使张烨驰誉诗坛、产生广泛影响、赢得广大读者喜爱的,还是她的爱情诗。

张烨早期的爱情诗大多收在诗集《诗人之恋》中,《初恋》《别》《凝视》《爱的收藏》《悼歌》(之一、之二、之三)、《怀念》《外白渡桥》《车过甜爱路》《我不忍心责怨你》等,都可视为她的代表作。其中有初恋的羞涩和惶恐,也有恋中的甜蜜和迷醉,但更多的还是失恋的痛苦和求索。如果扩大一点说,组诗《"大女"的心律》也可以视为她的爱情诗的一个旁枝或遗绪,因为其中或多或少、有意无意地残存和潜藏着她失恋后的心态和痕迹。

古今中外的爱情诗很多,其中一些最优秀和最精致的作品,往往都是真挚情感与精美语言的完美结合,而且还要在以情动人的同时,兼有净化心灵和陶冶情操的深度和力度,而张烨的有些爱情诗便具备着这样的品质,例如《凝视》:

张烨的代表作之一

我微笑着走向你

你的凝视是幸福

然而,幸福也使人担忧

犹如宁静的大海

我害怕会有一阵风雨袭来

我觉得自己是樱桃是蜜橘

喝着你的目光

我醉了

醉得甜甜蜜蜜,光彩四溢

我坚定地走向你

你的凝视是静穆而崇高的激情

像一座幽深的大山

你沉默的呼唤

注定了我一生的登攀

既然爱的凝视来自爱的心灵

我就要步着你的目光

一直走进你的心灵

勇敢地去占有

并通过你的眼睛向所有人宣布

你的凝视只属于一个人

这首诗无论从哪一个角度来看,或语言节奏,或章法布局,或象征意义,或情感意味等,都可以给人以柔美精致和深邃隽永的美感。全诗从首章的"担忧""害怕",次章的"迷醉""甜蜜",到最后两章的"坚定""勇敢",展示了一个感情上的变化和起伏过程,读后不得不令人动容,给人以心灵上的震撼和慰藉。这很自然使我们联想起舒婷的代表作《致橡树》,它们在立意和主旨方面虽然各不相同,但在爱的深邃和力量方面却是相同的。此外,她的《悼歌》《希望》等一系列为爱而写的优秀爱情诗也都能达到这样的艺术效果,不能不令人赞叹。

2. 对自然、人生的观照

当我们把目光从绮丽俊逸的爱情诗篇移开,转向其他诗歌领域的时候,我们发现,张烨的其他诗篇也同样具有魅力,有它们发光的地方。

组诗《流向母亲心灵的情感》,或许打动过无数读者的心,牵扯过他们的感情。这是由《火与水》《忏悔》《绿色选择》《母亲的手》四首诗组成的,那种凄楚哀婉的曲调,有如小提琴的独奏,丝丝入扣,令人心碎,潸然泪下。这组诗至今尚未引起诗坛的充分注意,它的感染力应该是和《"大女"的心律》并驾齐驱的,在她的诗中也属于上乘之作。

1996年夏,张烨来到了内蒙古大草原和库布其沙漠,顿时被眼前大自然的壮丽景色所吸引。她曾一度把笔宕开,写下了一系列有关沙漠和草原的写景抒情诗。在这些诗中,张烨曾有过出色的表现,她的劲健的笔势和内在的张力都并不逊色于沙漠本身。如她在《诱人的沙漠》开篇写道:

最了解大海的是一艘沉船
我的灵魂里有沉船的涛音

有人告诉我你比大海更残忍
　　因此凝视着你魅惑的沉默
　　我的目光凉如冰凌

　　作为一个来自繁华都市的纯情女子，与沙漠、草原等大自然的粗犷雄阔本是一个极大的反差，一种鲜明的对照，就如雄狮与美女一般，但在张烨的诗中，却处处显示出一种特有的、惊人的和谐，正如她在《沙漠之恋》的序诗中所写的那样：

　　——在沙一方，有一个白衣女人迎着
　　太阳站立，幽灵般忽隐忽现……

　　这是一幅永恒的画面。而张烨《沙漠之恋》或《草原抒情诗》两组诗中的所有精神，都可体现在这幅画面中。然而，由于生活在她心中早就打下的情结已使她难以解开，所以不论她面对沙漠、草原，或是其他任何自然风光、人工景物，都会引起她对人生、命运、爱情等问题的反复思索，牵动起她对生与死、爱与恨的反复体验。如果再放大一点，张烨所有的诗，不论是早期的纯粹抒情诗或爱情诗，还是她后来的写景诗，以及近几年来的长篇诗作，都可以归结到同一主题，这就是对自己乃至整个人类生存及其命运的反复观照。这是她诗歌的基本归宿。即使她今后的诗歌风格和艺术表现手法会有所改变，但她诗歌创作的这一基本情绪恐怕也是难以改变的。

　　3. 从抒情到意象的掘进

　　张烨在《诗的自白》中曾说："单借鉴某一派别的技巧会使诗流于

单调,因此我主张汲取各流派的艺术表现技巧以形成自己多样而统一的独特风格。"据我所知,张烨喜欢的外国诗人很多,叶芝、狄金森、萨克斯、阿赫玛托娃、里尔克、爱默生、夸西莫多、艾略特、泰戈尔、波特莱尔、阿波里奈尔……其中除了泰戈尔,其他几乎全是西方现代派或象征派的诗人。我们从中可以看到她兴趣的主要趋向。

不过,我们也得尊重这一事实:即当张烨20世纪60年代中期开始写诗时,文化禁锢严酷的中国尚不允许现代派和象征派诗的流行;而当十多年后西方现代派、象征派的诗能够堂而皇之地进入中国诗坛的时候,张烨已有十多年的写诗历史。她的《悼歌》系列、《初恋》《我不忍心责怨你》《梦》等代表她诗歌成就的爱情诗系列业已完成,她的某些诗歌风格已经形成。所以,她所喜欢的那些现代派意象派诗的大师们对她来说未免有点姗姗来迟,如要真正获得他们的神髓和风采,铸成自己独特的艺术风格,也并非易事。事实上是,自20世纪80年代以后,中国的诗坛尽管风起云涌,新派迭出,令人目不暇接,但不管他们标榜自己是什么思潮和流派,基本上仍多是象征派和现代派诗的演绎和派生物。在这样的局面下,作为一个在诗坛上已占有一席地位的张烨,不可能墨守成规,只取观望态度。她也要求发展求新,锐意进取,否则便意味着走回头路。这便带来诗集《绿色皇冠》的问世,出版时间是1992年4月。

如果从张烨诗歌整个的创作历程来看,《绿色皇冠》中的诗无疑是一个发展,而且与她前两本诗集中的诗有着相当大的距离,抒情的成分淡化了许多,而富于意象的诗句却上下翻飞,随处可见。该书前的"诗人小传"还特意提示道:"她的诗属于新意象派的范畴,在国内现代主义诗歌大潮中独树一帜。"应该承认,《绿色皇冠》中有不少诗都有着很好的意象,如"绿色皇冠"系列、《孤独的玉米地》《突变》《答K·S》,以及长诗《鬼男》中的片断,都可以说是这方面的代表作。如《答K·S》的结尾一段:

> 当躯体愤怒成一个大海
> 日日夜夜挥霍掉血液的海涛
> 当思想燃烧成一柱灯塔,难道
> 只是因为,紫星星的飘落
> 仅此而已,仅此而已吗
> 眼睛像海蚌一样轻轻阖上
> 将所有的日子所有的感受凝成珍珠
> 深藏

　　诗人只是告诉友人自己目前的一种生活情绪和人生态度的转化,其中除了第五句以外,其他每句都有意象,编织得丰富而又巧妙。从表现手法上来说,较之以往的一些单纯的抒情诗,此诗显然是一个前进和发展,诗的意味也更加浓郁。

　　然而,也许诗人已习惯于过去的情感写作,也许她大量的诗仍都是她情感催化下的产物,所以,除了《夜过一座城市》《野蔷薇与镜子》等极少数诗是一种纯粹的诗意发现和冷静状态下的产物以外,她的其他一些诗如《忘掉我》《最后的青春》等,似乎仍未挣脱抒情的窠臼,与她早期的抒情诗差别不大。不过,就她里面的大部分诗来说,则是一种抒情和意象的复合体。说得确切一些就是常在一些抒情的句子里含有意象,或在意象中带有抒情的成分;或在上半截以意象为主,下半截以抒情为主;或时而抒情,时而意象,穿插跳跃,难以捕捉。如《茉莉花》中"我会用花瓣占卜/时世艰难,天空一片惶惑/命运泥泞得灿烂/冰成白炽的谶语"等句子,都是极好而又极为难得的意象。但由于诗人在诗中又有不少带有强烈感情色彩或抒情成分的句子,所以终难成为一首完整的或严格意义上的意象诗。

这样分析,绝没有轻抒情、重意象的意思,只不过想说明张烨诗歌创作历程中艺术风格的一种转变,一种从抒情到意象发展的自觉而成功的努力。

如果从成名的时间上来说,张烨比北岛、舒婷等一批"朦胧诗人"要迟近五年时间,这是她的不幸。不过,张烨成名虽晚,但后劲甚足,并以非凡的勇气和独往独来的精神,向着她自认的目标和现代诗的最新领地掘进,写下了《鬼男》《叶芝》等一系列感情更为深痛而艺术上更为杰出的诗篇。

然而,如果我们对张烨早期的诗歌作一详细的考察,就会发现,她的诗风,她的表现手法,以及她诗中的思想情绪和深层的内涵,仍是属于北岛、舒婷那个时代的,属于"朦胧诗人"那个群体中的,只是由于她成名稍迟,所以各种各样的"朦胧诗选"或"新诗潮诗集"一时尚未收选她的诗篇。直到后来她甩开同辈,执意追寻新的高度和亮点,写出了一些充满意象或具有现代意味的诗,才被人划为"新意象派的范畴",但从本质上来说,她还是一位抒情诗人。连她自己在1991年所写的《诗的自白》中也承认:"我的诗首先以真情感人。"她既是抒情诗方面的杰出代表,同时也是可以跻入现代派诗人行列的具有双重艺术品格的诗人。

张烨曾说:"诗是生命的一种形式。"这就注定了她的生命存在一天,她就会考虑写诗。近两年,她又出版了诗集《隔着时空凝望》,并以不懈的努力仍在创作诗、探索诗,值得引起我们更多的关注和期待。

二、季振邦、田永昌与朱金晨

季振邦

  季振邦高中毕业后,在农村下乡插队落户时,就开始发表诗作了,1973年调《解放日报》社工作,任"朝花"副刊的责任编辑。适逢改革开放,其创作更加活跃,至今已出版诗集《飞向明天》《三叶草》《今宵属于你》,也写随笔散文。同样从"文化大革命"风雨中走出,同样在崇明岛的滩涂中生活过,季振邦的诗风与赵丽宏却不甚相同。他不太喜欢纯粹的抒情,却喜欢夹叙夹议,有时甚至喜欢调侃,当然,他有时也会抒一些情,但抒情的气息并不浓厚,甚至还不如调侃的成分多。他的调侃也不是乱来一气,胡乱调侃的,通常多是抓住生活中的某一点,或是某一物象或场景,与自己思想中的某一点相触动,在此基础上生发开去。因此,他的每首诗都有一个思想的基点,或是一个富有诗意和趣味的内涵。

  不过,这种思想的基点或富有诗意和趣味的内涵,有些是从生活中捕捉和发现的,如《炭》《秋后的蟋蟀》《蝈蝈》等都属此类;有些则是在平时的思考或沉思中,与某些生活现象或物象有触动或相照应而形成的,如《情节》《彼岸》《邂逅》《往事》等都属此类。前者多象征或比附,意象比较集中与单一,也不枝蔓;后者则把生活中相类似的景和物串在一起,以此来揭示其中的意蕴和他的思考,故意象纷呈,时而宕开,时而收拢,舒卷十分自如。

  另需提及的是,季振邦所想表达,或是生活中所捕捉和发现的诗意,往往都比较独特,他不喜欢雷同。无论是《搜寻》《天空之后摇晃什么》《冬日的诗意垂钓》,还是咏物诗《炭》《桃花》《古筝自述》等,都有其自创的新意在内,如无新意,他宁可不写。诚如他在《大明寺忆鉴真和尚》一诗中所写,宁可"在文字中孤寂坐禅/在诗行里痛苦挣扎……",也不愿意轻易下笔,这就是他的写诗态度。

他也不太讲究辞采的华丽,却喜欢以口语入诗,故诗语比较质朴。但他的口语显然都进行过提炼与合理的调度,在长短参差中自有节奏。值得一提的是,他在20世纪八九十年代中有相当一部分诗,在自然的诗语表达中还都押有巧妙而自然的韵,令人不易察觉,这种老到的语言功夫,似乎只有在黎焕颐等少数诗人的笔下才会出现。

田永昌

田永昌早在海军部队时就开始文学创作,为东海舰队正营职文艺干事。服役了20年,后转到《文汇报》任副刊部副主任,后任《文学报》副总编辑。改革开放以后,出版有诗集《啊,飘带》《望着我的眼睛》《只为你爱我》《田永昌短诗选》等。

他是军人,曾写过不少反映海军生活的优秀诗篇,如写于1965年的《拍照》《哨所的小油灯》等都是有代表性的。到了改革开放的年代,他的诗更加成熟,诗歌的题材范围也明显扩大,不过,其中最能打动人心的,仍是其写亲情、乡情和爱情的那些诗篇,如《故乡》《推独轮车的父亲》《老屋》《月光下的歌》《读你的温柔》等,皆语短情深,意味隽永,令人百读不厌,有一唱三叹之妙。如他写于1989年冬的《推独轮车的父亲》的前半段:

父亲

推独轮车的时候

我还小

他推着独轮车

弓着腰上桥

汗水顺着他黑得油亮的背脊

流成了一路车辙印

让我终生终世忘不了

不说别的,就是其中对父亲推独轮车上桥的艰难情景,就刻画得相当生动形象,犹如一幅油画,镌刻在人们心中,令人难忘。再如他写于同一年的《读你的温柔》,是一首爱情诗:

没有收割的原野上

连夏季的风都暂时凝固

只有粉红色的玫瑰花

开在无声的雨后

捧起你清纯的双颊

轻轻读你爱的温柔

此诗不长,却情景交融,含蓄不露,委婉温柔,字里行间,甚至能使人嗅到爱情的气息。田永昌一些好的抒情诗,除前面所列,也包括他的《残雪》《母亲的炊烟》等,都能彰显纯情之美。近些年来,他也写了不少散文,兼写诗,出版了《田永昌题照诗选》。

朱金晨

朱金晨早在中学时代就已发表文学作品,高中毕业后赴农场劳动,1972年调上海基础公司工会工作,后在《文学报》任编辑、副刊部主任。改革开放以后出版有诗集《建设者脚印》《山高水长》《红红白白》《茫茫海》,也写散文与小说,出版著作多种。其早期的诗激情澎湃、粗犷豪迈,热烈地赞美了劳动者的建设场面,在当时同类诗中十分耀眼。"文化大革命"的血雨腥风过后,中国大地吹起了改革开放的春风。在和煦的春风中,朱金晨的诗风也发生了变化。从原先的激情豪迈的抒发转到侧重于诗意的发现与酿造,不仅是表现的视角与技巧,甚至连语言也发生了显著的变化,《绵绵的风》《感觉》《暴风雨中的海》等都可视为这方面的代表作。其中《暴风雨中的海》《古井》《沉默》等都有着象征,而《日光浴》《性情七月》等则有着更多的意象。不过,他对风似乎有着更多的感受、想象与灵感,《风信子》等诗中都有着很好的发挥和表现。我们从他的《感觉》等诗中,可以看到他的洒脱,而在《致友人》《那时候》《故乡》《一张留影》等诗中,又可以感觉到他深沉的情怀,试举《致友人》一诗为例:

我也是一条小船呵
请不要用你迷人的海岸
泊下我的走向
没有了海上风暴
我只是一堆木板

也许有一天

> 我会沉没在大海,沉没
>
> 也是一次庄严的海葬
>
> 友情绝不是缆绳
>
> 是激浪的桨,是破水的帆
>
> 你的深情的目光
>
> 永远是我的船身上
>
> 刻下的那道吃水线

诗中有象征,也有比附与暗示,但所有出现的物象都相当简单,仅仅是大海、小船与海岸,以及最后出现的"深情的目光",一路写来,顺情而下,无意中却组合得十分完妥,自出机杼,特别是末尾的点睛之笔,令人回味。朱金晨另有《日光浴》一诗,也是在海岸边的沙滩上面对大海和云彩,转而联想到人以及对生活的感悟。题意集中,有构思而不露构思之痕,有深意而不故作高深。其比较好的诗作,大多都比较轻松自然。

三、陆萍与缪国庆

陆 萍

陆萍20多岁便在上海诗坛崭露头角,并显示出诗歌创作上的才华。她的《刚与柔》等诗传诵一时,得到许多诗人的认可。改革开放以后出版有诗集《梦乡的小站》《细雨打湿的花伞》《有只鸟飞过天空》《陆萍抒情诗选》等。她本在上海的纺织厂当工人、技术员,1984年调到《上海法制报》任副刊部主任兼记者,又写有不少纪实文学作品。近些年又重返诗坛,写有不少新的诗作,出版了诗集《玫瑰兀自开放》《生活过成诗》。

如果说《刚与柔》是陆萍初登诗坛的代表作,那么组诗《梦乡的小站》则可说是她改革开放初期的代表作。这些诗都写于20世纪80年代初,多为爱情诗,不乏佳作,如《冰着的》便是其中之一:

　　我的痛苦是一块绝望的冰
　　因为绝望,才冷得透明
　　渴念、希求、流动的眸子
　　已在无情的晶莹中得到安宁

　　朋友,你如看见它,可千万别碰
　　世界上它最怕的是你的手温
　　我不愿让它轻轻溶化
　　只因在绝望中冰着我最初的纯真

此诗又题《冰》,陆萍曾谈到过这首诗的创作:"感情王国中最敏感的区域是爱情,而失意较之热恋在心理上情感上有更大的力度和深度。"诗中流露出失恋之痛,但在凄迷痛苦中却自存高洁、冷峻和纯真。此外,《在没有月色的小巷里》等诗,也都柔中有刚,诗意充盈,措辞用意都极为得体。从爱情诗集《寂寞红豆》里的大多数诗来看,她的爱情诗不仅仅是对爱情的思考,常常会延伸开去,涉及人生和生活的一些思考。从中我们可以看到陆萍对诗语的把握和驾驭能力。用任一鸣的话来说:"陆萍善用极其精练和适度的文字来表述对爱和生活的哲理思考。"(《放飞爱的天空》)这种精练的语言和适度的文字,不仅造就了她一些美丽动人的爱情诗篇,同时也锤炼出了一些意味隽永的诗句,如:

> 我随心所欲翻晒
> 心海的沉沙
> 从初秋宁静而淡远的心情
> 把零乱的星辰和日月
> 重新装订成册
>
> ——《记忆读我》

此外,"窗外寻充满韵致的檐滴/轻轻地淘淡着我回忆的螺贝""清除了思想里的垃圾/在情感的庭园里打扫自己"等诗句,也都富有诗意或生活哲理而可圈可点,可引可摘。

陆萍早期的诗或柔或刚,颇有气质,或有力度,甚至有压过同辈诗人之势。后期的诗逐渐走向柔婉和唯美,然失去了早期的气质和力量。这是十分可惜的。跨入 21 世纪以后,陆萍又出版了诗集《生活过成诗》和《玫瑰兀自开放》。其中有一些好诗,有些诗的语言似乎仍停留在以前的方位上,但有些诗在艺术技巧的处理上,仍显得比较老到。她对生活与诗的理解,显然是更深刻了。

缪国庆

缪国庆(1950—),笔名谷青,当过船员、上海港外轮检查员,后调入《劳动报》社任记者、编辑。他是在改革开放以后才登上诗坛的。

1980年发表处女作《海之沫》。自此一发而不可收,陆续出版了诗集《蓝皮日记》《恋爱角》《黄昏五季》《青草沙之珠》等。此外,他也写散文,出版有特写集《白浪·黑浪》,随笔集《家住石库门》等。

由于缪国庆曾长期随船远洋,熟悉大海,熟悉水上生活,熟悉与他朝夕相处的伙伴们,因此其诗多以船员生活和大海蓝天为题材,其优秀之作或代表作也多在这些领域。如他的《啊,船长,我的父亲》一诗便获得1981年《萌芽》创作奖,后收入《中国新文艺大系》;《蓝皮日记》则获得上海首届文学奖。

1981年发表在《萌芽》杂志上的《啊,船长,我的父亲》,是缪国庆的成名作,也是其改革开放以后诗歌的代表作。此诗共分四章,每章四节,每节六句,全诗共96句,一韵到底,有相当的难度。诗人以一个普通船员的目光,写出了他心目中所景仰的老船长,并以一个儿子的身份,视船长为父亲,概括了其平凡而又不平凡的一生。首章写开国大典时船长的振奋,次章写十年浩劫中船长的痛苦与困惑,第三章写船长对诗人的教诲,末章写船长的永逝和诗人的悲悼。整首诗跌宕起伏,铿锵有力,如剑一般铮亮锋利。如他写船长因公殉职后的两节:

  我熟悉你的声音,这奔腾鼓荡的潮汐,
  我知道你的意愿,桅上升起飘扬的船名旗。
  呵,你走下舷梯,一级一级,把我们庄严检阅,
  阳光和你的船员们正在海浪上列队肃立……
  船长,我的父亲,你黧黑的脸上露出笑意,
  我怎能用沉痛的悼词亵渎你刚强的意志!

看满海雪也似的浪花哟,谁配享有如此隆重的礼仪?
问上下翻飞的白鸥呵,来向人生揭示什么秘密?
你帽徽上的铁锚,叩开了一道蓝色的波浪,
在大海的门坎上,你转过身躯,留下电闪似的一瞥。
船长,我的父亲,你去了,匆匆地离去,也许
你又乘着下降的电梯,去底楼把远航的手续办理。

诗的句式虽然比较长,参差不齐,但错落有致,流畅而不失节奏,把船长临终前那一刻的庄严肃穆,结合着大海、白鸥、舷梯、阳光和船员的队列,渲染得十分悲壮,令人肃然起敬。当时上海诗坛缺少有影响的优秀之作,而此诗的获奖却为尚嫌寂寞的上海诗坛赢得了荣耀,获得了声誉。而缪国庆也以此诗声名鹊起,引起了诗坛的关注。

至《青草沙之珠》出版,缪国庆的诗风为之一变,发生了相当大的变化。这是一首长篇叙事抒情诗,以上海长兴岛上的青草沙工程建设为题材,热情地歌颂了这批建设者为上海寻找新水源地、为改善上海人民的饮水质量所作出的巨大贡献。从领导层到普通建设者,从决策层的专家到古代的神话传说,他都写到。全诗除《序曲》和《尾声》外,共分十章。由于作者精心剪裁,妙于布局,故章法结构上非常特别,他把一些不适合入诗的背景情况,科技术语和时间数据,都在这一章的小序中以简洁明白的话语加以交代,然后才进入诗歌的抒写。由于这两者的有机结合,不仅使整个工程的进展过程显示清楚,而且使整个诗歌脉络也相当清晰,并逐层推进,在起伏曲折中逐渐走向高潮。诗中有人物描写,也有场景再现,都以一种稳健而又从容不迫的节奏和旋律来加以完成。此外,诗中还运用了大量的排比句,但在排比中仍

有递进，渐次加深主题的揭示。

2006年1月，经上海市委和市政府科学决策，把"扩大长江水资源开发，建设青草沙水源地"正式列入"上海市国民经济和社会发展第十一个五年规划纲要"。因此，缪国庆此诗的重量也随之加大，可视为上海市重大文学创作题材，也可视为长篇政治抒情诗的一种，但他的写法和语言却与桂兴华等人的长篇政治抒情诗很不相同。缪国庆有其自身的路数，他通过几十年来的辛苦摸索、实践和打造，已走出了一条属于他自己的诗歌道路。

第五节　工人诗人的转型与新时代的步伐

上海开埠以后不久，便成为中国最大的工业城市，工人队伍迅速扩大，工人的文学创作队伍在全国也是首屈一指，特别在中华人民共和国成立以后，不仅出现了像胡万春、唐克新、费礼文等一批工人小说家，而且也涌现出了像毛炳甫、居有松、陈晏、谷亨利、仇学宝、李根宝等一批工人诗人。在他们的影响下，一批青年工人诗人也走上诗坛，登台亮相。上海在改革开放以后曾有一批相当优秀的诗人，都是从这个队伍中演化而来的。其中比较著名而又有代表性的，便有刘希涛、钱国梁、朱珊珊、季渺海、朱金晨、陆萍、缪国庆、路鸿、成莫愁、铁舞、陈柏森等，上海工人丰富多彩的劳动生活，如钢铁、纺织、铁路、码头、造船、远洋、机电、建筑等各个方面，在他们的诗中都有极为出色的表现。

不过，他们后来在写诗的观念和方法上，又发生过很大的变化，与他们的前辈有着很大的不同。约而言之，主要有以下三点：

1. 像居有松、毛炳甫等一批在中华人民共和国成立初期成长起来的工人诗人,他们大多都热爱生活、歌颂生活,诗歌里也有浓厚的生活气息,但他们很少,甚至从未想到也应去思考生活、反思生活,因而诗中不乏生活气息,却缺少一种更深层次的思考。但到了钱国梁、陆萍等人的笔下,开始有了对生活的思考。

2. 居有松、毛炳甫等老一辈工人诗人,他们的诗中多有一种劳动光荣的豪迈激情,有着工人的豪情壮志和一往无前的英雄气概,壮则壮矣,但对现代派、象征派的诗歌观念,则一概排斥,不予接受,因而诗多豪迈,而风格的多样性则相当缺乏。到了改革开放后的钱国梁、路鸿、刘希涛、陈柏森等诗人手里,已多方吸取诗歌营养,对浪漫主义、现实主义以外的各种诗歌流派,已不加排斥,均能合理地融入自己的诗中,因而诗风已有相当大的变化。

3. 在居有松、毛炳甫等人以往的诗中,题材曾受到过很大的限制,只许写光明面,不许写阴暗面,反映的生活层面并不多样,到了改革开放后的朱珊珊、钱国梁、陆萍、缪国庆、陈柏森等诗人的手里,题材上的限制已减去许多,甚至可以写自己心中的苦闷、失意和忧愁。那对居有松等前辈工人诗人来说,简直是不可想象的。

自此,上海的工人诗人创作,与校园诗人等社会各界的诗人已完全融入一体,成为上海诗歌力量的一个重要组成部分。在其中扮演着重要角色,发挥着重要作用。

一、刘希涛与钱国梁

刘希涛

刘希涛少年时就写诗习文,参过军,做过工人,在大学读过书,做过报社编辑,在所有这些过程中,他都与诗为伴,以诗的方式记录了自己的人生与感情轨迹。这种轨迹在他的第一本诗集《生活的笑容》中表现尤为明显。如《连长的脚板》一辑中的诗,都是反映部队生活的,退役后到上海钢厂工作,他又写下一系列描写钢铁工人的诗篇,分为一辑以《火之骄子》加以命名。改革开放以后,他又出版了诗集《神州风景线》《爱情恰恰》,前者以旅游诗为主,后者以爱情诗居多。随后又出版了诗集《涛声回旋》《开花的季节》,各有其感情的印痕。

他在钢厂工作达十年之久,炉火、钢花和汗水交织而成的钢厂生活,给他留下了刻骨铭心的印象,写下了《黎明,我走向钢厂》《火之骄子》《诗,涌出炉口》《我要出炉》《铁水,在晨光中闪烁》等一系列描写钢厂生活的诗。他熟悉钢厂工人的品质和性格,与他们结下了友谊,又写下了《师傅》《父与子》《"和尚"工段,来了个小姐》《擒"龙"姑娘》等诗,塑造和赞美了钢铁工人的情怀和崇高形象。他也由此获得了"钢铁诗人"的称号。

但刘希涛并没有醉倒在"钢铁诗人"的称号之下,在改革开放以后的岁月里,他的诗歌视野不断拓展,足迹遍及神州大地,写下过一些较好的行旅诗,同时也写下了一些为人所关注的爱情诗。毫无疑问,爱情诗也是这位"钢铁诗人"的强项之一,他的《关于爱情》一诗荣获"东方杯"全国爱情诗大赛二等奖,《眺望》一诗获得中华首届世纪情书、短信大赛二等奖,《小路上走来我心上人》获得"送你一枝红玫瑰"全国爱情诗大赛三等奖……其实,他的《你的回眸》《慢慢爱你》《美人走过的地方》等描写爱情的诗,虽未获奖,也是他这方面的代表作,我们从中正可以看到这位诗人心中的刚与柔。

刘希涛在他的《诗观》中,曾一再强调生活对于诗歌创作的重要性,他认为:"诗,扎根于现实生活的土壤,才能开花结实。"正是在这种观念的支配下,他才写出了《下班路上,一群女工》等富有生活气息的诗篇。从刘希涛的诗中我们可以发现,生活底子,实际上也是诗人的底气之一。

钱国梁

钱国梁,笔名秋亭,1964年参加工作,当过工人,后调报社和出版社担任过诗歌编辑,1984年调入《市场艺术》杂志工作,后任《买卖世界》杂志编辑,出版有诗集《船台春潮》《雪地上的脚印》《爱的燃烧》等,参与主编了上海《新世纪诗丛》。同时也涉及散文与小说创作。

钱国梁早在1963年就开始发表文学作品,起步甚早,后又写了一些反映造船工业题材和工人生活的诗作。改革开放以后,在整个诗坛风气的影响下,他的诗风开始发生了变化,视野也更加开阔,题材增多,表现手法也开始多样化起来,出现了一些与早期诗歌气息迥然不同的诗作。其中在爱情、行旅、人生回味等方面的佳作似乎更多一些。如《你已渐渐离去》便是一首情诗,先从对方渐渐离去的"远处的叠影"开始写起,追忆起以往共同的美好时光,而今又转入眼前的离别,诗人最后感慨地写道:

> 那永恒的背影
> 即使是匆匆的一页
> 对于我,又岂只是温馨
> 而美丽的回忆

也就是说,这段爱情经历对于诗人远不只是"温馨而美丽的回忆",似有弦外之音,但偏不说出,故有余味。

如果说前诗是写以往的爱情,那么《在小巷》则是写自己曾在小巷子里住过的家:"弯弯曲曲的小巷/路面印满深深浅浅的沉思/密密麻麻的遐想/零零乱乱的烦恼/无穷无尽的日月星光。"然后,诗人从自己天天走过的熟悉小巷,联想到自己的人生之路和人生追求,真可谓酸甜苦辣,百感交集,最终"不必说成功与失败/不必说年轻与衰老",诗人仍以"淡泊的姿态"和平静的心态来对待自己的一生。同样写人生,《秋空风筝》的写法却又不同。此诗因见秋空风筝飘飞有感而作,首节写孩子们放飞风筝时的欢快,次节是对风筝的赞美和遐想,第三节想到自己曾经有过的风筝和童趣,末节则为孩子们祝福,揭示了放飞风筝的人生意义。

不过,《草原魂》则完全是另一种风格了,全诗如下:

  从苍劲的马背上

  溅落如血的夕阳

  大草原燃烧起来了

  燃烧起坚韧的爱和向往

  没有怨郁的牧歌

  没有风雨洗劫后的悲凉

  吮吸着大草原丰腴的乳汁

  继续奔腾起矫健

  让红鬃毛旗帜般地高扬

此诗作于1986年12月17日,通篇凝练,苍劲有力,"如血的夕阳"从马背上"溅落",本已称奇,却又能把整个"大草原燃烧起来",如此夸张,更觉惊奇。末三句主要都是就马而言。因而所谓"草原魂",实际上就是草原上的马。钱国梁写自身漂流和纪游的诗并不多,此首可视为这方面的代表作。

钱国梁的诗语言自然流畅,不务新锐,也不刻意雕琢,却生动洗练。他虽然在"文化大革命"之前就已开始写诗并发表诗作,但能与时俱进,求变与转型的意识较同时期的工人诗人要早,也更为强烈,心情也更为迫切。从他改革开放以后,乃至跨入21世纪所写的诗来看,他的转型是相当成功的,而且至今仍在发展提升。从《卷雨听涛》中所选诗来看,大多写得十分空灵,语言自然淡定,有着一种柔和的质地,《好像已经去过》《淡定之后成了一道风景》《那韵味浸透梦的跌宕》三首,多写内心,有一种对自身情感的关照与审视。此外,《摘一片霓虹回家》中对城市夜景的描写,《一块汉砖的呻吟》里的丰富联想,也都各臻其妙。而《拾起一页淡忘的诗简》和《那颗星星》两诗,似乎更耐人咀嚼。

二、朱珊珊与季渺海

朱珊珊

朱珊珊成名很早,18岁写的《第一次走上机车》一诗,就得到诗人芦芒的欣赏,并发表在1963年4月22日《青年报》上。自此,他便走上了诗歌的道路,发表了1000多首诗,出版有诗集《长笛》《呼啸的流域》《朱珊珊铁路诗选》等。其中有不少诗荣获各项大奖,并经由电台和名演员的朗诵而得以传播。

如果说居有松是上海的"码头诗人",刘希涛是上海的"钢铁诗人",那么朱珊珊完全可以称为上海的"铁路诗人"。他那些最为人称道的好诗,十之八九都与其铁路生活有关。铁路、铁轨、枕木、汽笛、车厢、车站、车轮、车头、司机、旅客、列车员、巡道工、编组工、铲煤工、隧道、信号灯,乃至青藏铁路、京九铁路、广告列车、高原列车、救灾专列,甚至是车厢酒吧、火车司机的妻子等都在他的笔下展现。其中有不少诗是相当优秀的。《两行无法读完的诗》《绿云》《夜到深圳》《长龙之首》《铁道风景》《绿色的音符》《隧洞》《行进在四月》等诗都有代表性,或铿锵,或柔美,或深情,或明媚,千姿百态,风格迥异。

　　火车站,特别是西北高原上的那些小火车站,本不惹人注目,常常在旅客眼中一掠而过。但朱珊珊却以深情的目光注意到了它们,有不少以火车站为题的诗,如《小站》《高原小站》《车站》《车站与火车》《故乡的小站》《井冈山站,你是歌》等。有些诗虽不以车站为题,却也涉及车站,如《晨曲》《编组站》《春运印象》等。他不仅写出了这些小站的重要性,而且以含情脉脉的笔触写出了这些小站的情意与情味。写出了家人分手时的离愁别绪,也写出了游子归来,家人团聚的喜悦;既写出了小站的孤零、寂寞与冷清,也写出了小站所凝聚和折射出的浓浓乡情。其中《小站》《高原小站》等诗是最有代表性的。虽然"在偌大的地图上/无法将你寻找/在疾驰的车厢里/很难看清你的面貌",但所有亲切的名字都指向你——《小站》:"是家乡是母亲是同胞/是送别时边挥头巾边洒泪的恋人/也是一枚青青的橄榄/咀嚼至今依旧酸酸的味道。"

　　总之,朱珊珊无论是写铁路、铁轨、枕木、车轮等生硬金属无情之物,还是写车站、车厢、车灯等平常之物,字里行间却都充满着深切的人情和人性,浸润着一种浓烈的人文关怀。与此同时,他笔下的铁路线,其铿锵的节奏与旋律,又往往与时代的脉搏相交融,一起跳动,一起滚滚向前。

但他又不囿于铁路诗,21世纪以后,他的诗歌题材又有所拓展,又有着对底层民工的关照,写下了《送水工》《烤红薯老人》《造高楼的民工》《塔吊司机》《抄表姑娘》《环卫工人》《回收旧货的青年》《油条大婶》《擦鞋女》《洗脚妹》《月嫂》等一系列诗,有着对弱势群体全方位的关心和呵护。《三轮车大嫂》诸篇尤有情意,令人心生感慨。

季渺海

季渺海(1945—)自1968年开始发表诗作,至今已发表了500余首。有笔名季枫、沙目、周犁、季风等,曾任《轻工机械报》总编,高级记者,出版有诗集《无声的恋歌》《梅影》等,另有长篇叙事诗《长江的儿子》,并与人合作有新诗集《海上风》。

2009年初冬,季渺海曾在《序〈梅影〉》一文中,把自己的诗歌创作划了几个阶段:1970年至1980年为第一阶段,自谓探索阶段;1981年至1992年为第二阶段,自谓转型阶段;1993年至1994年为第三阶段,又自谓突破阶段;1995年以后为第四阶段,又自谓深化阶段。这是他经过冷静思考和回顾以后的划分,我们暂不作调整。

由于季渺海早年在铸造厂工作,熟悉这方面的生活,因此有不少诗写出了当年工人的劳动、生活与理想,《铸造厂的夜晚》一诗是有相当代表性的,他写道:

好静哟

铸造厂的夜晚

......

一切都困倦地闭上眼睛

睡得那么安然

而我沉睡已久的诗

却突然醒了

携着清凉的风

走遍厂区

与星星交谈……

即使他以后离开了铸造厂,他仍把那段生活回忆,化而为诗,诚如《彩色的烟》中所写:

离别了铸造厂的熔炉

我常常把火热的生活挂牵

与钱国梁、刘希涛等诗人一样,季渺海后来也锐意于诗风的变化,题材的拓展,写下过许多咏物诗、爱情诗、行旅诗、城市诗,这在以往的工人诗人中是不多见的。而且他的诗歌面貌也有了新的起色,其诗风一般都较绵密,时呈绚丽。从体裁上说,除了长诗《祖国》等以外,他也尝试着写了不少十行诗,如《题陈毅塑像》《纪念碑》《夜上海》《苏州河》《一线天》《双乳峰》《红草莓》《野草莓》《初恋》《杨梅酒》《世纪之吻》《武侠短笛》《霜晨雁影》《莲花峰》等。即使是十行诗,其句子排列也各有不同。除了《八月之歌》《第一缕阳光》等比较多见的排列形式以外,像《云雾茶》便是另一种排列形式,《眼睛》是一种,《九曲放排》则又是一种。这种十行诗的形式据说为李疑首创,但季渺海运用起来似乎更为娴熟,他有许多咏花和行旅之作都是以这种形式来加以表现的。

此外,他的《梅影》《那一朵梅花》等诗,表面咏物,实则暗寓爱情,显得含蓄委婉,在今日的爱情诗中另立一品种。

三、路鸿与陈柏森

路 鸿

路鸿,笔名江鹭,1966年高中毕业后,进船厂工作,曾任沪东中华造船有限公司科员、政工师。在当时的环境气氛中,爱好诗歌的路鸿很快便融入了当时上海的工人创作队伍。出版有诗集《江鹭》《水墨江南》等。《紫荆花旗》等诗曾获得各类诗赛大奖。

与同时期的许多上海诗人一样,路鸿起初所写的诗,也多写他所熟悉的生活。其中不少诗也有着浓烈的生活气息。他对诗句和诗意表达上的关系有着自身的理解,凭他的写作经验,往往也能够得到比较妥当、合理的组织、搭配和处理,可以显示出老成的一面。而其处理方法和语言表述,又与朱珊珊等很不相同。《淡墨江南》《灯下》《半截碑》《花环》等诗题材不同,处理方法不同,风格不同,但都是他较好的诗篇。从他后来所写的《水墨江南》,特别是其组诗《古代诗人》《花之帖》中的一系列诗来看,他在题材和写法上都能有所拓展,说明他也时时想突破自己,打造出一片新的领地。

比如,他每到一地,就会有意识地关注当地的历史文化遗迹、风光与景点,有了感触和灵感,便为诗一首,虽然不是很放纵,肆意为之,但往往舒卷自如,收敛得体,犹如画中小品,时露几分清芬与淡雅。

陈柏森

陈柏森，1956年出生于上海，以写诗为主，也写散文，已在各类报纸杂志上发表诗歌700余首，出版有诗集《盘旋而起的龙》等。

毕竟是改革开放的年代，年轻一点的陈柏森虽然也写他所熟悉的劳动生活，但角度和表现手法都与他的前辈大不相同，个别诗甚至连观念也大相径庭。《午休，一个浇注工躺在条凳上》写出了浇注工的劳累与艰辛。《他们刚下晚班》既写了夜班工人的艰辛，又赞美了他们的乐观，结处更有余味。《他，还活着》写了一普通炉前工献身工作短暂而光辉的一生，却用了最为朴素的语言，读后更令人难忘。同样令人难忘的还有《莉莉印象》：

自莉莉来到了这里
都说，这帮小青年的心被掳去
尽管她是个拨算盘珠的
我们都是些臭苦力

她的眉间有那么大一颗黑痣，
也许这就叫福痣
传说她爸爸：是一位大官
她独自有一间摆设阔气的房子

走起路来她把胸脯凸得高高的
挤在一旁的我们谁也递不上一句言语
如果她从眼角向谁瞥了一眼

谁的脸就会红到脖子

她是一个美得不能再美的幻想
我们都是些什么东西
但谁都想听一听她的嗓音
像她的外表优雅得令人心悸

可是莉莉在一个月夜竟服药而去了
传说她躺在床上的姿势也优雅得叫人惊异
我们疑惑了七七四十九天
还是嘻嘻哈哈做我们的劳力

诗共五节 20 行，前四节都描写新来的女会计莉莉的惊人之美，并与青年小伙子的"臭苦力"相对比，都自觉高不可攀，只是私底下一厢情愿地艳羡和思慕，但出人意料的是，莉莉来此不久，突然神秘地"在一个月夜竟服药而去了"。如此一来，前面的描写全成了铺垫，为莉莉的猝死造成了一个颠覆性的转捩，而莉莉给人留下的印象却又加深了。

除此之外，《我的思绪》《我被收割》《白衬衫》《城市情调》《小商》《油罐车》《别后》《爱之树》《你回来了》等诗也值得引起我们关注。《英淑走后》《雨，厂门口一朵牡丹》等诗似乎更耐人寻味。

第六节　校园诗人的活跃

上海高校林立，几乎每个高校都有着优良的文学传统。"文化大革命"中,这种传统受到了严重破坏,有的只是武斗和粗暴的大字报和大标语。直到"文化大革命"结束,恢复高考,新生们在改革开放的潮流中,才把这中断了多年的文学传统重新恢复。许多大学生从社会走进校园,其中一批诗歌爱好者活跃了起来,一边自己写诗,一边组织诗社,耕耘着自己的诗歌园地,如复旦大学有《诗耕地》,华东师范大学有《夏雨岛》,上海师范大学有《蓝潮》,同济大学有《同济诗刊》,上海交通大学有《新上院》,上海大学有《笠泽》等。并走出自己的代表诗人,如复旦大学的许德民、孙晓刚、傅亮、刘原、李彬勇、裴高、陈先发、杨小滨、张真、韩国强等,华东师范大学的宋琳、徐芳、郑洁、陈鸣华、张小波、缪克构、段钢等,上海师范大学的陈东东、陆忆敏、王寅等,上海大学的张烨、冰释之等,后来都成为诗坛的著名人物,并成为上海诗歌一个不可忽视的重要组成部分。因为陈东东、王寅、陆忆敏等都归于上海先锋诗群中加以论述,所以,这里只对复旦大学和华东师范大学这两个更有代表性和影响力的校园诗人进行论述。

一、复旦诗派与《诗耕地》

复旦大学有着悠久的人文精神和文学传统,名教授刘大白、郭绍虞、孙大雨、赵景深等早年都以写诗而闻名。在改革开放之初,一批优秀学子考入复旦大学,青春的诗情喷涌而发,经济系学生许德民挺身而出,在1981年发起成立了复旦诗社,他遂成为第一任社长。同年6月第一期《诗耕地》出版;从1981年至1991年,共出版了15期,是全国唯一跨越了十年之久的大学校园诗歌刊物。

不仅如此,1983年,许德民又负责编选了中国第一本大学生抒情诗选《海星星》,内收近30位复旦大学的校园诗人近百首诗,次年又出版了诗选《太阳河》,均在校园和社会上广为流传,颇受读者欢迎。此外,他们还举办了"青春诗会""青春奖""屈原奖"等各种诗歌活动,与老诗人辛笛、宁宇、宫玺等多有联系,使其在校外也产生了相当大的影响。

在许德民等人的开创下,复旦诗社一直延续至今,卓松盛、傅亮、杜立德、张浩、刘原、韩国强、杨宇东、韩博等都曾先后担任过诗社的社长,并涌现出了一批颇有影响力的诗人。2005年复旦百年校庆之际,复旦大学出版社出版了《复旦诗派诗歌系列》,共16册。其中除了《复旦诗派诗歌(前锋)》《复旦诗派诗歌(经典)》《复旦诗社社长诗选》《复旦诗派理论文集》四种以外,尚有许德民、孙晓刚、李彬勇、裴高、张海宁、傅亮、杜立德、刘原、陈先发、施茂盛、杨宇东、邰晓琴等复旦学子的个人诗集12种。这套系列丛书均由许德民主编,基本上包括了改革开放以来复旦大学的诗人力量,并非常鲜明地亮出了"复旦诗派"的旗帜。本节所用"复旦诗派"的标题,即源于此。

许德民主编的复旦诗派诗歌系列之一

不过,许德民在《复旦诗派理论文集》的代序《复旦诗派,我为你骄傲》一文中也曾明确地写道:"复旦诗派不是一个诗歌风格流派,而是一个诗歌群体。"因此,我们不妨仍把"复旦诗派"当作复旦大学的一个诗歌群体来加以看待。

1. 许德民与裴高

说到复旦诗派，首先要说的必应是许德民。他不仅为复旦诗社倾注了大量精力，奠定了基础，而且也是上海改革开放之初最活跃的诗人之一。1982年，许德民参加了《诗刊》社举办的第二届全国青春诗会。著有诗集《时间只剩下一棵树》《人兽共患病》《发生和选择》。他也绘画，有诗画集《现代幻想画》《许德民作品》等，另有艺术理论著作《抽象艺术论》。

许德民早期的诗充满着机智和人文关怀，如《一个修理钟表的青年》便是其中之一。《紫色的海星星》等也传诵一时，朗诵诗《心灵的自由》震撼了复旦校园，获得了1980年复旦大学赛诗会一等奖。他在1982年写成的《浮雕像》一诗，在1985年获得了首届《上海文学》优秀诗歌奖和首届上海市文学奖。然而，在艺术的创造和探索面前，许德民从没止步，并从创作和理论两个方面进行勇敢的尝试，在《点》一诗中，他以诗的方式把"点"发挥到了极致。近些年来，他又把绘画与诗的共通性和差异性互为融合，特别注重于抽象艺术在诗中的移植。在出版了《许德民抽象诗》以后，又推出了更为完整的《抽象诗》一书。

此书由上海文艺出版社出版，在书的内页中，特地加有一段关于《抽象诗简介》的文字，现摘引两则如下：

《抽象诗》是中国第一部真正意义上的抽象文学作品。
《抽象诗》开创了中国抽象文学。

抽象诗概念是许德民在2005年首创的文学、艺术概念。抽象诗颠覆以往文学惯用的语法、逻辑和语言思维,以"诗从字开始"的全新诗学观念,发掘古老的"抽象字组",构造超当代的文学形式——抽象诗,并使得抽象诗具有抽象审美的艺术价值,和抽象绘画、抽象装置、无标题音乐等抽象艺术处在同等的审美价值体系中。

的确,从古至今,中国还没有这样一部抽象诗,内分"抽象诗""抽象图形诗""抽象观念诗""抽象长诗"等,后附《抽象诗学》,内收《许德民抽象诗座谈会纪要》等。在《抽象诗学观》中,许德民开宗明义地说:"抽象诗的定义是:非语法、非理性、非经验的抽象字组成形式。"在《许德民抽象诗座谈会纪要》中,许德民又明释道:"抽象诗中的字组由完全没有逻辑关系的字和字组成,我把这种组成称为抽象字组,抽象诗是抽象字组的组合。"

我们从《抽象诗》里的许多诗来看,的确都是"非语法、非理性、非经验"的,而且每首诗的字的组成,也都没有逻辑关系,和我们通常所见的诗,无论是字组、句子和排列形式都判然不同,完全是两码事。试举其《拽道五昨》一诗为例:

购

归肌

愿千对

归触世界

伫预化言习

盼及阅边品交

泽归启沿荣百遍

升舔票妻拉伯字月

狂各亮奔追直认

圆滚国摊两支

胳跳越胸发

拽道五昨

拘谨还

缩条

智

戴把明

亮淘徘

彩循病

淘诚小

  此诗作于2007年,首先映入眼帘的是独特的图像,我们从中找不到任何字与字之间的语法关系和逻辑关系,也找不到任何可能想表述的主题和意向,只是字与字组合而成的句子和排列而成的有着图形感的诗。当然,其中字与字的选择与组合,自有诗人的思考,但我们都无法知晓。而《抽象诗》里的许多诗,都是用这种方式创作。

  如此奇特而怪异的带有颠覆性的"抽象诗",自然会引起诗坛的不同意见,有些人以为这不是诗,是乱写,也有人以为许德民误入歧途,"走火入魔"了,但也有不少诗人表示理解与支持。如王珂在《汉语诗歌的语言与思维革命》一文中说:"许德民的抽象诗的最大意义,在于掀起了汉语诗歌的'语言革命',即他所言的'抽象诗的使命是文字创新'。"树才说:"抽象诗,意味着另一种可能性、偶尔性、自发性、发明

性。"(《读者感言》)

这些争议都很正常。许德民从抽象艺术的角度出发,又发现了中国文字的特性,发明了"抽象诗",对这种大胆实践、探讨和研究的创新精神,也是能够理解的。这对2 000多年来中国传统诗的创作和审美虽是一种冲击和颠覆,但汉语创作特别是汉诗的组合、运用、搭配、变化及其带来的意义,究竟可以达到怎样的程度,这种抽象诗不啻是一种全新的尝试。或许对于我们的汉诗创作及其审美,能够带来一些新的启示。

裴高是复旦诗社第一任副社长,毕业后去上海电视台工作,出版有诗集《蓝色时期》《绿色盈盈的太阳》,也写散文、评论与报告文学。《音乐》《纪念》《致埃菲尔铁塔》《红枫》等都是他最好的诗篇。他可以写非常纯净的诗,但他没有这么做,却也想开辟出一片新的诗歌领土,进行了一些拓展性的尝试,胆子虽不如许德民大,但也获得过一些相应的成功。

2. 傅亮与杨小滨

傅亮是复旦诗社第三任社长,上海大学生诗社第一任社长,毕业留校,曾任《复旦风》杂志主编,目前从事大型旅游节庆活动和旅游开发策划,出版有诗集《逝者如斯》。他的诗中充溢着一种激情,一种人类之爱,一种对祖国的深深眷恋和众生的关注呵护。《哦,信仰》《我爱你们,我爱你们……》《中国,我苦苦地爱着你》等都是这方面的代表作。诚如他在《每个人的历程中》所写的:"我们太容易激动了/为一支深沉的歌/为一段平常的经历/甚至为一次小小的分离。"他的诗不以技法胜,全以意识与观念胜。如《节日》《自己写的悼词》《金斯伯格,我也在嚎叫》《谁在月光下暴露自己》等都属此类。只有《欲望号街车》等诗在铺垫后的末尾跌出真意,有出奇制胜之妙。他的坦率、真诚和激情,以及由此所构成的一系列新的思想观念和意识形态,成为其诗最重要的价值和最出彩的可爱之处。

傅亮的诗热烈、奔放、汹涌澎湃,洋溢着时代的激情,有一泻千里之势。他有些诗的句式比较长,但这并不影响其诗的流畅;他有时会用一些排比的句式,层层推进,在推进中时时呈现出一种深度和力量,最后给人一种酣畅淋漓的感觉。他有些诗很自我,但更多的是博爱。他的诗充满着一种人文主义的精神。

近些年来,傅亮因忙于上海的旅游事业,写诗不多,但偶一发之,仍有振聋发聩之处,不失赤子之心,有时却也平添了一份沉思,给人以思考。如他在《扪心自问》中建议人们"到月光下去静静地站着",并首先拷问自己:

> 在月光下,
> 我是否同样纯洁如一片怡人的淡雅,
> 我是否同样天真妩媚?
> ……
> 我的杂乱无章的心灵,
> 是否能与月光的明净互相照应?

此外,他的诗《旗飘扬》《琼浆与荣光》等诗也颇耐人寻味。他在《旗飘扬》中写道:"依傍着城市高大的肩胛,我们倾听,咚咚的鼓声穿越街巷,喊醒了一个昏昏欲睡的时代。"在《琼浆与荣光》中,他更是以一个上海人的豪情写道:"有仙子自远方来,何必驱之?有风信自远方来,何必散之? 有奇思自远方来,何必惧之?"表现了海纳百川的上海文化的宽广胸怀。

杨小滨,生于上海,复旦大学毕业以后,曾在上海社科院文学所工作。1989年赴美,1996年获美国耶鲁大学博士学位,现在中国台湾"中央研究院"文哲研究所工作。出版有诗集《穿越阳光地带》《景色与情节》,并有论著《历史与修辞》等。

《景色与情节》出版于2008年,从《四季歌》《如果一朵花》《大海》《狗》等一些诗来看,他的风格已与《穿越阳光地带》中的一些诗有所变化。其中有些诗,特别是注明1994年前后的诗,也有可能是他以往所作而另加修改后推出的,这些诗的成就未必突出,但其中又有《反诗:明日日程表》《一家名叫"骚货"的时装铺》《老东西》《〈开心词典〉之苹果篇》等,似乎仍延续着他以往的巧妙构思与荒诞手法。

与当代许多青年诗人一样,杨小滨也注意和强调诗的语言,他在许多对话和文章中都再三提出这一问题,他在《两岸诗人谈现代诗》中说:"不过对于诗本身来讲,最重要的是语言的操作而不是别的。"在《诗歌中的现代主义和后现代主义论辩》中说:"我们只关心语言表层的形式姿态。"由于他不注重诗的主旨或意义(甚至认为不必要,只要有意味即可),因此,他几乎把所有的精力都消费在对语言的操作上,再加上他想象的丰富,比喻的独特,这就使他的诗歌很是与众不同,如他在《玩具》一诗中写道:

街是柔软的。
当我掬起一捧阳光浸润我的假眼,
音乐便叮咚响起。

当然,即使是对语言的操作,也有侧重点的不同,有的人侧重语言的流畅,有的人侧重音节的推敲,而杨小滨则侧重于语象的构成,只关心语言表层的形式姿态。他曾说:"诗是语象的形式和现实的混沌之间的永无休止的搏斗。"而他又乐于观赏这种搏斗。因此,他的诗并不以语言的流畅取胜,音乐性也不突出,却有着非常丰富的语象,那些极其平常的语言和词汇,在他的精心而又特殊的排列和组合下,全都焕发出了一种新的活力,姿态纷呈,熠熠生辉,这是一种全新的诗歌气象,让人感到惊讶、新鲜、有趣、奇特。

他的诗有智慧,多属后现代,不仅仅如此,杨小滨还提出了一种非诗的理论。他说:"诗既是社会的又是自律的。它包含一切非诗的东西但否定它们。然而诗本身又是一种非诗。"这话究竟如何来理解呢?所谓"社会的"是就公众而言,所谓"自律的"是就自身而言;所谓"包含一切非诗的东西",实际上是把诗的题材无限地扩大了,因为我们过去作诗,通常先检验一下这是否属于诗的范围,是否会有诗性的东西,是否适合于作诗,然后才决定是否把它写成诗,如果是"非诗"的,就会把它舍弃,或写为散文和小说。而杨小滨却不然,他非但认为诗可包含非诗,而且"诗本身又是一种非诗",它具有双重的性质,这看似矛盾,却正体现了他对诗的完整的看法。他甚至认为"只有当诗认识到自己非诗的命运时,它才能自如地完成它否定的游戏"。正是在这种理论的支配下,他把什么都拉入诗,转化为诗,诸如《骨头》《这时和那里》《有耳朵的风景》《脆眼睛》《猜一猜,谁来吃甜食?》《黑桃皇后(第 X 幕场景)》等一些莫名其妙、不可思议、似诗非诗的诗歌标题,都堂而皇之地排列在他的诗集中,然后便一味地调侃,尽兴地游戏,舒畅地开玩笑……但在这种幽默诙谐的语言背后,却深藏着诗人对人世的看法,他的爱与憎,他的肯定与否定,他对现实生活中丑恶、虚伪的批判与嘲讽……

3. 刘原与孙晓刚

刘原曾任复旦诗社第六任社长,毕业后曾任《上海文学》诗歌编辑,现专门从事写作,出版有诗集《镌刻的刀》,也写小说与剧本。他自己比较欣赏的诗有《青春》《听凭》《芳菲》《冬日即景》《南方有水》《镌刻的刀》《六月的中午》等,其实他的《灰烬》《风》等诗也代表了他的水准。许德民以为其早期的诗中有"禅意",但到了20世纪90年代,"他的诗歌风格向明朗有气势的印象主义、后印象主义诗歌迈进,成为主流学院诗歌风格的亲历者"。

孙晓刚曾任复旦诗社理事,毕业后曾任杂志编辑、上海电视台综艺节目编导等,现任上海元太传媒投资有限公司董事长,出版有诗集《城市人》《城市2080》等。他的诗多与城市有关,很早就注意并侧重于城市诗的写作,《城市主题联奏》《蓝天》《香味》《希望的街》等都是其有代表性的诗。许德民认为中国城市诗是20世纪80年代从上海开始的,复旦诗派是最早的整体参与者与积极提倡者,而其中"孙晓刚是中国城市诗最早的实践者和代表性诗人之一。他的城市诗是真正具有城市意识和城市人生命观念的诗歌,而不仅仅是使用着城市的局部的名词"。(《复旦诗派,我为你骄傲》)许德民甚至认为:"他的城市诗企及的高度,或者说出自孙晓刚诗意角度的城市诗,至今还无人可以和他相提并论。"

4. 梁元及其他诗人

梁元,生于重庆,小学时随父母移居上海,复旦大学毕业后,又在美国获得学位,曾为电子文学期刊《橄榄树》编辑部成员及《常青藤》诗刊编辑。现定居美国南加州,为诗天空诗人协会会员、诗天空《中文诗刊》编辑,出版有诗集《四月的墙下》。他的诗善用意象与比附,语言柔和,诗意委婉。夏菁在《四月的墙下·后页》评道:"梁元的诗,意境飘逸,辞藻清丽,他企图真幻并存,具体与抽象交融,中西璧合,现代和传统贯通,可以说都相当成功。"

复旦诗社除了以上所列诗人,还有以下一些诗人也极有代表性:

卓松盛,复旦诗社第二任社长。

张真,女诗人,现在美国纽约,电影学院教授。

李彬勇,著有诗集《十四行诗集》《位于天边》等。

韩国强,复旦诗社第八任社长,现在上海《第一财经日报》社工作,出版有诗集《海蓝蓝的年龄》等。

杜立德,复旦诗社第四任社长,曾任校学生会主席,现从事贸易工作,出版有诗集《无法平息的悸动》。

施茂盛,毕业后在崇明县工作,出版有诗集《在包围、缅怀和恍然隔世中》等,后面会有论述。

张海宁,词作家,现为上海人口视听国际交流中心高级编辑,出版有诗集《诗的毒草和一只什么鸟》。

邰晓琴,女诗人,出版有诗集《最深的伤痕意味着即将痊愈》《我是谁家喂养的孩子》。

韩博,曾任复旦诗社社长,出版有诗集《十年的变速器》《结绳宴会》。

杨宇东,复旦诗社第十一任社长,现为《上海证券报》新闻总监,出版有诗集《神秘的声音来自何方》。

姚村,复旦大学毕业后曾任《上海文学》编辑,现为上海某私立学校董事长,出版有诗集《生命的风景》等。

黎瑞刚,复旦诗社第九任社长,现为上海文广新闻传媒集团总裁。

二、华东师范大学与夏雨诗社

如果从整个文学创作的层面和实绩看,改革开放以后,华东师大的文学创作力量要大于复旦大学,曾出现过一个华东师大作家群的现象。但从诗歌创作的力量上来说,华东师大比复旦大学则稍逊一筹。无论是诗歌的社会影响和诗人队伍的整齐,还是校园诗社的稳定性和持续性发展,复旦大学及复旦诗社都胜于华东师大及夏雨诗社。尽管如此,华东师大仍走出了一批实力派诗人,从赵丽宏、戴达、宋琳、张小波,到徐芳、郑洁、缪克构、陈鸣华、段钢、江南春,都曾推出过自己的代表作,在诗坛上亮过相,发过声音。这里只能择要略述。

1. 宋琳

宋琳,1959年生于福建厦门,祖籍宁德,1979年考入华东师范大学,毕业后留校任教。1991年移居法国后,曾先后在新加坡、阿根廷居留。在大学期间,他便以诗闻名,以后继续写诗,先后出版有诗集《门厅》《片段与骊歌》《城墙与落日》等,并编有诗集《城市人》(合集),与人合编诗选《空白练习曲》。1992年以来,他一直是移于海外的《今天》文学杂志的编辑,曾获得《上海文学》奖、鹿特丹国际诗歌节奖等。他早期的诗阳光流溢,充满着青春的活力和理想,如同《蓝色多瑙河》的乐曲一样轻盈流畅,节奏明快;出国以后的诗则深沉含蓄了许多,如《瞻眺三集》等,均诗语凝重,深沉中颇多况味,一扫原有的英姿飒爽之气。而在《给青年诗人的忠告》《饮者欢舞》《空地》《客中作》等诗中,我们又可以从侧面感知他的阅历和漂泊中的种种人生感悟。因为环境等诸种因素,迫使他的许多诗更为含蓄委婉,内敛抑制,甚至晦涩难懂。有些是自觉的,有意为之,用他自己的话来说:"沉默的语言观似接近于禅家的'不立文字'……一首诗的发明与语言的发明皆始于沉默。"又说:"当代诗如果说有什么回避的,那就是聒噪。"(以上均引自《感通与语默之际》)尽管如此,我们从他的一些诗句中仍可以感受到他内在的心灵:

  感官的喀斯特,梦的钟乳石
  滴下心形的乡愁物质,一个汉字的热
  不可见的文火,烹煮你体内的暗流

  这是《客中作》之一里的一段,尽管含蓄,但我们从字里行间仍可品味出他的"乡愁",那种对祖国难以割舍的刻骨铭心的爱。宋琳品格高尚,忠诚,坚毅,但在诗中很少美化和炫耀自己,只是用朴实内敛的诗语表达了自己的心声,"水落下去,石,坚定而充实/君子般坦荡……"(《给青年诗人的忠告》)他的人品与诗都是值得我们尊重的。

  2. 徐芳

  徐芳是华东师范大学夏雨诗社的第二任社长,毕业后曾留校任教,现在《解放日报》任编辑。出版有诗集《徐芳诗选》《上海,带着蓝色的土地》,与李其纲合著诗文集《岁月如歌》等,并曾多次获得各种诗歌奖项。

  其实在诗的问题上,她也思考过许多,自省过许多,最终她还是相信自己,忠实于自己的生活感受与创作题材,仍选择了她自己的道路,她的表述和她的方法,体现在《徐芳诗选》,以及之后写下的《白玉兰》

《选择》《枫树叶子》《黄昏弥漫》《睡莲》等诗中。这些诗的技巧似乎更为成熟,诗意也更为耐人寻味。毫无疑问,《白玉兰》是有代表性的:

> 在整个潮湿之夜它都亮着
> 整个夜晚
> 它只在我的视线里

白玉兰是上海市的市花,为其写诗的作者无数,但是像徐芳这种写法的确实少见。此诗不长,只写了一个风雨之夜里对白玉兰的感受,或仅是想象中的白玉兰,开篇不凡,结尾也妙:"一朵无叶的花儿/我在一个撒谎的梦里/承认了它的真实……"同样写花,《睡莲》的写法似有不同,但同样令人心醉:

> 仿佛来自月的中心
> 湖的深处
> 由月光、星光和水光聚合而成
> 飘忽的、恬然的
> 一种既明又暗的感觉
> 欲迎还拒、隐隐约约
> 像一种希望,也像回忆
> 哦上帝,我对它知道的
> 是如此之多
> 又是如此之少

她以一个女性的细腻和柔情，几乎写出了对睡莲的全部感受，以及这种感受中的神秘和美妙。接着她又写道："像脉搏在跳/白昼已逝，黑暗流转/……一阵清香，一缕月魂/它的隐伏与开合/使我和别的一切失去了联系。"相比之下，此诗较《白玉兰》似更胜一筹。不过，她对那些花草树木的吟咏，多有一些出彩之处或耐人寻味的地方。即使是一片夹在诗集中"干枯的枫树叶子"，也会引起她丰富的联想和情思，"也会在内心里伸展出/无数细枝密叶，以及其他"。

然而，若就诗的现代意味来说，《选择》《密室》等诗篇似乎更有代表性。那是另一种诗艺，所表现的意味和内涵也很特殊，既是一种存在，也是一种意识，似乎正介于诗与哲学之间，只能意会和感应，却无法解释和言说。

从1992年5月出版《徐芳诗选》，到2009年7月出版诗集《上海：带蓝色光的土地》，17年的时间不可谓不长，徐芳的诗歌创作的确有了不少新的提升，也出现了一些令人欣喜的新佳作，从其潜质来看，可以写得更好，也能写出更多富有才情的优秀诗篇。

2014年，徐芳推出了新诗集《日历诗》。顾名思义，这里面的诗以日历的体例来写作排诗。"虽然不是具体而明确的年月日，但那也是我想要一并隆重推出的'主干意向'……"（《日历诗·后记》）。为了这些诗，她在《后记》中又说："五年多了，改了又改，拆解、重组、颠覆、组装以后，再重装……"可见她是耗费了不少心血的。"其中日历的标记，对我而言，只是意味着心灵历程中的某种频频中断，可又随时开始的记录。"

徐芳是一位诗人，但她对诗的艺术、走向、语言诸问题，一直有她的关注、观察、思考、理解和认识。如她对"诗意"的问题，就有着一种全新的诠释:"诗歌恰恰不能告诉你诗意是什么,它在掩藏、转移,甚至自我结构,诗意存在于不确定之间。"正是在这种观念的支配下,她的《日历诗》并不很强调诗意的创造和感情的表达,也不刻意于智慧的写作,玩一些小聪明,而多以某种富有强力和弹性的语言,抒写了来自生活的种种感受,与以往的一些诗有传承,有延伸,也有变化,语言上的拿捏、设置和处理,自然是更老到、更成熟了。

3. 缪克构

缪克构也是从华东师大夏雨诗社走出来的著名青年诗人。除写诗,也写小说、散文和评论,已出版文学著作多种。现为《文汇报》副总编,其实,仅凭他的一册《独自开放》,就足以证明他的诗歌实力。《背》《怀念阿妈》《望世的忧伤》《情爱四重奏》等都是他最好的诗篇。《怀念阿妈》甚至是一篇非常优秀的朗诵诗。每读至末尾"那是我们的哭泣呵/大地一样辽阔的哭泣",便止不住悲从中来。《想家,只用一种方式》《与稻田的距离》《大道》《秋天的巡逻》《河流、村庄及其他》等一系列诗,真诚地表达着他对故乡和亲人的那份刻骨铭心的爱,他把亲情和乡情几乎已表达到极至。而《大风把尘沙吹尽》《一个孩子在风中奔跑》《过道灯》《场景》《地铁车站》《此夜漫长》《华亭路》等一系列诗作,又真实地折射了他对上海这座城市的种种感受。前者主要凭感情写,后者主要凭感受写,各有妙篇。但在城市感受中,他居然也写出了"丰腴的夜晚,街灯散发出暧昧的光芒"这样的妙句。

在缪克构看来,诗更应该是意志、力量和美的传达,而不仅仅是感情的倾诉和宣泄。尽管他在写诗方面有一定的潜质,但他的写诗态度相当严谨,对自身的创作要求也很高,不轻易发表、宁缺毋滥。在诗与人生的关系上,他曾明确表示:"我愿意自己是:作为一个人而生,作为一个诗人而写作。"

4. 陈鸣华、郑洁及其他诗人

除了以上诗人,华东师范大学诗群中还有一些中坚力量也应被记住,他们在夏雨诗社中也有一定的代表性。

陈鸣华,1964年生,1984年开始发表诗作。曾主持夏雨诗社工作,任《夏雨岛》诗刊主编,出版有诗集《主观世界》,并出版有报告文学与理论专著,担任过上海文化出版社总编。

张小波,1964年生,1980年考入华东师大中文系,并热心于诗歌创作,除写诗以外,还出版过《中国可以说不》《中国不高兴》等书。

郑洁也是华东师大走出的女诗人,现为上海角度画廊的艺术总监,著有诗集《多变的女性》。她关心女性问题,故诗中也涉及不少男女恋情的题材。其写情之作如《轻轻走过》等多含蓄委婉,时用象征手法。截取生活场景的诗则更多一些意象的闪现。

段钢,1969年生,华东师大硕士毕业,大学期间开始发表诗与散文,曾任夏雨诗社副社长、《研究生界》主编等,也曾在《诗探索》等刊物上发表诗论。现任《社会科学报》主编。

第七节　民间诗社、诗刊与先锋诗的活跃

正当从"文化大革命"风雨中走出的一批诗人在改革开放中发声亮相时,有一批青年诗人也在这一环境中顺势而为,抽芽拔节。这就是以孟浪、默默、郁郁、刘漫流、陈东东、王寅、陆忆敏、冰释之、海岸、京不特等为代表的一批20世纪60年代出生的诗人。海岸在《喂:上海

诗歌前浪掠影》一文中回忆道:

> 上海"地下诗歌"群落的存在可以追溯到"文化大革命"时期不定期的"文学沙龙",但上海先锋诗歌兴起于20世纪80年代初,以民刊《海上》(1984)、《大陆》(1985)、《撒娇》(1985)的创办为标志宣告"海上诗群"的诞生。当默默、刘漫流、孟浪、郁郁、陈东东、王寅、陈忆敏、京不特等诗人群体出来之时,醉权、一土、羊工等人依然处于单兵的写作……

在这里,海岸提出了"上海先锋诗歌"的概念,并以为"兴起于20世纪80年代初",接着文章又提到了1987年,当《海上》《大陆》《撒娇》等上海民刊停办之时而出现的一本诗选《中国·上海:诗歌前浪》,其中选有19家"先锋诗人",并认为"编选的作品颇具水准。我就是通过这本民间诗集全面了解到上海先锋诗群的创作动态"。

在这段文字中,他又提出了"上海先锋诗群"的概念。当然,对于这个概念提出的性质、范围、依据如何,我们可以作进一步的论证和讨论,但当时上海的确有这么一批锐意进取,想在诗歌领地里大干一番,写出些名堂来的青年诗人,而且他们有阵地、有作品、有交流、有主张、有观念,我们不妨暂借"上海先锋诗群"之名而移用于此。实际上,上海先锋诗群还不止《中国·上海:诗歌前浪》中的19位青年诗人,也并未因此书的推出而停止脚步,恰恰相反,这个诗群依然以各种方式和姿态继续存在,队伍还有所扩大,而海岸本人也参与了进去,成为这一群落中的代表诗人之一。

20世纪80年代中期,中国大陆各地都涌动着一股办民刊的热潮。这股热潮也影响了上海的先锋诗群,他们积极自发地组织诗社,出版诗刊。最初有王小龙、白夜(张毅伟)、蓝色(蒋华健)、张真、卓松盛等组成的《实验》诗社,有冰释之、郁郁、孟浪、夏睿等组成的《MN》(送葬者)、默默、胡赤峰、京不特等组成的《城市的孩子》,刘漫流、海客(张志平)、天游(周泽雄)等组成的《广场》,陈东东、成茂朝、陆忆敏、王寅等组成的《作品》,方文(孙放)、牛乃云、纤夫、董守春等组成的《舟》……随着时间的推移,其中《海上》《大陆》《撒娇》等民刊的影响似乎更大。

一、《海上》与《大陆》

据海岸《喂:上海诗歌前浪掠影》一文所说,《海上》成立于1984年,但据郁郁《废墟上的瓷》(上篇:1976—1989)所载,《海上》成立于1985年2月,全称为"海上艺术家俱乐部",实际主体都由诗人组成,其中重要成员有刘漫流、孟浪、海客、折声、巴海等。《海上》第一号刊出于1985年3月,第二号由孟浪主编,刊出于同年5月。终刊号由默默和刘漫流分别撰写序文和编后记。刘漫流在《编后记》中写道:

> 告别的时刻终于到来,向读者告别,向朋友们告别,也向我们自身发展的一个历史阶段告别。一个时代已经结束,我们为自己,也为我们的诗歌同行提出了一个新的更为艰巨的历史任务——保卫诗歌。

刘漫流、孟浪都是当年有影响的青年诗人。刘漫流,又名刘佑军,1962年生于上海,毕业于华东师大,后至上海第二医科大学人文社科部任教，尝试有多种文体的写作，结集出版有《本世纪的未定稿》《未定稿2000》等，偶以笔名"高庄"从事编著。思想敏锐，诗风犀利，各有闪亮点。

孟浪，原名孟俊良，1961年生于上海，毕业于上海机械学院，曾在深圳大学、《街道》杂志社工作，现居国外。

海上艺术家俱乐部和《海上》诗刊的问世虽有其特点和作用，但有内耗和猜忌现象。于是，郁郁、朱乃云、纤夫、方文、默默等诗人在多次商量讨论下，决定把方文、朱乃云、纤夫等人的《舟》诗社与原《MN》《城市的孩子》等民刊组合起来，成立一个"天天文化社"。方文任社长，纤夫为理事长。其中文学批评刊名为《实验》，由朱乃云负责；小说定名为《黄河》，由默默负责；诗歌刊名为《大陆》，由郁郁负责。《大陆》的创刊号于1985年5月印出，其中除了刊发了一些上海诗人的诗作，也有梁晓明、西川、贝岭等长三角地区和北京诗人的诗作。郁郁在主持撰写的《编者的话》中开宗明义地写道：

> 办社团，出刊物，如今已成时尚，而且当事者大抵总是往好处着想，至少初衷意在与众不同或是标新立异，甚至是因为不满。
> ……
> 所谓人类的正义，写作的使命，关于诗歌的作用和意义，当代青年总有一种让思想前冲的勃勃雄心。为此，我们争论不休。争论仍在争论并将继续，但完全可以公诸于世。
> 我们以此作为责任。

作为《大陆》的主持人到主编，郁郁一直注意该刊的思想性、时代性与先锋性。《大陆》也是命运多舛,时断时续地推出,居然一直延续至今。

二、撒娇诗社与《撒娇》

1985年4月19日,默默与京不特在天天文化社的成立大会上相遇,两人说起自己成立诗社的事,正巧京不特的日记本上有一首名为《傻叫》的诗,默默脱口说道:"《傻叫》没金斯堡的《嚎叫》好,诗社何不就叫'撒娇'?"再说,"撒娇"也是一种温柔的反抗。于是两人一拍即合,撒娇诗社由此诞生,并不定期地印行《撒娇》诗刊。京不特出国以后,默默便成为该诗社的核心人物。随着时间流逝和几度搬迁,撒娇诗社又被人习惯地称撒娇诗院。除了诗歌创作和办刊,这里还经常举行诗歌活动,进行多方位的诗歌交流。此为"撒娇"的一大特色。凡路过上海的著名诗人,都曾来此观光交流,如洛夫、屠岸、芒克、梁小斌等都曾在此交流诗艺和感想,并举行过冰释之、陈忠村等人的诗歌研讨会。默默本身就是著名诗人,除了主编《撒娇》诗刊,写有长诗《在中国长大》,又与李亚伟合著诗集《莽汉与撒娇》。其诗风诡异而独特。

三、海岸与《喂》的诞生

海岸是诗人,也是翻译家,现在复旦大学任教,著有《海岸诗选》等,并译诗多部。出于对诗的热爱与追求,1987年冬,他在任上海西南一高校研究生会刊《枫林》主编时,开始结识上海一批青年先锋诗人。其中有一土、醉权、羊工、默默、刘漫流、郁郁、陈东东、孟浪、古冈、雪庄、张亮、何旸、殷小我(张广天)等。那时,《海上》《大陆》《撒娇》等民间诗刊都已停刊,初来乍到的海岸想创办《喂》诗刊,把上海的诗歌前浪继续推向前去,这立刻得到了默默等人的支持。于是,在海岸、一土、醉权、羊工等人的同心协力下,《喂》的创刊号终于在1988年初春问世。当时正值1988年的新春,人们还沉浸在新年的问候之中,于是便把诗刊取名《喂》,有以诗问候之意。一土在创刊号的题记中写道:"如果能像我本身一样,我的诗使你感到意外,愿意同你交个朋友。我早就说过,你好。"

《喂》诗刊一共出了八期,起于1988年春,终于1994年春,由醉权、一土、羊工、海岸四人轮流主编。1990年是《喂》的鼎盛期。除了刊登上海先锋诗人的作品,也刊登全国各地的诗作,甚至包括少数国外诗人的诗作。海岸在《喂:上海诗歌前浪掠影》一文中回忆道:"八期《喂》共刊出上海及全国各地49位先锋诗人近400首诗篇,填补当时上海诗歌民刊的空白。"并不无深情地说:"令人欣慰的是,《喂》的终结之时,却是我的诗歌融入血液、融入生命的伊始。"

四、陈东东与《倾向》

陈东东是有影响的上海诗人,也是上海先锋诗群的优秀代表。他除了自己写诗,著有诗集《即景与杂说》《海神的一夜》《雨中的马》等,诗文集《明净的部分》《词的变奏》《短篇·流水》等以外,还在1988年创办民刊《倾向》。海岸在《喂:上海诗歌前浪掠影》一文中说:"1988年,东东筹到一笔钱办《倾向》时,就曾托我联系学院印刷厂做封面制版,联系学院打字社油印创刊号。"

毫无疑问,《倾向》也是有影响的民刊。但是,陈东东的诗本身也具有很大的影响力。他从1981年开始写诗,1984年从上海师大毕业后,尽管做过教师、编辑等多种职业,但终究以诗的成就为大。他的

《点灯》《雨中的马》《浪人之歌》《海神的一夜》等诗,已被很多诗人所认可,长诗《秋歌》中想象的丰富,似乎已成另一个天地。在我们这个诗歌多元的时代,诗歌语言也是多元的。而就陈东东的诗歌来说,其语言的弹性、张力与柔韧,意象与联想的丰富,完全可以与潘维并驾齐驱,在这个范围中,他们已达到了我们这个时代诗歌语言的一个新的高度。他在《诗观》中曾说:"诗是一种方式,而不是一个目的,一个诗人的目的是自由和美感的生活。"

五、王寅、陆忆敏与醉权

在上海先锋诗群中,有些诗人虽未热衷于办民刊出诗报,却独立写诗,具有鲜明的时代感、创造力和先锋性,在诗歌界产生了一定影响,如王寅、陆忆敏、李天靖、程庸、古冈、冰释之、京不特、芜弦、张炽恒等均属其中。此处先述王寅与陆忆敏。李天靖、程庸、张炽恒等将在下面章节论述。

王寅,生于上海,1983年开始发表诗作,毕业于上海师范大学,现为《南方周末》记者,著有《王寅诗选》。他的《想起一部捷克电影想不起片名》等诗曾入选多种诗集。他不太喜欢以诗人的身份出现,而喜欢让诗说话,把自己"消隐在沙子里,以掩饰波澜起伏的内心"。(《诗观》)梁晓明认为:"王寅诗歌的干净、诗意线索的蜿蜒细密、内在境界的高傲和高贵,使得他不可能参与什么大呼隆的运动,就算一时参与也会离开。所以,他更像是以一只单腿的丹顶鹤的形象站在生活的土地上。90年代以后,王寅的诗歌更多了一些批判的内涵。"(《中国先锋诗歌档案》)

陆忆敏几乎与王寅齐名,都以诗的现代性与先锋性著称。她生于上海,毕业于上海师大,现为国家公务员。她的《美国妇女杂志》等诗因多次录入各种诗选而早已成为她的代表作。其实,她在《中国·上海:诗歌前浪》中所刊出的《钥匙在人群中繁殖》等诗中,已经显示了她的才华。她曾说:"我的诗歌常显示出一些精神状态。然而,即使在涉及死亡问题时,我也并不处于消沉之中。"(《我的诗观》)她的《可以死去就死去》等诗可以印证这一点。柏桦说:"她(陆忆敏)的诗是那么轻盈,那么迅速(迅速中怀以柔情,海子的诗在迅速中带着烈火),那么幸福,那么宽怀(宽怀中满含感恩的清泪);她所向往的景色是那么缥缈,那么美丽,那是唯一的女性才具有的缥缈和美丽。"(《中国先锋诗歌档案》)

醉权,本名潘国权,1983年从上海电机学院毕业后,即开始现代汉语诗的先锋写作,与同人主编了《中国·上海:诗歌前浪》,与海岸等创办民间诗刊《喂》,创作诗歌近千首,未定稿有《在时代的掌心》(1983—2013),长诗《百年标记》(2011),随感集《诗歌三言两语》(2009)等,公开出版的诗集有《天空在鸟上飞:醉权诗选》,其中的《语言》《我想》《悠然地坐在结尾处》《将来》《从骨髓里生出来的句子》等,都是有代表性的诗作。《我想》通篇完妥,可以看到诗人的博大情怀和理想追求,起结奇警,颇耐寻味。他在1986年的冬天写道:"我独自坐在阳光上,给你们朗诵。"很可以见出诗人的潇洒、自信和优雅。他在《致荷尔德林》中写道:"更高的生命被阳光接住,更高的人性深藏在大地内部。"有着对高尚生命和人性的一种理解和颂扬。而从《向日葵》(之一)、《别样风景》《断裂》等诗中,又可以看到他所经历时代的一些思考。

第八节 上海诗词的复苏与振兴

中国的诗歌本以旧体诗词为主,白话新诗的兴盛与发展也是近百年的事,并取代旧体的词而成为当代中国诗歌的主要形式。但旧体诗词并未因此消亡,因而与新诗并行不悖,仍在生存与发展,并有大量的创作者和爱好者。如今,在改革开放的春风频吹之下,新诗的发轫、回归与崛起,也牵动了一大批旧体诗词创作者和爱好者的心绪,也唤发起了他们的创作热情,蠢蠢欲动,跃跃欲试。事实上,在1976年清明怀念周恩来的群众自发的诗歌活动中,旧体诗词也曾发挥过重要的作用,产生过广泛的影响,朔望等人的旧体诗都曾传诵一时。在此背景之下,全国各地旧体诗的爱好者也纷纷执笔,放怀地写起旧体诗词,并互相交流,成立了各种写旧体诗词的诗社,创办了各种诗刊。

这种风气也迅速影响到了上海,大约在20世纪80年代中期,上海出现了几个专写旧体诗词的民间诗社,其中比较重要的有枫林诗词社、春潮诗社、春申诗社、乐天诗社等。

上海枫林诗词社成立于1984年12月,是由一批爱好传统诗词的离休干部发起组织的。诗社名称取意于杜牧《山行》诗"停车坐爱枫林晚,霜叶红于二月花"。上海枫林诗词社隶属于上海市老干部活动室。诗社成立时,当时的上海市领导魏文伯、宋日昌、夏征农等分别题词、题诗或讲话表示祝贺。报纸、电台、电视台都作了报道。该诗社的领导机构是社务委员会,历任社长有萧挺、杨泠、宋林枫、姜季农、胡树民,现任社长为张立挺。瞿若、金嗣水任常务副社长,周雨、江日兴、汤敏任副社长,胡树民、卢景沛任常务顾问。一些诗词界的前辈苏步青、施蛰存、杜宣、叶尚志、田遨等曾先后担任诗社的顾问。目前担任顾问的还有莫林、张文豹、杨逸明等。

诗社成立后,大力组织诗词创作,并组织学术讲座、经验交流和参观采风等活动。诗社成立之初即办有诗刊,由一年一期的油印本《枫林诗词》,发展成一年四期的铅印本《枫林苑》,栏目逐步规范,内容不断充实,迄今《枫林苑》已出刊159期。诗社选编过六卷社员作品选《枫林诗词选》和社员30年作品选《枫林集粹》,选编过社员诗论集《枫林诗话》,还编印过《枫林诗词》《枫林丛书》《枫林诗页》等多种出版物。社员个人编印的诗集不下百余种。成立时有社员60多人,后来不断壮大发展。鉴于离休干部年龄越来越大,人数大大减少,为使诗社后继有人,已逐步向退休干部开放。目前共有社员260人。诗社得到新生力量的充实,奠定了进一步发展的人才基础。部分社员还在所在单位、系统组织诗社,如淞涛诗社、南江诗社、神剑诗社、稻香诗社、碧柯诗社、建设诗社、长江诗社等。

春潮诗社成立于1987年,多为一些年老的长者参加。后隶属于上海文史研究馆,故诗社社员也多为上海文史馆馆员。人数不多,但诗词创作的力量颇强,上海诗词界的一些名流耆宿,多在其中,如田遨、刘衍文、周退密、陈钟浩、陈九思、王退斋、陈兼与、顾振

上海诗词学会主办的诗刊

乐、姚昆田、潘景郑、施南池、申石伽等。

正是在枫林诗社、春潮诗社等诗词社团,以及上海诗社界各方人士的共同努力下,1987年1月20日,上海诗词学会在黄浦江畔宣告成立。成立大会召开之际,中华诗词学会委员会、江苏省诗词协会等同仁均发来贺信、贺电表示祝贺。魏文伯、夏征农等题词祝贺。上海的一些诗词社团以及李俊民、万云骏、苏渊雷、施蛰存等沪上名家均以诗为贺。

上海诗词学会以魏文伯、苏步青为名誉会长,万云骏、马茂元、王辛笛、朱东润、李俊民、施蛰存、张举、唐云、谢雅柳等为顾问,萧挺为会长,鞠国栋为秘书长,张钧、唐济为副秘书长,并创办了《上海诗词》刊物,成立了学术研究委员会。自此,上海的诗词创作进入了一个中华人民共和国成立以来最为繁荣活跃的时期。

第九节　上海诗词界的代表诗人(上)

上海诗词学会的成立,大大激发了上海一批诗词爱好者的创作热情。从前辈文化名人到许多老干部,纷纷提笔作诗,有的则把以前所作公之于众,使许多读者耳目一新。如复旦大学周谷城、朱东润、王蘧常、陈子展、苏步青、严北溟、张世禄、郭绍虞、蔡尚思、刘季高,乃至喻蘅、顾易生、王运熙、黄润苏等,华东师范大学吕思勉、徐震堮、许杰、施蛰存、万云骏、施亚西、苏渊雷、高建中、方智范、刘永翔诸家,上海师范大学则有陈九思、马茂元、吴绍烈、蒋哲伦、徐树仪,乃至曹旭、黄宝华等。上海社会科学院则有龚炳孙、浦增元、徐培均、钱鸿瑛、夏咸淳、卢明明、孙琴安诸家,上海古籍出版社则有李俊民、朱金城、何满子、金性尧、富寿荪、杨友仁、吕贞白、聂世美,书画界则有刘海粟、顾廷龙、唐云、申石伽、顾振乐、陆俨少、谢稚柳、施南池等,其他各界则有夏征农、刘衍文、陈从周、蒋启霆、胡辛人、萧挺、范征夫、胡邦彦、马祖熙、李广、鞠国栋、周退密、杜宣、峻青、辛笛、叶元章、潘景郑、唐济、潘僻、阳经纬、吴定中、王退斋、杜兰亭、夏高阳、石凌鹤、吴广洋、田遨、徐仁初、姚昆田、陈广澧、莫林、范文通、丁锡满、张秋红、庞坚等。

1. 王蘧常与朱东润

王蘧常为复旦大学哲学教授,然诗、书兼擅,尤长章草。著有《诸子学派要诠》《顾亭林诗集笺注》等。其早年诗便显露才华,如1920年所作《仿樊川》一绝云:"人自无言月自斜,碧阑干外即天涯。重重一树相思子,隔着银河自放花。"到得中年,其诗更为老成可味,令人感慨无尽,如《晚立》一绝云:

隔河时报两三砧,敲断秋来雨后吟。
星角斜阳红不尽,还留一线照诗心。

然其律诗似乎得到更多同仁的好评。如《八百壮士诗》一律,是为谢晋元率众死守四行仓库,抵御日寇的侵略而作的,其后半段写道:"要使国家留寸土,不辞血肉葬同坑。凄凉十丈青红帜,剩照残阳万里明。"所谓"青红帜",是上海市民委托一位女孩冒着生命危险,泅渡苏州河而献给八百壮士的一面旗帜,在残阳中飘拂,尤为悲壮。其《堕地》一律,则为苏渊雷所钦佩,以为"真有笼罩乾坤、凌铄万象之概"。其《家国》一律起句便云:"家园低徊两鬓摧,无端蜡泪看成堆。"通篇伤家国遭日寇铁蹄践踏,山河破碎,颇为感人。钱仲联在《梦苕庵诗话》

中对其诗也作了很高评价,谓其律诗"或沉雄,或跌宕,或绵丽,或妙悟,炉火纯青,叹观止矣"。七绝则"能如宋人之造意炼句,而以唐人风调出之"。

朱东润为复旦大学教授、著名学者,著有《张居正大传》《中国文学批评史纲》《陈子龙及其时代》等。亦擅诗,早年所作《读〈后汉书〉》《过北部湾》诸七律已见功力,惜不多作。此试举其《庚辰除夕》一律为例:

壮岁堂堂着此身,清时意气与谁论?西南辛苦三年战,生世飘零百代尘。锥处囊中能笑我,蛙居井底亦怜人。明朝又见催华发,不信真成泪满巾。

此诗作于1940年除夕,时值抗日战争艰难之际,诗人穷困潦倒,国难家难两难当头,故有感而作此诗,其句格之老成,身世之困顿,于此可见一斑。改革开放以后,诗人已是耄耋之年,所作更少,然偶一为之,亦有佳作,如在1986年所作之《九十抒怀》便是。末有"尚思为国献残年"之句,其报国之心犹存,令人可敬。

2. 苏步青与喻蘅

苏步青是著名数学家,曾任复旦大学校长,但他也喜欢写诗词,除数学著作多种以外,出版有诗词集《原上草集》《青芝词集》《苏步青业余诗词抄》等。在家国破碎、抗战烽烟四起时,他曾在漂泊中留下不少诗词,抒写了当时的情怀和遭际。以后诗词更为苍老。如在1961年所写《雁荡山之行》有句云:"滩响一溪新雨后,月明千嶂夜凉初。雄鹰暮歇凌风翼,玉岫晨妆对镜姝。"不仅写景生动出色,而且对仗工稳,不入俗套。

改革开放以后,苏步青重获新生,诗兴勃然,所作甚多。其妻米子为日本仙台人,不幸于1986年去世,苏步青悲痛难抑,写下了悼亡诗三首,其一开篇云:"望隔仙台碧海天,悲怀无计寄黄泉。东西曾共万千里,苦乐相依六十年。"因此时作者也已85岁高龄,仍在复旦大学工作,故末句云:"嗟余垂老何为者,兀自栖栖恋教鞭。"又米子生前爱好音乐,善弹古筝,故作者在《悼亡》中又睹物思人,竟以古筝开头,引出全篇:

雁柱金微寂寞寒,古筝犹在壁窗间。十三弦上无纤指,六十年来雕玉颜。岂不怀思春畹晚,若为寄远泪阑珊。去年欹枕数行字,今日翻成绝笔看。

贺新辉在《当代诗词点评》中评此诗:"由物及人,一气贯下;情真语挚,思绪绵绵,沉郁顿挫;词愈隐则情愈显,寓意深刻,动人心弦。"平心而论,此诗沉寂可味,情韵俱佳,远在《九十述怀》诸篇之上,可视为其晚年的代表作。

喻蘅,字若水,生于1922年,曾任复旦大学教授,上海诗词学会顾问,有《延目》《夕秀》《桑榆》诸集问世。其少年时就已涉猎诗词,后又得龙榆生、吕贞白二师指教,诗词益精。而尤擅于七言律绝,无论是咏物托兴、唱和寄赠、题画书序,或纪游登临,都能逞才使气,纵横驰骋,肆意而为。其实,他的诗曾有一个变化。其于1984年所写的《吕公贞白夫子挽辞》三律的题记中曾写道:"时蘅初学为诗,好作绮语,先生为指点门径,汲引西江,力趋艰深,终归平易;点化词章,兼及人品。"

后喻蘅所为诗,基本上均遵循吕贞白的指点,句格老成,挥洒自如,在沪上诗坛别占一席,为骚人所服。

3. 施蛰存与苏渊雷

施蛰存为华东师范大学教授,著名作家与学者,也擅旧诗。著有《北山楼诗》等。其《浮生杂咏一百首》,叙其生平与文坛轶事,句法多变而一味流利。1984年,上海老干部编《枫林苑》,向其索诗。施蛰存开篇便命笔写道:"枫林晚景艳朝露。"其《追怀雷君彦先生》数绝句,篇篇有情。《癸丑岁阑寄郑逸梅》一律,则回忆了50年前曾与郑逸梅在苏、杭等地办文学社团的往事,读来也是百感交集。施蛰存学识渊博,博古通今,故所为诗不拘一格,挥洒自如。时而用典,也是轻快通畅,不为典故所累。如《三宿武夷永乐庵得十绝句》之一云:"少日曾先天下忧,中年怀抱落沧州。残山剩水无归计,来占伽蓝一曲楼。"在《谪居》一诗中,他曾发出过"南华一卷误平生"的感叹。他也精于词学,然词不如诗。

苏渊雷,又名仲翔,别号钵翁,华东师范大学历史教授,上海诗词学会顾问。除《李杜诗选》《元白诗选》以外,另有《钵水斋选集》《钵水斋文史丛稿》等。其诗词多以才情见长,七绝尤然,妙篇迭出。如《风流人物谱·曹雪芹》一绝云:"梦断香消二百年,西山黛色故依然。饶他一把辛酸泪,染就茫茫风月篇。"蔡厚天评道:"钵翁为余前辈,吟咏多立就,然意新语工似宿构,此章情韵两胜。"再如苏渊雷赴当涂游览,曾作《当涂李白墓》一绝:"满目青山小谢诗,寒城平楚足相思。当涂太白墓前立,一瓣心香更向谁?"李白《古风》云:"自从建安来,绮丽不足珍。"但苏氏却道:"绝艳惊才几轶尘,六朝绮丽亦堪珍。阴何庚鲍更番出,总是三唐筚路人。"以为六朝诗虽有绮丽之弊,然亦有可珍惜之处,总为唐诗之先河,句隽韵逸。《王渔洋》《龚自珍》诸绝亦然。

4. 万云骏与富寿荪

万云骏,字西笑,上海诗词学会顾问,长期从事诗、词、曲的教研工作,除《诗词曲欣赏论稿》等研究著作以外,尚有诗词集《西笑诗词存稿》等。万云骏诗作平时不轻易示人,也不常作,然偶一发之,必有妙处。如改革开放以后,福建梨园戏来沪演出,其曾作《观福建梨园戏〈李亚仙〉》一绝:

> 妙舞清歌两绝伦,千年南戏古翻新。恍然坐我开元世,花发梨园不尽春。

杨嘉仁在《当代诗词点评》评此诗云:"诗笔灵活矫健。一绝写尽梨园戏之源流、发展与成就。"徐培均评道:"此诗尾联咏事切题,揽古今于一瞬,融作者感受与剧种特色于一体,自然浑成,清新雅逸。"黄河游览区成立之际,请万云骏题词,他即填《沁园春》一词以做回应,甚得好评。方智范在《当代诗评点评》中以为:"意境阔远,恰称题义。"徐培均则以为:"后阕括今追昔,波澜迭起,沉郁雄深。昔人曾谓壮词可以立懦,三复此篇,盖足以当之矣。"

富寿荪为上海古籍出版社编审,曾校点《清诗话续编》《唐诗别裁集》等,也擅诗词,有《晚晴阁诗存》等。早在1962年他就写下了《登鼓浪屿日光岩郑成功水操台》一绝:"将台犹倚日光岩,想见楼船碧浪间。东望河山云树外,孤悬一角是台湾。"诗中充满了对收复台湾的热切盼望和爱国热情。"文化大革命"中,诗人受到诬陷迫害,曾暗中写下一些愤慨不平的诗,如《戊申除夕》《雨夜读杜诗》等。其《书恨》一律写道:"痛抱明时恨,难消刻骨悲。泪枯巾有血,愁极鬓如丝。罗织知何罪？谗诬竟有辞！真成三字狱，空赋七哀诗。"真可谓一字一泪，全是血泪之作。

改革开放以后，他又写下了许多清新生动、意味隽永的七言绝句，如《夏日长风公园得句》五首之二、之三等，均颇有宋代诗人杨万里的风格，置之杨万里集中可以毫不逊色。此外，他也擅古诗，如1995年所写的五古《哀两弟》，就是为纪念抗日战争胜利五十周年而作的，中有"难忘送我时，黯然渡头立。身着绿衣裳，襟上泪痕湿"诸句，极写兄弟分离之情。可惜其弟死于日寇枪下，令人哀伤。苏渊雷评此诗云："质直无华，天性洋溢，深得蔡琰《悲愤》、杜陵《奉先咏怀》神味。"其词《浣溪沙·中山公园感旧》等，也自然宛妙，含蓄有味。

5. 陈九思与陈兼与

陈九思早年为圣约翰大学理学士，上海师范大学古籍所研究员，上海文史馆馆员。著有《转丸集》《转丸续集》等。从其"平生诗卷，付祖龙一炬，灰飞烟灭"（《壶中天》）诸句看，他的诗在"文化大革命"中被焚烧不少，今所见者多劫后余灰，然犹有佳者。如作于1977年的《清明后二日，龙华省景洛遗灰，鸾女方谋在南京江桥侧购地营葬》一律：

心似春阴郁不开，萧晨扶病我重来。已知老景无多别，犹诉余生未尽哀。同穴正烦娇女计，双松拟抱墓门栽。应期身后长携手，饱听江声绕夜台。

全诗沉郁深痛，读之哀音无次，令人酸楚。景洛为诗人之妻，"文革"中惨死，诗人在女儿陪同下共为其寻找墓地，同时也为自己找，以期来日"死则同穴"，携手饱听江水之声。此外，《金陵口号》《残菊》《吴

119

淞枕上闻涛》《玄武湖晚眺》《近市》《发还部分被抄书籍感赋》等，也都是他比较优秀的诗作。

陈兼与，名声聪，号壶因，又号荷堂，上海文史馆馆员。著有《兼与阁诗》《壶因诗》《兼与阁诗话》《填词要略》等。其诗词佳作固多，然妙者多在七言律绝之间。如《为钱仲联作〈梦苕庵图〉题句》二首之二云：

旧馆归迟径久芜，何妨阳羡换姑苏。扁舟来往烟波里，燕雁无心向太湖。

因扁舟来往于烟波，招引了无数燕雁围绕而飞，却无心于太湖，此意婉矣！瞿禅老人惠赠新印诗册给陈兼与，陈氏立撰《瞿禅老人惠赠新诗册，赋谢》一律志谢，其中开篇云："永嘉词客久知名，婉约中含激烈声。"结句又云："诗史一篇分上下，看从据乱到升平。"对其诗册特点所评，可谓言简意赅。其《题刘海粟〈临石涛松壑鸣泉图〉》一律中有句云："清光一握混茫里，满眼烟云顿空明。"简直把纸上的图画写活了，令人玩味不尽。其余如《追悼龙榆生》《感逝》十首等，也各有情韵，各含余味。

6. 周退密与田遨

周退密，号石窗，曾任上海外国语学院教授，上海诗词学会顾问，上海文史馆馆员。著有诗词集《退密楼怀人诗》《石窗词》等约20余种。其阅读甚广，记忆惊人，故所作诗词，格律娴熟而又"避熟"，左右逢源而为己用，皆浑如己出。一生淡泊名利，闲逸度日，潇洒自在。所为诗中常见其心态与对时光的感触。如在《一九九四年元旦》一律中写道："已阅春秋过八十，长甘淡泊忘穷通。"在《春分后一日过复兴公园,感不绝于怀,率赋一律用燕南韵》一诗的后半又写道:"环顾游人皆隔代,难将幽讨喻无知。尘嚚匼地身安在?一任沧桑眼见之。"在《一剪梅·闲居即事》中又写道:"屏迹繁华也念轻,早忘荣名,晚见承平,粗茶淡饭养心灵。"凡此,均可见其晚年生活及其心态。当然,他也有深沉之作,如《浣溪沙·题赠常州瞿秋白纪念馆》:

天道如斯不易论,才华义烈两无伦,人间尚自重遗文。 岭上杜鹃啼碧血,岁寒诸夏抱霜痕,流芳千古是英魂。

全词音调低沉,充满着作者对瞿秋白先烈的敬重与怀念。

田遨曾在上海报界、电影界任编辑与编剧,撰有《田遨诗词选》《杨度外传》《宝船与神灯》《人物与艺境》等十余种著作。也擅诗词,为上海诗词学会常务理事,《中华诗词年鉴》副主编等。其学识深广,然所为诗词则淡然出之,时杂幽默,不炫耀,也不故作高深。如《一剪梅》(《清词精选评注》出版自题)二首便颇有代表性,兹录前首为例:

底事长吟又点评?半是闲情,半是痴情。迦陵磊落纳兰馨,才也纵横,泪也纵横。爱国词篇照眼明,人自峥嵘,词亦峥嵘。词如明镜照人生,时代阴晴,人意阴晴。

此外,他在1979年所写的《金缕曲》,以及《上海诗词》编委会上所作七律二首等,亦多有此种风格。

7. 辛笛与叶元章

可以毫不夸大地说,辛笛在新诗和旧诗两个领域都是高手。不少人写了一辈子的旧体诗,也未必及他。然而,一个客观存在的事实是,对于辛笛的新诗,谈论的人比较多,对他的旧体诗,谈论者却甚少。这里简要地谈一下。就我从辛笛《听水吟集》中的600多首旧体诗阅读下来,感到大约有以下几个特色。

第一,其诗以雅为主。雅情、雅意、雅词、雅句,且能以俗为雅,如"大饼油条乡味美,可知咫尺即天涯"。并能以口语为诗,如"儿孙海外齐来会,不羡神仙不羡禅"。虽亦偶有豪情壮句,如"何日老身轻似燕,凌空万里任翱翔",但终究为雅情、雅句所掩,毕竟以"自向窗前数岁华,胡姬花似灿流霞"诸雅句为多。

第二,其诗以密为主。辛笛先生的旧体诗以近体律绝为多,长篇较少,出入唐宋之间,下及明清,乃至龚自珍、同光体,却极少染指盛唐,甚至可说绝少盛唐之音。盖盛唐之诗虽气象雄浑,但音圆调熟,学之易患空疏肤廓之弊,易得陈词滥调之病,故辛笛有意避之,而学元、白以后之诗为主,特别愿受李商隐、温庭筠诸晚唐诗影响,故其诗金针密线,情思绵密,令人一唱三叹,味之不尽。

第三,句格老成而又多变。写旧诗达到一定程度的诗人,平仄音律早不成问题,却又多讲究句与格的变化与老成,而近体律绝句与格的变化,几乎都在杜甫以后,在杜甫以前则不甚讲究。至李商隐、黄庭坚、杨万里等人手中,讲究更多。辛笛的旧体诗也甚讲究句与格的变化,如《冒叔子(孝鲁)教授属题纪念怕得册》一绝云"初从水绘识君家,绛帐词才感岁华。襟上酒痕随鬓减,还来廉外听琵琶",便句格苍老,不必名句,却又胜似名句,比名句愈见老成。他有不少诗都有老成的一面,与钱锺书唱和往来,旗鼓相当。连不轻易许人的钱锺书也曾以诗赞其"羡君老笔气横秋"。尤可贵者,其诗能在句格老成多变的同时而又不失滑易。

第四，以才情为诗，亦以才学为诗。有些人写诗，以才情为主，有些人则以才学为主。辛笛写旧体诗，或以才情为诗，或以才学为诗，总起来说，则才情才学兼而有之。才情者，可见其情感之丰富；才学者，又可见其学养之深厚。如其"斜阳无语对秋坟"，便是才情之句；"长忆程门七十年"，便是才学之句。此外，他与钱锺书之间所写的一些唱和诗，也多以才学为主，可见其旧诗功底。

辛笛曾在《寻诗》中说："寻诗不厌千回改，得句常于无意间。"可见其旧诗能达到"老笔气横秋"的程度，形成自己的风格与特色，与他平时的刻苦与努力是分不可的。

叶元章是可敬的。他在上海财经学院毕业，其友人莫渔洋在《求真何惧戟如林》一文中说："他有着学者的严谨，教师的爱心；有着作家的敏感，诗人的激情。"单就其诗词创作而言，便堪称一流。出版有诗词集《九回肠集》、文集《静观流叶》等，在全国性的诗词大赛中屡获大奖。此外，他还编选出版有《中国当代诗词选》等，校注有《朱彝尊诗选》等。并曾任《宁波诗词》主编等职，现为上海诗词学会顾问。

昔刘克庄在《后村诗话》评刘禹锡，谓"梦得诗多感慨"。叶元章诗亦然，从他的有些诗句来看，他很早就已写诗，且年少气盛，才情横溢，《忆少年》三首之一云："当年负气上宁波，高踞杏坛独放歌。"《自题》四首之二云："曾将彩笔傲公卿，才气纵横薄有名。"在《自述家世，并致文坛旧雨》十二首中，又有"早岁争雄翰墨场，尝为琢句搅痴肠""从小便为觅句忙，吟风弄月最当行""髫年扛笔入文场，负骨峻嶒垮盛唐"诸句，均可见其当年之个性。即使后受不公正待遇，"文化大革命"中更是受到牢狱之灾和非人遭遇，面对荒凉的西部劳改之地，他仍坚持诗词创作,写了一系列的动人诗篇,特别是《寄内》四首、《狱中清明》二首、《狱中端阳》二首、《狱中中元节》二首、《独中秋意》六首、《狱中除夕》六首、《杂忆》三首、《暮春忆内》二首、《赠内》二首、《颂妻》二首、《重有忆》《悲秋》二首、《元宵怀母妻》三首、《元宵梦》四首、《江南二月》二首、《夏日偶忆》《七夕》二首、《狱中七夕》二首、《狱中中秋》四首、《秋怀》四首、《离沪十年》二首、《自题》《有寄》三首、《秋日怀故乡》五首、《遁迹》《悲秋》六首等,无论绝句律诗,篇篇动人,尽可句摘,真可谓一字一泪,用毕生血水浇灌而成,读来悲痛万千,酸楚凄凉,令人声泪俱下,低回不已,伤感无限。杜甫、李商隐、元好问、黄景仁诸家后,少有此音。

此外,他的咏怀、寄友、纪游诸作,乃至词中小令,稍逊前作,然无不令人伤怀动情,多有一唱三叹之妙。

8. 龚炳孙与徐培均

龚炳孙为上海社会科学院研究员,幼从家学,喜诵诗,广为阅读。少时所作诗,即辑成《幼学集》一册。抗战爆发,有诗忐敌忾,其父亲为题签《离忧集》,惜在流离中散佚。中华人民共和国成立之初,在沪时有酬应之作,有诗稿取名《鸿南诗存》。在"文化大革命"之前,其所作旧诗已有数百首,惜在"文化大革命"中被抄家取走,归还时已是残页。改革开放以后,所作诗辑为《劫后莺花集》,于1994年自印问世。

其诗以七言律绝为主,偶及五律。然沉郁顿挫,古意盎然,情韵并茂,如《再别南通港》一律的前四句:"此地长流故乡水,当年我亦远游人。江湖一梦惊霜鬓,陵谷重来见海轮。"而《谒先父、先母暨庆弟合葬墓》二律,则倍觉苍凉,其二是咏先父的,开篇便云"少日襟怀老父知,诗书曾与探骊珠",不料七七事变,日寇侵华,"无端战火惊初梦,合为匡时发古思"，父子一起投身抗日洪流。如今面对父母合葬之墓，结处不觉吟道："东篱对菊樽谁置，剩奠新碑泪盈卮。"

怀旧、伤感，是龚炳孙晚年诗作的主题。"凭栏无阴暮秋心，七十年前记旧林"（《梦中得句，醒后足成之》），类似于这样的诗句，在他的诗集中经常出现。诗人在晚年经常思念他的亲人，怀念他的故乡，即便与当年的老友酬唱赠答，也多会感叹岁月的流逝，世事的变化，同时也自伤年轮的蹉跎，事业的无成。他是一个有抱负的人，可惜少年逢战乱，中年又遇接连不断的政治运动。"岁月终随批斗志，衣裳空惹劫灰侵"（《建明兄邀同老友张苏过访叙旧》），使他的有些抱负和人生理想难以施展和实现，只能寄慨于诗了。

徐培均毕业于复旦大学，后又为龙榆生的研究生，上海戏剧学院毕业后，曾在上海越剧院任编剧，后调上海社会科学院从事研究工作，为上海社会科学院文学所研究员，词学研究专家，著述颇丰，于秦观、李清照二家研究尤深，出版有《淮海词笺注》《淮海居士长短句校注》《秦少游年谱长编》《李清照》《李清照集笺注》《岁寒居说词》《唐宋词小令精华》等。曾任上海诗词学会副秘书长、中国秦观研究会会长，对诗词曲赋的创作雅有所好，在研究诗词之余，也写了不少诗词，出版有《岁寒居吟草》等。

《岁寒居吟草》收其诗词300余首，其中诗165首，词182首。他于诗、词二道并擅，或诗或词，完全是随机选择，随感而发，不拘一格，左右开弓。但从内心来说，他更喜欢词，故所作也以词为多，获奖作品也以词居多。如《满庭芳》等词，便曾获全国性的诗词大奖。1990年秋，徐培均过长江三峡，曾作《水调歌头》（夔门壮天下）一词，蔡厚示曾评道："词人目睹山川形胜，不禁怆然兴慨。此词颇似陈子昂《登幽州台歌》,催人泪下。然虽岩高滩险,猿啼虎啸,而词人兴复悠哉。此已似坡仙之豪,非秦郎之纤弱足比焉。'江左'三句,语俚而象切。"叶嘉莹在2005年10月20日给徐培均的信中亦云:"拜读先生大作,深感先生诗情雅意触处生发,钦赏无已。"又云:"尊集中无论登临游赏、赠友怀人,莫不有真性情在。其中《哭飚儿》词一首,尤触我之深悲。"

此外,王运熙、洪柏昭、黄天骥、施议对、黄思维诸家,也对徐培均的诗词给予了褒扬和肯定。

9. 叶尚志与唐济

叶尚志早年参加抗日救亡之作,不久去延安抗大工作。中华人民共和国成立之后长期在上海任职。1960年起即写诗。"文化大革命"结束后,任中华诗词学会理事,上海诗词学会顾问。出版有《浪花诗稿》《叶尚志诗集》等。亦能书画。

其诗以七律居多,五律次之,五、七言绝句又次之。另有个别排律、四言长句和白话诗。律诗都工整流利,时有慷慨之音。悼念周恩来之律诗,不论五律、七律,皆有动人之处。《过陈独秀墓》《故乡吟》《再上天柱山》等别有情味,《改革》诸诗有欣欣向荣气象。纪游、题记、赠寄诸作,也多抚今追昔,有岁月沧桑之感。

唐济,字齐三,安徽桐城人,长期在上海从事教育工作。上海诗词学会理事,著有诗词集《歇浦吟》等。以唱和、咏怀、议论等为多。格律娴熟,出入晚唐两宋之间。他曾写有100首《鹧鸪天》,时有佳者,如《鹧鸪天》(上海滩夜景)云:"蓦似琼楼降碧穹,复疑沧海水晶宫。春风一夜浦江岸,溢彩流光十里红。"写上海夜景,可谓简练而生动。接下又有"海天八极万航通"诸句,括尽上海与世界的关系。在《鹧鸪天》(百首鹧鸪辞题后)中有句云:"三十年来滥学诗,短吟百首《鹧鸪》词,风云幻变幽怀激,世路崎岖倦客知。"从中既可知其诗路的艰辛,也可大致窥见其写诗的历程。

第十节　上海散文诗的发展(上)

散文诗是介于诗与散文之间的一种特殊文体。"五四"运动前后由西方引入中国。鲁迅、石评梅、丽尼、陆蠡等民国年间的作家都曾写过。何其芳、靳以、严文井等也写过类似于散文诗的文字。中华人民共和国成立后,作者队伍有所更换,出现了一些新的名家,其中以郭风与柯蓝的名声为大。

柯蓝在延安时期就从事文学创作,在中华人民共和国建立之初,曾在上海《劳动报》任副社长兼总编辑,爱写散文诗。1958年出版过散文诗集《早霞短笛》。不过在那个大跃进新民歌运动中,散文诗的节奏很难适应强烈的时代旋律,再加上贺敬之和郭小川的楼梯诗盛行一时,散文诗的生存环境和发展空间都不大。诚如肖岗所说:"(20世纪)50年代和60年代,都只有屈指可数的几位作家在坚持耕耘。"(《关于散文诗》)

直到"文化大革命"结束,改革开放以后,随着文学的复苏与解冻,诗歌、小说、散文各种创作的繁荣,散文诗才重新崭露头角。不少上海作家除了写诗作文,同时也喜以散文诗的形式来抒发内心压抑多年的声音,加入了时代的合唱之中。老一代的作家中有丽砂、肖岗等,从风雨中走出的青年作家则有赵丽宏、张烨、桂兴华等。诗人宫玺也注意到了散文诗的复苏和新生,特意编选了《中国现代散文诗100首》,想借此推进当时散文诗的发展。尽管写散文诗的作者队伍较前有所增加,也出现了一些青年作者,但社会上的声音依然不大,形势不容乐观。正如柯蓝在《散文诗的新生代》一书的《序》中所说:"散文诗的新生代,目前还在艰难、挣扎、探索和困惑中成长。"四年以后——进入1990年,散文诗的境况有所改善,作者也有所增加。肖岗似乎看到了一缕希望,他在1991年5月出版的散文诗集《沉思的山岩·后记》中写道:"散文诗终于拥有越来越多的作家队伍,并且被越来越多的人所承认,也不过是近数年的事。"

既然已被更多的人所承认,于是便有了《六十年散文诗选》《十年散文诗选》等书的出版。这里也对改革开放以来上海散文诗的代表作家,作一简要的论述。

一、丽砂与肖岗

丽 砂

丽砂,本名周平野,1916年生于重庆,1947年在苏州国立社会教育学院读书,因参加反内战、反饥饿、反迫害的"520"学生运动,被迫离校,转移到沪郊从事中共地下工作。中华人民共和国成立后曾在宝山、松江等地任文教科长和理论教员。1956年起受到政治迫害,直到1982年才获得平反。受冤时间长达26年,令人咋舌、心寒。

早在20世纪30年代,丽砂就已发表诗作,后主编《渝北日报·文烽》,同时与钟辛合编《诗生活》诗刊。闻一多《现代诗抄》就曾收选过他的诗作。其实,除了诗与散文,丽砂还是一位重要的散文诗作家。1984年出版了散文诗集《冬的故事》。1993年,以年近80的高龄,应邀赴北京担任《中国散文诗》系列丛刊的客座副主编。1996年,又以80岁高龄出版了散文诗集《早晨的街》。

《冬的故事》虽说1984年由花城出版社出版,其实里面收的散文诗,仍都是其20世纪40年代所作,如组诗《冬的故事》和《春天散曲》均作于1943年,组诗《力的执着》等则作于1945年。因他1956年即遭不当诬陷,长期被剥夺了发表作品的权利,所以这些散文诗直到改革开放以后才得以出版问世。从其中不少作品中,我们仍可以感觉到他当年那颗赤子之心的燃烧与跳动:

燃过的落叶飞散了,却没有化为灰烬;老迈的小草凋零了,却并没有走向死亡……

以上是《冬的故事》之一《冬眠》中的开篇。如果说这仅仅是苏醒,那么《力的执着》中的《歌》等,则完全是热血沸腾、充满激情的歌唱了:"歌是从火热的胸膛里爆发出来的,歌是从雄厚的群会中成长起来的。"他在改革开放以后所发出来的声音也完全如此。

肖 岗

肖岗(1930—1998),祖籍浙江嘉善,抗战胜利后来沪读中学,并入法商学院读书。1948年,他舍弃了父亲要他继承、接管家业的安排,放弃了他刚考上大学新闻系的学业,毅然怀揣一颗滚烫的心,冒雨投奔苏北解放区,在华中大学学习。不久调苏北军区文工团工作。1949年后半期在《青年报》社工作。曾任总编辑。由于家庭出身问题,他在"文化大革命"中受到了迫害与批判,下放到环境污染严重的工厂强化"劳动改造",使他的身心受到了严重的伤害。浩劫结束以后,冤屈得以清洗。他放弃了《青年报》总编的职位,宁可去《上海文学》当一名诗歌编辑,不久又担任了上海市作协创联室主任、诗歌委员会主任等职。出版有散文诗集《沉思的山岩》、诗集《肖岗诗选》、诗歌合集《芦芒·闻捷·肖岗卷》。另写有传记《耿丽淑》《顾维钧传》,其诗歌、报告文学等都曾荣获大奖。

其实,早在中学时代,肖岗就开始写诗,并在报刊发表。中华人民共和国建立之初,他就写下了《这有什么害羞》《上海,英勇的城》这些充满时代气息的优秀之作。后者经孙道临在上海人民广播电台朗诵以后,曾传诵一时,"许多青年也纷纷在车间、在教室聚会朗诵"(曹琦:《肖岗诗选·后记》),足见其影响之大。自"文化大革命"结束,他虽然也写下了《亡灵祭》《春在湖上》等一些思念先烈、赞美故乡的诗篇,也写下《摘自阿赫玛托娃的墓碑》《呐喊》等一些充满反思的诗篇,但他的重心,却正悄悄转向了散文诗。

在《关于散文诗》一文中,肖岗曾非常坦率地说:"我真正花精力写散文诗是在1979年以后。"自此便一发而不可收,这便有了《沉思的山岩》的问世。里面的每一首散文诗,都凝聚着他的心血。他的写作态度相当严谨,篇篇精心打磨,宁缺毋滥,绝不粗制滥造。其散文诗的面也比较广,从《品茶》《饯别的撞杯》《清晨的闹市》的生活现场,到《回忆》《童年与芦笛》《迈足青果的时候》等过往岁月,从《灰蝶》《峡上鹰》《春笋吟》《花木篇》等咏物之作,乃至《信仰》《向往》《渴望》等直接标明以心声为题的抒怀之作,他都涉及。不过,其中影响较大、成就较高而又比较出色者,仍多集中在两个方面,其一,他对故乡亲情的怀念;其二,他对人生道路的深沉思索。

在对故乡亲情怀念的一类作品中,《小镇的背脊》《老街》《灰蝶》《渴望》《迈足青果的时候》等散文诗是最有代表性的,其次则有《船上捡到的断想》《对酒词》《童年与芦笛》《乌桕树下的对举》等。那些委婉精致、如梦如画般的描写,令人心醉,又令人神往。如《小镇的背脊》是描写故乡的小桥的,他先写了小桥经历的沧桑早已成了历史的见证,然后,他又转到自身,母亲与他在桥上送别的那一刻:

妈:曾在这里送别我。

泪眼模糊中,我看见她的被岁月压垮的、抽搐的背脊,和它重叠在一起……

如今,他又回来了,又看到了那座曾与母亲分手的小桥,他写道:

从过去架到今天,也从我的离别架到我的返归,好像这才完成了它史诗般的构思——

那半圆的拱洞,和它投落在镇河的倒影,合成了一轮月华,一半飘在水上,一半留在蓝天。

一河长篙横斜的舟楫,好像,好像在向一个古老而又现实的神话靠岸……

小桥由花岗岩所造,无情可言,但在肖岗满含深情的笔触描写之下,却显得如此情味深长,引人渐入佳境,充满了诗情画意,读后给人以无尽的回味。此外,《迈足青果的时候》里面所隐喻的那只"青果",虽然仍有"酸味",却还是很耐咀嚼,也很有味,并足够让人回味的。

在对人生道路深沉思索的一类作品中,《沉思的山岩》《古松与危崖》《回忆》《纯净》等散文诗是最有代表性的,其次则有《围墙》《峡上鹰》《石磴述怀》《姊归招魂》《诗人之路》等。其中《沉思的山岩》和《纯净》似乎更为完美,也更耐人寻味。试举《沉思的山岩》为例:

不是一团地火的冷却,而是选择了冷峻的沉默。
你是历史的额头呢。记录着——
冰川开裂的壮观,
造山运动的崛起,
恐龙时代的盛衰,
人类婴儿期的梦幻……
你的每一条褶皱,涌流着浩瀚的往事,忽闪着深邃的思维。
如果打破你的沉默,还会溅起火星——
红的,蓝的,黄的,白的……

此篇的起句就很突兀,"冷峻的沉默",必能令人停顿,"历史的额头",比喻形象而又贴切,以下四句迅速掠过地球的漫长历史。而"你的每一条褶皱,涌流着浩瀚的往事,忽闪着深邃的思维",则是全诗的核心和主旨。末尾虽是假设,却推进了一层,更耐人寻思。赵丽宏说:"且不说这篇作品的思想内涵,单是欣赏它铿锵而跌宕起伏的语言韵律,便能使读者领悟散文诗的魅力。"(《会唱歌的山岩》)可以毫不夸大地说,《沉思的山岩》与《小镇的背脊》是肖岗最好的散文诗,也可列入改革开放以后上海为数不多的优秀散文诗的行列之中。当然,他的《过范熊熊牺牲的海域》等诗中的描写也很出色,如"即使轻柔似锦的云霭,终于也懂得了沉重,山峦似的逶迤不动"。但就全篇而言,都不如以上两篇。

二、赵丽宏、张烨与桂兴华

赵丽宏

赵丽宏不仅是上海的著名诗人,而且是散文诗领域里的重要作家,为上海散文诗的代表作家之一。出版有散文诗集《人生遐想》《心魂之恋》《银舟远翔》《赵丽宏散文诗选》等。

由于赵丽宏对诗与散文的创作都很擅长,因此写起散文诗来,可说是轻车熟路,顺畅得很,并非难事。再加上他曾广泛地阅读过泰戈尔、纪伯伦、屠格涅夫等人的散文诗,又加上巴金散文的真诚、冰心散文的纯洁、朱自清散文的亲切、鲁迅散文的深沉……这一切都融入他的散文和散文诗创作中去,使他左右逢源,在文学的天空中自由翱翔、随意发挥,从而使他的散文诗创作题材比较广泛,表现的空间也比较大,有的似从泰戈尔而来,有的似从纪伯伦而来,有的又似从屠格涅夫而来……你尽可以找到某些影子,或是一些痕迹,但又不是那个样子。也就是说,他可以博采众才,为我所用,但又不拘一格,也不拘于一种风格或是一种流派,而是完全依照自己的生活所见,心之所感,自由吐露。那人生大海中的心灵之舟飘向哪里,他就写到哪里,哪怕是飘上蓝天,他也照写不误。

然而,赵丽宏无论写诗或写散文,都很注意文字之美、心灵之美,他写散文诗也是如此。其散文诗的风格虽然也千变万化,具有多种艺术表现,但我最喜欢的仍是《致文学》《历史》《光阴》《宁静》等一系列抒情文字,如他在《致文学》的开篇写道:

你是遥远的过去,是刚刚过去的昨天,也是无穷无尽的未来,你把时间凝聚在薄薄的书页之中,让读者的思想无拘无束地漫游在岁月长河里,尽情地浏览两岸变化无穷的风光。你是现实的回声,是梦想的折光,是平凡的客观天地和斑斓的理想世界奇异的交汇。你是一双神奇的大手,拨动着无数人的心弦。你在人心中激起的回响,是这个世界上最美妙的声音。人心是无边无际的海洋,这个海洋发出的声响,悠远而深沉,任何声音都无法模拟无法遮掩。

你是一个真诚而忠实的朋友,你只是为热爱你的人们默默奉献,把他们引入辽阔美好的世界,让他们看到世界上最奇丽的风景,让他们懂得人生的真谛。只要愿意和你交朋友,你就会毫无保留地把心交给他们。你永远不会背叛热爱你的朋友,除非他们弃你而去。

他把自己多年对文学的追求、感悟和认识,不分感性和理性,哪怕是文学的特质、功能和力量,都用一种诗性的语言表达了出来。不仅让人感到美,而且让人感到有意味,他不明确而理性地告诉你文学的意义,却让你在更广阔更有弹性的空间里去领悟文学的意义。又如他在《历史》的开篇写道:

历史是什么?
它看不见摸不着没有固定的形态,然而它涵盖所有流逝的岁月。没有人能够躲避它的剖视。

然而,尽管历史是"看不见摸不着没有固定的形态",却不是可以任意涂抹和肆意篡改、随意歪曲的。因此作者接着又写：

> 历史不是一张白纸，你想涂成什么颜色就可以是什么颜色。
> 历史不是一块橡皮泥，你想捏成什么模样就可以是什么模样。
> 历史不是一块绸缎，任你随心所欲剪裁成时髦的衣裳装饰自己。
> 历史不是一把吉他，任你舞动手指在弦上弹出你爱听的曲子。

用了这一系列的充满比喻的排比句，已清楚表明了作者尊重历史、保存真实历史的鲜明态度，然后诗人又以含蓄的比喻写道：

> 历史是汹涌的潮汐，它呼啸着冲上沙滩时人人都为之惊叹过，呼啸过，然而海滩忠实地记录着它的足迹，没有什么力量能将这足迹擦去。
> 白蚁可以将史书蛀得千孔百疮，但历史却不会因此而走样。装潢精致堂皇的典籍未必是真历史。墨，可以书写真理，也可以编织谎言。谎言被重复一千次依然是谎言，真理否定一万次终究是真理。

如果说前面的引文强调的是，历史是不容篡改和任人打扮的；而这里强调的是历史的"足迹"也是无法擦去的。总之，无论是《历史》《文学》，或是《光阴》《诗意》，对于这一些众说纷纭或抽象难解的现象和感受，赵丽宏都用他的方式，即一种形象而又富于散文诗的语言和节奏表达出来，并蕴含着他自己的见解。

赵丽宏还有一种散文诗，以叙事状物为主，一物一题，如《冰霜花》《相思鸟》《永远的朋友》《独轮车》《鹰之死》等。其实，在改革开放之前的"文化大革命"中，他下乡插队，在临河而居的小茅屋里就已开笔写了这类散文诗，如他在1969年至1972年写下的《桃花》《风中树》《芦花》《露珠》《稻茬》《抚琴》《青虫》《日出》《大雁》《乌云》《鹭鸶》《鬼火》等，都属此类。但在他的描写或叙述中，总会流露出一些有意味的思考，哪怕是初涉人世的一丝困惑；追寻与迷茫。有些是折射生命现象，有些是喻指自身，也有些是深含着作者对自然、生命和人世的种种感受和理解。随着阅历的加深，这些感受和理解也在加深，但他总是避免用一些抽象的概念或理性的语言，而是用一些形象的、充满诗意和感性的语言来加以表达。

赵丽宏的性格比较温和，但这绝不代表着怯弱，在一些重大的历史事件或大是大非面前，他还是有自己的思考的，也有着作为一个作家的良知，只是他表达的方式不同，发出的声音不同寻常而已。读其散文诗，便可窥见其一二。

张 烨

张烨也写散文诗。她在《新民晚报》开设了"风信子"的专栏，影响很大，后结集出版为《孤独诗是一支天籁》。其中一部分是小品散文，另一部分是散文诗。《灯》《伞》《废墟》《雨丝》《梦》《出发》《田野小屋》《爱》《风》《高原》等都是极有代表性的。

她的这些散文诗篇幅不长，多者200来字，题意集中，或抒情，或议论，或抒情与议论相杂，或穿插一事或一人，语言都很考究精致，表现着自己的襟怀或豪情，或是低诉着自己的心灵和幽情，有时也借物抒情,表达了自己的人生感悟和生命体验,展示了自己独立的思想和品格。最妙的是,在每一辑散文诗的前面,她都有一段题记,这题记本身就是一篇美妙的散文诗,如《田园风情》:

记忆中的家乡小学堂有一株高高的紫薇树,花朵轻柔蓬松,碎碎的一簇,瓣儿很薄似有透明感,花的颜色娇美,夏来一树胭脂红,直到初雪飘飘时褪尽红颜,无可奈何花落去了。那模样很让人联想起豆蔻少女与风韵娇娘。

又如《都市憧憬》:

只有无声的线谱在城市豪华绚丽的灯光下颤动……
这柔柔细细缠缠绵绵的雨丝使我想起人世间的一种生命,像春蚕一样的生命。这是永远的追求,永无止境的情感浪迹,为的是编织一幅使自己心灵闪烁光明的憧憬!

再如《人生的诗意》:

真正的艺术都是孤独的产物,潜心于孤独的创造是一种高贵的天赋。孤独是一支天籁,以圣洁的音乐净化人的灵魂。你觉得自己在升华,与宇宙融为一体。

这些文字以散文的形式排列,却散发出诗的气息,充满着浓浓的诗意。再如《秦淮河》的开篇:"仲夏之夜,月,水似的清凉;水,月似的朦胧……看着看着，那月便是明末的月了；而水上的灯光红红绿绿紫紫金金更令人浮想联翩——秦淮八艳，雪肌冰骨的肩头，闪着古典美的光晕……"

总之，张烨的散文诗语言精致，诗意浓郁，思绪丰富，意境幽深。他不仅仅能以散文诗为自己的品格立身，同时也给读者以很多人生启迪。

桂兴华

桂兴华素以长篇政治抒情诗驰名，其实他也是上海散文诗的代表作家之一。早在1983年，他在《青春》月刊上发表了散文诗《南京路在走》，立刻引起了读者的注意。他在诗中写道：

南京路在走，蓝莹莹的牛仔裤在走，黑漆漆的皮猎袋在走。走向小林的手提包，走向希望的旅行袋。

因为当时中国正处在改革开放之初，许多观念仍受束缚，其中不仅有政治上、经济上的，也包括生活上的，所以才一再提倡解放思想。桂兴华诗中提到的"牛仔裤""皮猎袋"，但在当时就属于流行色，被视为一种时尚。而上海的南京路，正是一个时尚的窗口，从中可以窥见到人们生活观念的转换和变化。桂兴华此作正是着眼于此。他不仅把散文诗的题材从农村转向城市，而且提出了一个开放意识。这对当时的中国民众，特别是广大农村的农民来说，还是十分需要的。正如诗人在诗中所写：

偏僻来采购繁华了,闭塞来采购开放了。
……
南京路在走向一个角落,流行着更新的流行。

桂兴华从小就生活在上海,尽管后来在上山下乡运动中离开上海,外出务农,但他后来又回归上海,对城市生活十分熟悉,以此为题材,把城市生活纳入散文诗的领地,也合情合理,是一种理所当然的事。在出版了散文诗集《长长的街》《美人泉》之后,他又写下了散文诗《红豆咖啡厅》。从一条街转到了一家咖啡厅,居然也成为他散文诗的代表作。同样写城市,此诗的主题和立意与《南京路在走》完全不同。此诗侧重写诗人深夜等人未至的烦躁心情:

满以为会来的竟会没来!
这一杯咖啡就黑得特别苦了。
苦得连心中的积压也不敢品了……

然而,望穿秋水,亟盼出现的人没来。而根本没等,令人没想到的人都出现了,这就出现了戏剧性的一幕:

没等的,偏偏突然出现了;
久等你,此刻反而隐蔽了。

在这作品中,作者没有以太多的笔墨去描写咖啡厅的楼梯和装饰,也没有去渲染咖啡厅的环境与气氛,却着重写了这富有戏剧性的一幕,以及作者当时喝咖啡的苦涩心情,以致作者最终不得不感叹道:"偶然的颜色要像这杯咖啡一样莫测。"既回归主题,紧扣诗题,又有一点认命、自嘲与无奈。

在此之后,桂兴华继续写散文诗,出版了散文诗集《红豆咖啡厅》《新年酒吧》等。1988年8月初,谢冕来沪开会,特意写了《追求力度的散文诗》,其中评道:"桂兴华努力通过都市生活散文诗的创作,改变散文诗的软性化。他试图从此加强散文诗的硬度。"

第二章 20世纪末的上海诗坛（1990—2000）

第一节 概述：个体写作与表现自我

1989年以后，上海诗坛带着沉重的步履，走进了90年代。

20世纪90年代的中国诗坛，较之改革开放之初的80年代，显然要冷清了许多。同样地，上海的诗坛也发生了变异，进入了沉默或消沉。有的诗人改行；有的诗人歇笔，暂不写诗；也有的自此告别诗坛，还有不少诗人甚至离开上海，远走高飞，到国外去了。继女诗人张真移居瑞典、再赴美国之后，宋琳于1991年移居法国，孟浪于1995年应布朗大学之邀请，赴美国成为驻校作家，京不特在1990年至1992年于老挝身陷囹圄，随后去丹麦，现改行专攻哲学。王晓渔曾写过《诗人的隐居时代》一文，专门描述了1990年至1999年的上海诗歌情况，他在文中写道：

> （20世纪）90年代，上海的诗歌处于一个全面萧条的时期，除

了"遗老"和"遗少",几乎没有产生新一代的诗人。

他所说的"遗老"和"遗少",就是指20世纪90年代的上海诗人,就是在20世纪80年代写诗的那批诗人,根本没什么"新一代的诗人",如果有,也只是像韩博、马骅等个别青年诗人。造成的原因,王晓渔在文中认为,主要是在20世纪90年代,诗人们纷纷脱离校园或者单位,为解决生存问题而不再拥有闲暇,很多诗人干脆放弃了诗歌写作……在这种情况下,上海的诗歌场域几乎难以形成。

尽管上海的诗人队伍发生了一些变化,一时进入消极和沉寂,但也有一些诗人经过了短暂的沉默之后,又陆续写起了诗来。不过,无论从热情和声音,都与20世纪80年代大不相同,反差极大。许多诗人不再激情澎湃,热情洋溢,对社会和民众的关注,对国家的未来走向等也不感兴趣,有的甚至漠然视之。在更多的时候,他们大量的诗作都只关心自己,表现自己,感受自己的内心世界。此时在诗歌界最流行的一句话是:"诗是写给自己看的,别人是否能看懂,与自己无关。"

在这样的情况下,以诗表现自我一时成为时髦,而且相当流行。这种风气的直接后果,不仅使诗人的题材变得狭窄起来,使诗越写越晦涩、灰暗、稀奇古怪,而且使诗人们一个个堕入个人写作的怪圈,彼此不再交流,不再以天下为己任,而是互相嘲讽,自我戏谑。他们不关注社会,所以社会不关注他们。也诚如王晓渔在《诗人的隐居时代》中所说的:"尤其是在(20世纪)90年代,上海诗人普遍具有隐者气质,很少以诗歌流派或者诗歌行动的方式呈现自我,而是以独立个体的方式出现,他们坚持诗歌的内在尺度,却缺乏外在名声。这是上海诗歌场域的主要特征。"

尽管如此,在这十年之中,上海的民间诗社依然存在,诗歌活动也以各种不同的方式展开,同时也涌现出了一些新的诗人。

第二节 20世纪90年代的上海诗社与诗歌活动

20世纪90年代的上海诗坛,虽然远不如20世纪80年代那样意气风发,热闹风光,从活跃而又富有生气一下变得冷清消沉,但这种状况不可能长久持续下去。约莫过了三年光景,有些诗社的诗歌活动又悄然而起,渐次展开。先是黄浦区的上海城市诗人社进行一些诗歌朗诵会或创作研讨会,随后有宝山区的金秋文学社的成立,之后又有新时代诗歌工作委员会的成立和《诗坛》的创办。到了20世纪90年代末,有遐龄诗社和碧柯诗社的成立;1999年,又有新城市诗人社的成立。

不过,这些新成立的诗社,与20世纪80年代的民间诗社相比,有一个很大的区别,即20世纪80年代的民间诗社和民刊,如《海上》《大陆》《撒娇》《喂》等,都是自筹资金,自行发行,自搞活动,没有任何政府背景,也不挂靠任何单位;而20世纪90年代这些新成立的所谓民间诗社和民刊,都必须挂靠在政府的某一部门或某一单位名下活动。

所以,名义上虽然都称民间诗社和民刊,但20世纪80年代与20世纪90年代还是有着性质上的不同与重大差别。现就20世纪90年代一些有代表性的上海诗社和诗歌活动,作一简要论述。

一、上海城市诗人社

在近40年的上海诗歌征程中,不仅诗风不断地被改变革新,诗人的身份不断地被改写变化,而且诗人的群落和队伍,也在不断地被改组和重建,甚至是消失和再起。但不管是初期、中期和现在,总有一些诗社和诗歌园地活跃在申城。就目前来说,影响较大或者持续时间较长的约有以下这些。

在上海民间自发的诗歌社团兼带有半官方色彩的,其中成立较早、历时较长、影响较大的,当属"上海城市诗人社"。

"上海城市诗人社"是在黄浦区文化馆诗歌组的基础上发展起来的,正式成立于1986年。陆续有100多位诗人参加了该社的活动,如赵丽宏、桂兴华、缪国庆、梁志伟、赵国平、陈柏森、黄景黎、钱蕴华、周幸波、王成荣、铁舞、张彬、玄鱼、缪克构、张健桐、杨绣丽、曲铭、芫弦、陈佩君、李文亮、殷才扣、钱玉明、朱吉林、傅明、裘新民等,其中有不少诗人已经成为当下上海诗坛的中坚力量。诗社于1990年创办了《城市诗人》报,不久改为不定期印行的《城市诗人》杂志。

上海黄浦区城市诗人社主办的诗刊

作为民间的诗歌社团,"上海城市诗人社"没有严格的章程,只要是诗歌爱好者,都可以参加该社团活动。该社活动主要依托黄浦区文化馆开展,也不时在其他场所举行,活动内容包括不定期组织诗人们朗诵诗歌,讨论诗艺的聚会,连续数年主办面向社区群众的广场诗会或室内诗歌朗诵会等。还先后编辑出版了《浦江魂》《海上风》《都市虹》《广场鸽》《忘却的飞行——上海现代城市诗选》等诗集。进行过城市诗、极简主义写作等一些专题讨论。

为了提高诗社成员的诗歌创作水平,扩大诗社与外界的交流,"上海城市诗人社"还经常邀请著名诗人和学者到诗社介绍创作经验和讲学。近些年来,还积极与其他省市的诗歌社团和诗人进行诗歌交流活动。而诗社的主持者铁舞、曲铭、裘新民、宗月等本身都是诗人,注意传统与现在的结合,以及诗歌的现代性的发展。他们的诗仍以现代气息为多。

二、李疑与《诗坛》

当20世纪即将落幕的最后两年间,上海的诗歌活动又曾掀起过一个高潮,这就是《诗坛》报的问世。该报由上海市城市美学促进会和新时代诗歌工作委员会主办,李疑任总编。在1998年8月的《诗坛》(试刊)中,李疑在《新时代诗人宣言——代创刊词》中说:"诗人,是捍卫时代的战士,是新时代的号手。古今中外,没有一个真正的诗人,不是站在社会的年轮上,倾其全部热情去拥抱新的时代!"

在强调诗人的时代性和社会性的同时,文章还针对上海许多诗人多年以来对社会的疏离和淡出,脱离社会群体,沉湎于自我的现象提出了尖锐的批评:

诗人的时代性，排斥诗歌的孤芳自赏。那种游离于时代的自我陶醉式的低吟，是井底坐蛙的哀鸣。至于连自己也不懂的胡言乱语，则是亵渎诗坛的精神病式的梦呓！

上海当时诗人只在个人的小圈子里表现自我，写一些他人难以理解，甚或根本无法理解的晦涩之诗，自然有其相当的理由和合理性，也是时代所造成的，但此文认为诗人应该具有社会责任和历史使命，写出一些引起全社会关注的诗篇，也是能理解的，其中所说的"真实地反映社会改革的每一个正确的历程"，大多数诗人也多能接受。然而，文章又强调"赋"时代以辉煌，强调歌颂的一面，缺乏批判的一面，却又是很多诗人未必能接受的。因为改革的过程一定会出现一些社会弊端和民生问题，这也是诗人所应关注和反映的。

《诗坛》创刊不久，恰逢 1998 年国庆节，李疑等人顺应时势，当即搞了一次"98 国庆当代诗会"活动，得到上海作家协会，以及《文汇报》《解放日报》《新民晚报》《文学报》等各大媒体的支持与参与，影响颇大。据 1998 年 11 月 5 日《文学报》报道："98 上海市当代诗会，日前在外滩新世纪广场隆重闭幕……历时三个月，参与者达到 170 多万人次，收到来自全国 13 个省市的专业与业余诗人的稿件共 5 183 篇。"（《98 当代诗会闭幕》）这在当时尚无网络发送、全凭邮局投寄稿件的情况下，已是相当难得，算得一次盛会了。

其实，在此诗会之前，李疑就已策划、筹办、举行过多次上海地区的诗歌活动。如 1993 年就举办过"93 迎东亚运上海群众诗歌大赛"，得到了上海市委有关领导的支持，发动面到达了全市各单位和各街道城镇，参与者达 57 万人次，群众创作的诗歌 10 万多首。正是在以往诗歌活动的基础上，才有了"98上海市当代诗会"的成功举办。也正是在此次诗会的启示下，次年秋，在上海松江又举行了"99上海国际吟诗会"，群众性诗歌诗社活动也有所激活。著名诗人贺敬之于1999年月1月9日为《诗坛》发来题词，对他们的诗歌活动表示了支持与肯定。活动也激发了《诗坛》同仁们的更大热情，并怀揣着这股热情而跨入了21世纪。

1999年，诗人玄鱼等在闸北区创办了《新城市》诗刊，作为闸北区的文学品牌，一直延续数年。玄鱼为主编，也是该诗刊的核心人物，出版诗集《凡人之城》《海上风》等。同时也写一点诗评，举办一些诗歌活动，甚至是全国性的。在其周围的诗人则有林溪、路华军、宋国斌、罗琳、宗月等，有些诗人至今仍活跃于上海诗坛。

三、碧柯诗社、金秋文学社与遐龄诗社

除了以上一些以年轻人为主的诗歌社团，在20世纪90年代，还有一些以老干部或科学文化界人士为主的诗歌团体，也有相当的活力和影响，其中比较有代表性的有碧柯诗社、金秋文学社与遐龄诗社等。

姜玉峰与碧柯诗社

上海碧柯诗社虽然在1989年就宣告成立，由王一民、丁公量、姜玉峰等先后任社长，但其主要活动都在90年代，一直延续到2018年。其中科学技术方面的人才相当多，他们都是各个科学技术领域中的专家或领军人物，但他们也喜欢写诗，热衷于中国传统诗词，于是便有了碧柯诗社的诞生。成员也以科学技术系统人员为主，并有自己的刊物《碧柯诗词》。由姜玉峰任主编，潘颂德为常务副主编，葛乃福、顾振仪

为副主编,至今已出版了70多期。

姜玉峰于诗词、书、画、楹联领域都有擅长之处。曾任上海楹联学会会长,著有《乐山乐水诗词选》等。诗以律绝为多,词以小令和中调居多,国画以山水为主。他不仅自己擅诗词,而且组织团结了一批同仁,为上海的诗词和楹联创作做出了不小的贡献。顾振仪以新诗为主,注意汲取传统诗词的养料,出版诗集有《顾振仪短诗选》《蒹葭集》、诗与诗文评论集《苔花集》等。

在碧柯诗社属下,还有一个上海新声研究小组,成立于1999年。同年在此基础上成立新声诗社。其宗旨为:"背靠传统,面向现代,古新结合。"姜玉峰、顾振仪、潘颂德、李忠利、苏兴良等都是其中的重要成员。他们在长期的创作实践中,自觉地吸引古诗和新诗之长,既吸取古典诗词中的音韵美、意境美、抒情性的长处,也兼取新诗的现实性、视野开阔、语言灵活等长处,到21世纪初已出版了30多种诗词与评论集,并有自己的诗歌园地《新声诗刊》。其中栏目丰富多样,新诗、古诗、新体诗词、六行体诗,乃至谈诗说词等评论文章,一应俱全,一直延续至今。其中姜玉峰以写旧体诗词为主,莫林、陈广澧、黄润苏三位女诗人则对新诗、旧诗都感兴趣,不仅旧诗、新诗都能作,而且主张两者应该打通,开拓中国诗歌发展的道路,因此而被诗词界称为"澹园三姐妹"。

其中黄润苏为复旦大学教授,莫林和陈广澧都为早年投身革命的老干部。陈广澧著有《拈花集》《白昌兰》等,莫林则著有新声体诗集《金凤歌》,后又出版有《小路集》《莫林短诗集》等。现对莫林的诗歌做一简述,以窥新声诗社探索之一斑。

与同时代的许多诗人一样,莫林的许多诗关注时代、社会、历史与人生,题材和视野也比较宽广,小至花草落叶,大至日月星辰,从国内到国外,无不涉及。真可谓上天入地,任其遨游。如《悲壮》诸诗,便有着对世界与人类命运的关心;《我们是年青的一团》《劫后》《金陵之声》《国魂》《长江游》诸诗,则荡漾着历史的回响,充满着对祖国与民族精神的赞美。以上两类苍凉悲壮、激越豪迈、潇洒俊逸、当风而立之姿,溢于诗行。而在《安魂曲》《菌子去矣》诸诗中,我们又可以看到她对昔日友人的深沉思恋和怀念。这些诗深沉、悲凉、壮美和凄美之情,撼人心魄⋯⋯诚如诗人在《诗问》一诗中所说:"诗是力的歌,宇宙光波⋯⋯是时代琴弦和着心语细诉。"

当然,莫林所说的"时代琴弦"与"心语细诉",应是一个整体,不能截然分割。但就以上所举,毕竟以"时代琴弦"的旋律为主,但作为一位女性和一位女诗人,在描述了女兵军旅生活的风采以后,她也难免有她的个人情怀和"心语细诉"。如《孤独》《老屋》《闲趣》《记梦》以及《乡愁》中的《月色》等,均属此类。这类诗的旋律虽不像早年的铿锵激昂,而似小溪淙淙的流淌,如月照松间、泉流石上的清幽,有时还轻笼着一层淡淡的愁绪,却也别饶一番情趣。在这方面,《老屋》《星星》诸诗似乎更有代表性。《老屋》有余味,有张力,最后让人舒展,使人从一个世界走到另一个世界,可以喻道,含有多重的指

碧柯诗社属下主办的诗刊

149

向性,但《星星》的语言似乎更纯美。而《晨望》等诗明丽鲜活的抒情,则纯是"泛格律之舟"的新诗情味。

然而,尽管莫林晚年也写下了"我喜欢孤独,孤独拥抱我"这样的诗句,但她依然"着笔时代风波""唱着悲壮的歌",有她的人生信念和价值追求。我们从她晚年所写的《忘我》《我偏爱夕阳》《晚年是什么》《国魂》《晚霞深处》《一盏灯》《落叶》等一系列诗篇来看,她豪情依旧,依然心系祖国和人类,也还是"六十犹作少年舞",其老而不衰,青春热烈之情如此,故"寒秋独立,浩气依然"正是她诗魂诗品风骨的写照。

中国历来有"诗言志"的说法,而莫林的诗也的确真实地表达了自身的思想感情,融豪情与柔情于一身,题材也比较广泛,但其诗的艺术风格也比较多样,对情趣、意境、格调等方面都有着自身的追求,"浅白中求含蓄,淡雅鲜活中含韵味"。我们从她的《梦》《小路》《云梦》等一些诗中,都可以看到她的这种追求与努力。

由于莫林能写旧诗词,故其新诗有时明显地受到传统诗词的一些影响。但她又不愿受其束缚,追求体式的多样性,因而提出创立一种古新结合的新声体诗。用丁芒的话来说"是从旧体诗基础上走向自由的",因而她的新声体诗或似词、或似曲、或似令、或似歌,各有不同。如《乡愁》数首便似词中小令,语言纯粹是"词"的,然形式却很自由;而《女运动员之歌》《岸游》《寻幽怀古》《春觉》等,抑或似歌曲或似词令,此类甚多,兹不一一。就中有佳者,如《惊梦》一诗,前极写母女之情与"四十华年茹苦辛"之后"缘何泪落"作转,又以"风雨当年今非昨"一句作答,囊括简洁而又耐人寻思;末又以"新绿满篱,实实殷殷月挂西"作结,景中寓情,委婉含蓄,更觉有味矣!

莫林写诗并不是随兴地乱舞,而是有她的作诗主张的,在其不少诗中也一直表露过她对诗的看法和观点,如《寻诗》《诗问》《心中的歌》《诗人》等都属此类,而《新声颂》则又似于古代的论诗绝句,在其诗中也别具一格,相映成趣。

李忠利与六行诗

李忠利也是碧柯诗社的代表诗人,生于1941年,祖籍辽宁,定居上海。早年当过兵,因视网膜退化,眼睛失明,有"盲诗人"之称。但他在夫人李芷华的照料与支持下,坚持写诗至今,传为佳话。出版有《李忠利短诗选》《新诗中国风》等,并与李芷华合著《幽默技法》一书。

早在改革开放之初的1981年,李忠利就已开始发表诗歌、散文与小说,后以主要精力投放于诗,故诗最为人所知。他的诗风格特征比较鲜明,主要从民歌汲取养料,风格明快,有较强的节奏感,具有民歌风味而又与民歌有所区别。语言浅显却又多含诗意,时藏机巧与智慧,又时有巧妙的构思,所以不能因浅显而忽视之。《一路走来》《与牛共舞》《夜上海》《绝代双礁》《真真假假》等都有一定的代表性。试以《中国筷子》为例:

把世态炎凉蘸满,

以及人情冷暖。

这一双中国筷子,

一个现代一个古典。

可测天之高低,

能量海之深浅。

继续相依为命,

坚持宁折不弯。

在全球食物链上，

举起中国筷感。

一双普通的筷子，再熟悉不过的餐具，日常生活中经常碰到，但李忠利却能发挥出那么多，那么深的诗意，从人情冷暖、世态炎凉到民族精神，皆从筷子上发挥，以小见大，简直不可思议，奇绝妙绝。

不过，李忠利最出彩、最有名的还是六行诗，这种诗由六行句子组成，比当代的五言绝句和七言绝句多两行，故有"六行体"新绝句之称。又其六行句子尽管由每行七字组成，如《张大千》，或每行五字组成，如《秋意渐浓》，或每行四字组成，如《虫草谣》，甚至也有非齐言体的《陆家嘴》《常回家看看》等六行体，所以除"六行体"新绝句之外，或称其为"六行体"小令也无妨。这些六行诗多短小精悍，题意集中，或抒情，或咏物，或讽刺如今弊端，或点赞良好美德，真可谓无施不可。其中比较有代表性的有《苦瓜》《十六铺》《夜读》《瓜菜代》《常回家看看》《张大千》《过客》等。有的写得非常有趣，如《依然故我》：

出门读世界，

回家写作业。

一个小学生，

到老未毕业。

太阳是我教科书，

月亮是我练习册。

此诗写他的生活,虽然有点夸张,但生动活泼,情趣盎然,也颇见作者个性。再如《根文化》:

> 唐诗是个美男子,
> 宋词是个俏女子。
> 元曲并非浪荡子,
> 和而不同一家子。
>
> 金朝走进根文化,
> 采撷三粒相思子。

简单的比喻,却形象贴切,简直有点绝了!此外,他的《千岛湖》《夜谈》等也颇具新奇绝妙,他的行诗虽然内容题材、语言风格和艺术表现都有变化,但大多情况下,核心是前四句铺叙,描写或排列,至最末两句宕开一笔,或一下收拢,耐人寻味,有画龙点睛之妙。自此以后,模仿者甚多,除诗社同仁之外,尚有许多诗歌爱好者,时有佳篇妙句,但整体上都未超过李忠利。

四、傅家驹与金秋文学社

就在上海诗坛处于沉寂之状,1992年金秋之际,一个以老年人为主,各年龄段都有的文学社团——金秋文学社在沪诞生。当时参加者约131人。20多年过去了,金秋文学社在同仁的共同努力下,披风沥雨,茁壮成长,硕果累累。不仅使刊物《金秋文学》延续至今,出版了40期,而且还出版了《金秋文学》丛书。在"继承优良传统,关注社会民生,重视上海特色"的理念下,他们写了大量的小说、散文、诗歌与纪实文学,形成了一支规模可观的文学队伍。傅家驹、杨在春、莫林、田树尧、孟宪德、康广才、顾振仪、瞿若、徐松坤、张谷平、毛闯宇、姚子明、李曙光、徐文标、黄佰乾、罗维平、徐春望、孙铁群、严志清、夏克危、刘希平、曹祥根、宗延沼等,都是其中的重要成员。金秋文学社还有一个活跃的诗歌沙龙,成员定期交流诗稿,切磋诗艺。

傅家驹是金秋文学社的社长,也是该文学社的灵魂人物。他原为中共宣传部的干部,但一直爱好文学,诗歌、散文和小说都有涉猎。出版有《学步集》《耕耘集》《两棵美丽的白桦树》《攀登集》等。

与一般的退休老干部不同,傅家驹喜写新诗。有对革命岁月的回忆,也有对故乡的怀念;有对家人的诉说,也有对昔日爱情的眷恋。从他的诗中可以看出,他是一个热爱生活而又情感丰富的人。他的诗比较清新疏朗,抒情性甚强。《两棵美丽的白桦树》无论在构思,还是在抒情性和形象性的结合上,都处理得比较完妥。从《写在沈休兰校长雕像前》《当爱情已经消逝》《我想告诉你们》《月光如水》《沿着葵花轻摇的小路》《我想珍藏》《我的照相册》等诗中,都可以看到他抒情的一些特点。他的爱情诗似乎特别受到众人的关注和青睐,也的确是他比较有代表性的一个系列,不仅抒情意味浓郁,而且有着真挚动人的情感,有着一种纯洁、真诚和美好的品质,通体透明而又内涵丰富,有些爱情诗甚至达到了一定的境界。令人难以想到的是,这些爱情诗居然还都是他在80岁以后才写成的,这就更加难能可贵了。

五、吴克良与遐龄诗社

上海老龄大学有一个遐龄诗社,由武健华、吴克良、曹琪、沈康等共同发起,成立于1997年秋,由吴克良任社长,汤敏、金嗣水、武健华、廖金碧、林恺莲、翁敏华、程开智、沈人锦、曾群、王海燕等均为其中的骨干力量。

该诗社以传统的诗词创作为主,定期开班,邀请沪上诗词名家蒋哲伦、杨逸明、夏咸淳、张立挺等前来讲学,并得到夏征农、周退密、宋连庠诸先生的指导,出版诗刊《遐龄诗草》,多为诗社成员的作品。与此同时,他们还与碧柯诗社、金秋文学社、枫林诗社等建立联系,组织活动,互相交流诗作。为20世纪末、21世纪初上海诗词界比较活跃的诗社之一。

汤敏是该诗社的骨干之一,吴克良年迈辞任,廖碧辉任社长,汤敏便和金嗣水任副社长,著有《秉简集》《节令词》等。她喜欢填词,所作也以词为主,偶尔作诗。其词多婉约,尤喜以《浣溪沙》《点绛唇》《临江仙》《苏幕遮》诸词牌填词,时有佳作。如她在《如梦令》中写道:"散了轻愁还聚,雾锁东风成雨。窗下水仙听,窃窃燕巢私语。谁去,谁去,看那玉兰新吐?"在《鹧鸪天·清明》中有句云:"清明白菊行千里,寒食青团到万家。"反映了清明的习俗。因她在《节令词·前言》中曾说:"小词意欲在展现当今自然气象变化、花草盛衰、民俗民风、农事活动的同时,抒发对生活的热爱,对传统文化的崇敬之心。"她的词基本上是兑现了自身的心愿。其词描写细腻、形象生动、感情真挚、颇有词的几分清芬之气。

与汤敏的喜好恰巧相反,金嗣水尽管诗词兼擅,却以诗为主,词为次。诗中又以七绝七律为多。有自印诗集《闲云野鹤》以及《习作选抄》之一、之二、之三等。他的诗不务新奇,却妙句横生;不袭前人,却充满生活气息,活泼生动。他从乡村写到城市、从传统写到现代,从亲情、乡情写到友情,风情多多,别饶情趣,相当有味。有时也针对社会弊端,讽刺几句,别开生面。还有些诗追今抚昔,寄慨颇深,令人生叹。

第三节　活跃于20世纪90年代的上海诗人(一)

一、桂兴华与郭在精

桂兴华

1949年以后的中国长篇政治抒情诗,以郭小川和贺敬之的作品最有代表性。他们当时所写的《向困难进军》《雷锋之歌》等长篇政治抒情诗,曾影响了整整一个时代。上海的石方禹、芦芒、肖岗等也曾以他们的政治抒情诗而名重一时,在他们之后,桂兴华是极具代表性的。

桂兴华,出生于上海,当过知青,后任上海文广新闻传媒集团主任编辑。改革开放以后,致力于长篇政治抒情诗的创作,先后出版了《跨世纪的毛泽东》《邓小平之歌》《中国豪情》《祝福浦东》《永远的阳光》《青春宣言》《智慧的种子——张江抒怀》《又一次起航》《城市的心跳》,近年又出版了《中国在赶考》《嘹亮的红》等诗集,又以散文诗的形式出版了《金号角》。曾获得各种诗歌奖项,其中以政治抒情诗的影响为最大,故此处也侧重于这方面的论述。

写政治抒情诗要具备各种条件,就拿语言来说,也要具备相当的驾驭能力。一般来说,写长诗比写短诗容易露出破绽,而写长篇政治抒情诗比一般的长诗更容易露出破绽。而桂兴华在驾驭全局上,包括对语言的驾驭,都能舒卷自如,十分老到。如他在《邓小平之歌》的开篇写道;"满目是他/新开辟的地平线/整个世界/云一般聚在了我的四周/顿时/眺望有了从未有过的高度/俯瞰也有了从未有过的感受/我,跟着他一路攀登/获得了从未有过的抖擞。"他在《中国豪情》的开篇写道:"所有的钟都盼望着同一个时辰/每一朵花都呼吸得仿佛刚刚诞生/在这样一个春夜/世纪风/正赴约于每一扇敞开的大门……"

这些诗句都非常漂亮,前者有力,后者充满诗意,令人赞赏。写小说、写散文、写诗都各有自己的常用语汇,同样,写政治抒情诗也有自己的常用语汇,而桂兴华在充分掌握和运用郭小川、贺敬之那一时代的政治抒情诗的常用语汇基础上,又能紧跟时代步伐,创造出一系列属于当今时代政治抒情诗所需要的精彩语汇。也就是说,他既继承了郭小川、贺敬之那个时代政治抒情诗的语言特色和常见语汇,又融入了他根据当今社会状况所自创的一系列政治抒情诗的语言特色和精彩语汇,使中国的长篇政治抒情诗呈现出了一个新的风貌。

写政治抒情诗容易流于空洞,长篇更甚。然而,桂兴华为了避免这种弊端,却有他自身的构思和布局。就拿《城市的心跳》来说,其中就有不少巧妙的构思,尽量以形象来写世博会给白莲泾所带来的变化和历史机遇。如一位意大利女孩的选择,一曲《卖红菱》,一块旧瓦片,一片苦水(写水患之苦),一条弄堂(写当时的艰难),一个居委干部的脚印(写动迁工作),又以"51号兵站"这个电影名称来写动迁办公室的日日夜夜,这样从小处写来,就避免了那些空洞的叙述和议论。《轮渡站的最后一夜》,虽然只有短短的12行诗句,却意味深长,令人难忘。诗人之所以记下这一刻,因为他知道这一夜将被载入历史。然后,诗人又以区长的鲜花、一道防汛墙、年夜饭的酒令等这些具体的物件与场景,来表现和渲染了人们在动迁后的庆贺气氛,以及悲喜交集的复杂心情。正是这样的构思与布局,使长诗中的每一个部分,每一个章节,都与《城市的心跳》的题目紧紧相连,丝丝入扣,丰富了"上海表情",避免了可能产生的空泛与苍白。

由此可见,桂兴华所写的政治抒情诗,虽然有着强烈的政治意识和明确的政治内容,但他仍时时处处地考虑到诗的因素,并尽可能地以一种诗的方式来加以表达,艺术地再现了其中的政治内涵。

一个十分耐人寻味的现象是:诗人反映政治有主动与被动之分。凡主动反映,其艺术成就与价值相对较高;凡被动反映,其艺术成就与价值相对较低。像当年贺敬之写《雷锋之歌》、李瑛写《一月的哀思》一样,桂兴华写《邓小平之歌》《中国,冲向新的高度》《城市的心跳》等,也都是由衷而发,自发而写,并不是哪一部门指派的政治任务,因而都获得了成功。为了写好《中国,冲向新的高度》,真实反映神舟六号飞天的背景,他独自一人冒着零下20多度的严寒来到酒泉发射基地深入生活;为了写好《城市的心跳》,他又冒着30多度的酷暑来到上海白莲泾,走家串户。正因为这些诗都是诗人自己要写,有激情,有生活,完全是主动状态,所以其艺术成就与审美价值也相对较高。与过去那些标语口号式的假大空的政治诗,已大有不同。

在当今社会,诗歌正面临诸多挑战,而政治抒情诗似乎面临着更多的挑战。这种挑战有来自外部的,也有来自内部的。在目前的社会转型期中,我们究竟应该如何对待政治抒情诗?中国的政治抒情诗又应该如何发展?诗人们又该如何把握政治风云和时代脉搏?这些都值得我们探讨。而桂兴华创作的一系列长篇政治抒情诗,可以引起我们的关注和借鉴。

郭在精

郭在精毕业于复旦大学,长期在上海电台工作,主管文学广播,高级编辑。受父亲影响,从小爱好文学,特别是诗歌。出版有诗集《风与湖对话》《郭在精短诗选》,也译诗,出版有译诗集《高尔基诗选》《苏联当代三人诗选》,并出版散文集多种。

由于涉猎过不少西方文学,郭在精的文学视野较之一般同龄的诗人要宽阔一些,他在《风与湖对话·后记》一文中曾说:"我觉得,一个写诗的人不妨多尝试几种形式写作。自由体的,古体的,外国形式的,都实践一下,这没有什么坏处,反能丰富艺术表现手法。"因此,不论新诗或格律诗词,他都写。新诗的形式也是多种多样,有句式整饬的齐言诗,也有长短不一的自由体,或两句一节,或四句一节,或多句一节。有十四行诗,也有三言两语的俳句或小诗。风格也各有不同,如《风与湖对话》,便大有刘大白的风味;《基辅无名公园》《春》等诗,又令人想起陈梦家等新月派诗人的诗;而从《人生悟语》之四、之五、之六、之八等诗中,又似乎可以看到冰心小诗的影子。其中有些句子也可圈可点,如《月亮》的起句:"伸手可摸着你的清瘦/抬头可见到你的乐忧。"他在《与死神对话》的一节中写道:"不知过了多久多长/黑雾中慢慢透出点点星光/我又看到一对对美丽眼睛/又看到金光万丈的太阳。"

更有意思的是,郭在精喜欢为名人雕像或故居、纪念馆写诗。他的诗文集《魅力永久——追寻上海名人雕像》就极具代表性。他在文章中先叙述该雕像或故居的情况,末尾则配诗一首,诗文结合叙事抒情,相得益彰,别有意味。上海明清以来的历史文化名人,如蔡元培、宋庆龄、马相伯、陈云、黄炎培、宋教仁、张元济、陈化成、周信芳、陶行知、普希金、鲁迅、徐光启、杨斯盛、贺绿汀、田汉等人的风采,无不在其笔底展现。其中写陈望道的《大树剑麻》(一作《大树与剑麻》)等数首的情味更浓郁一些。

其实,郭在精的另一本诗文集《绿的声浪——伏尔加河游记》中的一部分诗,也是采用多种诗文结合的方法,其中《第聂伯河畔听到的故事》《普希金墓前》《陀思妥耶夫斯基墓前》数首,在散发出沉郁或安谧的气氛中,似乎能给人以更多的感动。

1993年,当郭在精的诗集《风与湖对话》出版时,田永昌写了《生命之泉的流响》一文,评价郭在精的诗:"不管是寄情山水,咏物怀人,还是月下独思,面对时代高歌,都鲜明地贯穿一些主线,这就是不断地思索和探求生命的价值和内涵,不断地寻找和追求人世间的真善美,不断地呼唤和执着于人与人之间的一种真诚和理解。"其实,即使在郭在精后来所写的一系列诗中,仍然贯穿着这一条主线,是这一条主线的延续。

二、李疑与铁舞

李 疑

在上海诗坛,李疑是一个比较特殊的诗人。他一方面写诗和小说,出版有诗集《蓝衣裳》、中篇小说《港度》,主编有诗集《燃烧吧,东亚运之火》等,另一方面,在20世纪90年代又积极组织、策划各种大型诗歌活动,如城市诗活动、端阳诗赛活动、"93迎东亚运上海群众诗歌大赛""98上海市当代诗会"等,对推动上海的诗歌普及做出了不少贡献。因而有些人称他为"诗坛怪杰"。

每个人对诗的贡献各有不同,有的人重在开派,有的人重在创体,有的人创建了一种新的理念,有的人发明了一种新的表达方式……如果从以上各点来加以对照,那么李疑对诗的贡献,恐怕主要在于创体,亦即对新诗形式的一种创造。"五四"新文化运动以来,新诗形式屡变,从"胡适之体"到新月社的齐言体,从西方十四行诗的移植到何其芳、胡乔木尝试的新格律体诗,乃至六言诗等,不一而足。大约从1988年前后开始,李疑写了不少十句诗。如其代表作《蓝衣裳》《火把颂》,以及《夜的礼赞》《我不敢》《沉默》等,都用了这一形式。试举其《蓝衣裳》为例:

风吹起衣裳蓝蓝地飘

树荫藏起了她的羞涩
递给我一个无声的笑

风吹起衣裳蓝蓝地飘

我思量着笑的无声
她却把爱给了小鸟

呵,神秘的蓝衣裳
我想起了黄昏罂红的云光
呵,恼人的蓝衣裳
似遥远的琴声难以寻找

我们从中可以发现,李疑十句诗在形式上的最大特征,是每首诗由十行句子组成,第一句和第四句都是单句成一节,二三句和五六句均为两句成一节,最后是四行成一节。据李疑自己说,他是从音乐的节拍中受到一些启发,才写下了这种十句诗。目前已写了100多首,有的押韵,有的不押韵。中国古代的诗体多为四句、八句,新诗中除四句、八句外,十四行诗或十二行诗的也较为常见,十句诗的形式的确较为少见。不管李疑尝试的十句诗在艺术形式上能站稳多少脚跟,也不管这种十句诗究竟产生了多大的影响,至少李疑发明了这种诗体。即使前人也有写十句诗的,但句子的排列方法上却又与李疑不一样,这也正是李疑的独特之处。

除了十句诗,李疑也写有其他各类长短不一的诗,有写其个人感情遭遇,也有政治性、时代感较强的。蒋孔阳、罗竹风、吴欢章等学者和评论家都曾专门撰文评论过他的诗。他的由五首十句组成的组诗《火把颂》在《文汇报》发表后,还引起过专题讨论,刘崇善、陈晏、朱金晨、谷亨利、刘希涛、季渺海、钱国梁、陈柏森、路鸿等上海诗人从各个方面进行了评议,给予了相应的肯定。

的确,当我们书写改革开放以来的上海诗歌的发展历程时,特别是20世纪90年代,李疑所组织策划的一系列诗歌活动,以及他所创作的十句诗是应该被我们所记住的。

铁 舞

自从铁舞的名字在《劳动报》《上海文学》《文学报》等一些报刊上反复出现以后,已经引起了诗坛的一些注意。1994年4月13日,上海的一些著名诗人宁宇、宫玺、姜金城、张烨以及一些有关的评论家相聚一处,对他的诗歌进行了讨论,不久《文汇报》即对这次讨论会进行了报道。随后，他又出版了诗集《山水零墨》《手稿时代》等。《山水零墨》里都为短诗，而《手稿时代》涉及的面则更广一些，后又出版诗集《瞬间伊甸园》《号喊》等。

铁舞写诗起步很早。如果说《寻找太阳》和《天风》第一首代表了他早期的诗歌成就和风格的话，那么从1986年所写的《天风》第二首开始，他的诗风发生了转变。1987年以前的作品，特别是《自由》等诗，分明是从他早期的诗歌承接而来的；而从1988年开始，或者说从1987年下半年所写的《醒世》《驶过冬天》开始，他的诗不断变化，也日益走向坚实和成熟，分明又往下开始了他90年代更为耀眼的诗歌成就。从1989年开始至整个20世纪90年代，铁舞的诗歌踏上了一个新的台阶，达到了一个新的水平。其中的城市诗十分引人注目，占去不少比重。如《地铁建设者》《重金属音乐》《浇捣工》《教堂边上的掘路工》《城市抽象》《道路之外》《高速公路》《井底工作的人们》《工具的声音》《城市蝴蝶》等都属此类。由于他很早就参加过上海这座东方名城的建设，知道她是怎样壮丽高大起来的，他把自己长期在此生活而积淀的许多感受和意象组合成一块，抒写出来的诗篇与一般的城市诗很不一样：

  肋骨抽出，在泥土与泥土之间

  重新排列，疼痛支撑一切

  生长一种力量，悬横于开掘后

        ——《地铁建设者》

像这样的一些诗句，都极其潇洒，在轻松自如中又有一种力的存在,我们仿佛可以想象当时地铁建设者们操纵巨大机身熟练洒脱的动作。他有大量的城市诗,如《教堂边上的掘路工》等都是与城市建设者们连在一起的,都写得非常漂亮出色。无论是地铁建设者、城市掘路工还是井底工作者、浇捣工等,形象都十分健康丰满、结实有力。

不过,铁舞的城市诗虽有自己的长处和特色,却成不了自身的一面镜子;除了《高速公路》等少数诗透露出他内心的孤独和痛苦外,如果我们要真正了解他的灵魂和内心世界,还得从他的其他诗篇中去寻找。而20世纪90年代又是以诗表现自我最为流行的时候。他这时所写的《玻璃情绪》《表白》诸诗,几乎都隐藏着一种痛苦,虽意旨微茫,令人难测其指端,但颇耐把玩,使人有味可寻。当然,他有时也写一些其他情绪的诗,似乎总不如那些表现痛苦和忧郁的诗那样让人难忘。此外,他有些以短句组成的短诗或其他诗,如《圆明园》等虽不以华丽或流畅见长,但的确写得凝练警拔,含意深刻,达到了以小见大的效果。

也许是他多年写作的体会,也许是他一时灵感的涌起,铁舞曾写过一组以《写作》为题的短诗,此外,还写过《诗歌》《写诗的方式》等几首与写诗相关的诗。这些诗很能使人联想起唐代诗人司空图撰写的《二十四诗品》,特别是《写作》那组短诗,在风格上尤为接近。它们都能以一种形象生动的诗语,来比附和隐喻诗中那些抽象深奥的原理。区别只在于,铁舞说明的是一种写诗的境界,而司空图则是说明了24种不同的诗歌艺术风格。当然,每个人的作诗状态是不同的,对诗意的发现也是千差万别,各显神通,而诗的创作心理过程也是复杂多样,要想条分缕析也是徒劳的。所以我们不想对铁舞诗歌创作的心理过程和特点详加探讨和分析,我们只想说明的是,铁舞对诗有自己的独特感受和领悟,他不仅知道自己的诗歌目标,而且知道自己的写诗过程。

三、钱玉林与戴达

钱玉林少年时因病辍学在家,热爱中外文史和艺术。1962年前后学写旧诗和新诗。1967年上海光明中学高中毕业。因他读书时参加《海瑞罢官》的"讨论",写文章批驳姚文元,故在1968年夏遭受迫害,后病休待业在家。曾在中学任教师,1980年考入汉语大辞典编纂处任编辑,为《汉语大辞典》主要编纂人。主编和编写出版《中华古代文化辞典》等汉语辞书十多种。另在1996年出版新诗集《记忆之树》,引起诗坛关注。诗论则有《当代先锋诗十病》等。

早在"文化大革命"期间,钱玉林就对中国大地上发生的荒诞现象产生了困惑和质疑,并与陈建华、丁证霖、郭建勇等共同创作新诗,写下了《在昔日的普希金像前》《鹰》《那时我经常》《沿着江岸,沿着……》《死者与生者》《读〈马蒂诗选〉》《盛宴》等一系列诗篇,抒发了自己对祖国和人民的忧虑,表现了诗人独立思考的能力。在那个"寒冷彻骨的夜晚",他想起了自己的母亲,写下了《冬夜》一诗:"我把流泪的脸/埋在你温暖的手掌里/埋在你的心上。"即使在"四人帮"粉碎"文化大革命"结束后的1977年,他仍写下了《语文课》等诗,对"文化大革命"在教育领域中的僵化和流毒进行了尖锐的批判和讽刺。

当时的爱情诗很少,钱玉林却写下了一些很优秀的爱情诗,如他在《梅芙昂》中写道:

在这神秘、令人颤栗的夜!

让渴望的肉体诉说思念，

在相互的灵魂中，

拥抱，交融，燃烧，

不要冷却，

不要分离。

诗人与一位梅芙昂姑娘相恋九年，一直处于纯洁的思念之中，有类于柏拉图式的精神恋爱，从未有过肉体的接触，终于有一次在"别人的黑暗"中，他俩灵魂之爱发展到了实体之爱。此诗正委婉地写出了这一刻的感受。钱玉林为人正直真诚，其诗也以正直和真诚胜出。时有思想的火花闪烁其间，有些句子也很有力量。

戴达，1982年毕业于华东师范大学中文系，在上海大学影视学院任教授。其诗曾获《星星诗刊》现代诗大赛一等奖，1992年出版了诗集《与情节跳舞》。也写儿童文学，作品曾三次获"冰心儿童文学奖"。也写诗论，达30多万字。

他是一位有思想而又相当具有独立性的诗人，除了个别挚友，很少有人真正走进他的内心。但他深信自己"仍是一个诗歌圣徒"。他的诗多写他自己所经历所难忘的物象，如《水乡晓雪》《恸哭的梦境》《蓝》《林荫小路》《观无标题音乐》《梦爱》《母亲的目光》《人间，我是初来的》《聆听》《童声合唱》等。连他自己也在《迷恋回忆》一诗中说：

我是如此地迷恋回忆啊

往事骑上黑蝴蝶从灰烬里飞出

我伸手抓住时

> 岁月的碎屑从指缝间漏落
> 掉在地上响起窸窸窣窣的声音

此外,他还写过《思念,没有淡季》等诗,说明他一年四季都沉浸在对往事的回忆和思念之中。不过,他的回忆和思念都带有相当的感情色彩,同时也含有丰富的象征意味。如《养育贫穷》便是以深情来回忆母亲的:

> 眼帘闭落你的一生
> 我是唯一的守灵人
> 只有屋檐下风干的红辣椒
> 那每天当盐下饭的红辣椒
> 和我作伴
> 如寒夜一挂灯笼
> 你的乳房是白太阳
> 照耀凄清的童年阴雨
> ……………

这是诗的前半段,起句便有无限伤感意。以"守灵人"转入守灵之况,忆及母子相伴的贫穷生活。结尾"我的坟草萋萋的躯体里呵/夜夜下着服丧的漫天大雪!"胜过嚎啕大哭,自有悲恸在内。全诗悽惋,不胜沉痛酸楚之致。而在《追求》《命运》《月光梯子》等,则更多一些象征意味,有时也透出一些人生感悟,但更多的还是人生之痛。

四、程庸与曲铭

程 庸

程庸,原名程勇,他的才华是多方面的,涉及面甚广。他是诗人,也是小说家、评论家,又是文物收藏家和鉴赏专家,出版有不少这方面的研究著作。诗歌创作则有长诗《蓝鸟》《黑山鹰》、组诗《片羽吉光的苦恋》等。1993年曾获《萌芽》文学奖。

也许是出于对陶瓷、雕塑等艺术的爱好,程庸有些诗的确是以此为题材的,如《怀孕的女人成了蘑菇状的石头》《村姑彩陶的舞》等,皆属此类。在这方面,梁志伟、林裕华等诗人也曾写过,但程庸的写法与他们不同,如:

> 怀孕的女人
> 变成了石头
> 蘑菇状的眼神
> 充满恐惧,遥望黑幽幽的产房

这是《怀孕的女人成了蘑菇状的石头》的开篇几句,寥寥几笔,就相当逼真传神,给人以想象的空间,犹如西方的石雕一般。程庸的诗歌风格具有多样性,如《乡村之夜》恬淡柔和,极显"乡村之夜"的宁静美妙,而《黎明》则写出了替代黑夜的那一刻:

> 黎明没有在废址中诞生
> 信仰者低下了头颅

草原刚进入萧瑟之期

冬日黄昏没有显示威力

当长夜漫漫无期

孕育的阵痛、痉挛

孕育辉煌的摧残

荒原被野性驱使

辉煌会射穿我的眼睛

那平地,被挤压成山峦

我才依稀发现

黎明开始裸露

纯净的清风降临

那只有在荒原上曾经过夜迎接黎明的人,才能有这样的感受,才能写出这样的诗。全诗清俊、劲健,与《乡村之夜》的恬淡柔和截然不同。另有一些诗则诡异奇谲,莫测端倪,颇具个性。

曲　铭

曲铭(1956—)大约从1984年开始写诗,非常执着,先后自印有诗集《五号台风》(1985)、《二十四桥》(1990)、《悬而未决》(1993)、《超薄状态》(1998)等。2012年由上海文艺出版社出版的诗集《金丝桃花丛》,几乎囊括了他各个时期较有代表性的一些诗。

据他自己说:"在中学时代我写了许多忧郁愁闷的诗,反映理想幻想与现实生活的矛盾。"(《纯洁而崇高》)但从他而立之年一开始写诗,便就想与众不同,保持自己的独立性,由于当时现代派的诗已

169

可名正言顺地走入中国诗坛,在有些地方甚至可大行其道,这与曲铭的有些想法十分合拍,因此,他的诗一上手,便有一些现代派的风味。他在《纯洁而崇高》一文中写道:"我的诗不那么在意表层结构,有时甚至故意破坏结构……我不想让看我诗的人如惯常那样从中发现主题思想,我只是想让他们感觉到什么,先感觉再感动进而达到感悟。"

他有不少诗的确都是在这种观念指导下进行创作的,因而在表层结构、角度选择、语言叙述等方面都与其他诗人有所不同。有时也会顺着脑中意象的闪现而随意写去,时而跳跃,时而流淌,有精彩处,也有平庸处。《手枪》《片断》《平凡的生活》《叙述》《二十四桥》《左圈左右》《一个美人的分分秒秒》《女人味》《石头》《树的天空》《金丝桃花丛》《超薄状态》《我是国王》《那条河》等诗,都颇有他个人的风格和特点。《角直》一诗因另一种画法,而呈现出了另一种画面。他的意象虽然有时会跳跃,但有些诗句仍会被人接受,如:

深夜走在回家的路上
是一种多么美丽的事

——《演员》

曲铭一边写诗,一边也在思考。但他仍很坚守自己的诗歌主张,从《绝不妥协》一诗中,我们看出他的顽固;而从《一切从简》中,我们又可以看到他的简单追求。但他终究是一个特立独行、喜欢有自己风格而又与众不同的诗人。

第四节　活跃于20世纪90年代的上海诗人(二)

一、季振华与韦泱

季振华

兄弟能诗,自古有之,如上海历史上就有陆机、陆云兄弟,宋徽舆、宋徽璧兄弟等,皆以诗鸣于时。而季振邦之弟季振华,也能诗,出版有诗集《雨季》、散文诗集《星星湖》等。组诗《啊,母亲》获得《萌芽》杂志文学创作荣誉奖。

不过,季振华的诗风与其兄很不一样,似乎有意在回避其兄的影响,尽量走出一条自己的诗路。季振邦的诗喜以议论入诗,而季振华的诗则有着比较浓厚的抒情色彩,并能以情动人。其组诗《我至爱的亲人们》中的《给母亲》《给兄长》《给爱人》《给儿子》等诗,篇篇有动人之处,其中有母子情、兄弟情、夫妻情、父子情,不同的比喻和意象,生发铸造出不同的精彩诗句,如《致母亲》中所写到的,在温馨暖和的亲情中唤起我们内心的共鸣:

> 母亲那双缔造了我一切的手
> 此刻抓住的却是我说不出的酸楚
> 她把我一路牵到今天
> 而我的手却没有一点力量
> 把她带离越逼越近的暮年

在《给兄长》的末尾写道：

  我的兄长，拥有你们

  是我一生最幸福的事情

  我们是四条同源一脉的河流

  流淌在尘世的原野上

  彼此呼应着永世的歌唱

在《给爱人》中又写道：

  这听了二十年的细微鼻息

  是夜夜拍击在我枕边的轻潮

  我辛勤又忙碌的女人

  这一刻，你把自己安放在宽舒里

  ……

  探在被外的手臂，在月光里

  以优雅的姿势伸向梦境

在《给儿子》的末尾，诗人思念着远行的儿子，以深情的笔调写道：

  我的远方在璀璨的霓虹里闪亮

  我的忧伤在芦花的波涛里摇荡

  儿子，你的出门也是我的心的远行

  从此在思念里颠簸

> 日日夜夜,岁岁年年

此外,他的《面朝南方》《倾听遥远》、组诗《父亲！父亲》都是献给父亲的,组诗《骨头里的火焰》是献给故乡油车湾的,描写的是乡情,都同样令人动容,拨人心弦。他的《一碗青菜》《干净明亮的笑容》等都写简朴的底层生活,却同样有情有味。总之,季振邦的诗以议论胜,时露智慧;而季振华的诗以抒情胜,多有情味,两者各臻其妙。

韦泱

韦泱,本名王伟强,供职于上海金融系统,获工商管理硕士学位。20世纪70年代末开始写诗,出版有诗集《金子的分量》,并从事诗人访谈和诗歌史料的研究。

在《访问网站》一诗中,韦泱曾写道:"哦,生活宏大而醒目/又精细得令人敬畏。"这是从对网站的寻访中感受到的,其实在虚拟的生活和真实的生活之间,他更倾向并感受于真实的生活,并在那些平凡的生活中写出了一些很好的诗篇,如《婚事》《搬家》都有代表性。他在《婚事》中写道:"坚硬的婚姻内核/培植在内心深处/无法被时间吹动。"接下来他又写道:

> 一枝素洁的花
>
> 芬芳着,打开了主人的起居
>
> 墙上挂着梵高油画
>
> 烈焰般的葵盘
>
> 被一片静谧围绕

这是此诗的结尾,颇为含蓄,充满着家的气息,又颇有诗的意味。

二、孙悦与张健桐

孙 悦

孙悦 1987 年在《萌芽》杂志社任诗歌编辑,1998 年调《青年一代》杂志任编辑。1981 年开始文学创作。以诗文为主,出版有诗集《夏天的玫瑰》《菊与剑》等。此外,《当代青年诗人十家》《再现灵感》等集也收有她的诗篇。另有散文集《女性与爱》等。

张德强等对江南水乡曾有过极为出色的描写,而孙悦的描写也同样出色,《童谣》《沉默的桑树》都是有代表性的。特别是后者,足以展示出诗人的才华,当人们关注于桑叶和桑蚕时,有谁来关注那些桑树呢?但诗人关注到了,并以一种深沉的爱来加以描写:

摘桑叶的女人苍老了

她们神情倦怠

草草拾掇着锅台和畜厩

并在如水的月光下望一眼桑树

桑树无语

遍地开放细碎的影子……

写树的诗很多,对白杨和绿柳加以礼赞的诗更多,但孙悦却对桑树加以由衷而深深的礼赞,令人难忘。孙悦也写过不少爱情诗,以委婉柔美者居多。孙悦的诗有一种淡淡的思绪,在淡淡的描写中表达她的情思和岁月的痕迹,却又有着深深的情味供你品尝,她忠实于她的生活,不务新奇,不赶时髦,而保持和坚守着她对诗的那份追求与执着。

张健桐

张健桐是工程师,却喜欢诗,除了兼任上海人民广播电台"午夜星河"诗歌节目的编辑以外,也写诗,除了在《诗刊》《上海文学》等杂志发表诗作以外,并出版有诗集《海边的树》。诚如她自己所说:"不玩诗,真诚地写作。"(《诗观》)张健桐的写诗态度相当认真严谨,从不粗制滥造,宁缺毋滥。因此,她的诗数量虽然不多,但在精神层面和语言层面上都达到一定的高度。她在《致简·爱》一诗中曾写下这样的诗句:

……
不要带走那高洁的芬芳
我真愿你一直这样挽着我
让你那份高傲透入我的骨髓

当她来到普希金的铜像前,又写下了这样的诗句:

大师不再孤独
许多细小的灵魂和他一起歌唱
这是东方的方式
恰似一朵白玉兰
在异国诗人的雕像前飘香

——《诗歌以什么方式弥漫》

一个生活于喧嚣热闹、物欲横流的城市中的女诗人,却能始终远离尘嚣,保持一颗纯洁明净的诗心,这是非常难能可贵的。当别人见异思迁,对诗提出许多怪招和责难,甚至恶搞乱弄,张健桐却始终追求诗的崇高、圣洁、庄严,坚守着自己的精神家园,从不妥协和动摇,我们从她的《小木屋》《读达利的雕塑〈时间的轮廓〉》《海边的树》《逝去》《一条河》等许多诗中,都可以看到她的这种品质。正如她在《逝去》的末节所写:

只有诗歌　这高悬的月亮
它有力的光芒不曾黯淡
它以水晶的预言构筑道路
它照耀下的宁静比生命久长

三、风铃与余志成

风　铃

早在20世纪80年代中期,她就与余志成等一起活跃于诗坛,风铃原名陆新瑾,大学毕业后即开始文学创作,在《诗刊》《诗歌报》《星星》《上海文学》等杂志上发表诗作,又曾在《文汇报》《解放日报》等报刊上主持图文形式的流行主题专栏,如《很流行》《时装方阵》等,出版有诗集《纯情爱如梦》《一生最爱》等,也写散文,有散文集《流行是风》《街上有风韵飘远》等。

在2006年出版的《海上诗坛六十家》中,风铃说:"诗歌是我对生命的一种感觉,它让我感悟所有生命之间存在的那种息息相通的气息……"但在2012年出版的《上海诗人三十家》一书中,她又说:"写诗是我和生活交流的一种方式。爱生活,爱写诗,诗意地快乐地度过每一天!"比较之下,我们可以发现六年之内,她的诗歌观念发生了一些变化,前者强调其诗与生命的关系,后者强调诗与生活的关系,并使其生活获得快乐。

但不管是前者、后者,其诗都与其生命和生活密切相连。如《夜色苍茫》,就是写人生的探索和心灵的感受过程。《生命时空》《生命印痕》《迁徙》《情绪空间》《柔》等诗,都有着其对生命的感受与思考,而《网络城堡》《午夜游情》《你说我说》《怀念一只猫》《坐标》等诗,则侧重于其对生活的反映与认知。而一些富有诗意与生活哲理融为一体的诗句,也在不经意间自然流出,如她在《迁徙》一诗的末尾写道:

　　即使岁月流逝星转月移
　　心中的翅膀不再丰满
　　我们还是在心里大喊
　　咳,该出发啦……

她在《听歌》中写道:"甘于平凡也是一种崇高……秘密贴着土地漫延/扩散在午夜的时空。"在《纯粹》中写道:"狂野的力量从来没有注解。"《多雪黄昏》的起句,特别能使我们感受到其情感的丰富:

　　太阳落下的时候
　　眼泪特别美丽
　　从一个特别的角度

我们的心同时颤抖

作为一个曾经美丽并曾恋爱过的诗人,风铃也写过一些爱情诗,《一生中最爱》《孤独》等都是她的代表作。她在前者的开篇写道:

曾经对多少人竖起的栏栅

在你面前轻轻放下

成为一座桥

让你走到我的岸边

不独此篇,她有不少爱情诗,如《天和地因为你变得遥远》《人生车站》等作品里,都有巧妙的比喻与象征,使她的爱情诗十分别致,在纯朴真诚中有着一种与众不同的美。

从《柔》等诗来看,风铃对事物的观察和发现有时很细腻。她的语汇有时很现代,多意象,有时也比较直白。从情感和心灵上来说,她有一种自己的追求与坚守,不喜欢卷入世俗,诚如她在《固执》一诗中所说的:

美丽在变化中升华

水流可以穿过海

……

我们可以固执地对自己说

枝头正青翠

总之,风铃的诗有一种天真的单纯,尽管她有时很阳光、很豁达、很快乐,但我又总感到她内心深处有一种淡淡的挥之不去的哀愁。坚强与柔弱、固执与随意、明亮与灰暗、快乐与愁思,正是她诗性的双重组合。

余志成

余志成在20世纪80年代中期就活跃诗坛,发表诗作,曾在上海静安区文化馆成功举办了"白玉兰·1988六人诗展",他也是其中之一。出版有诗集《黄昏肖像》《散步森林》等,也写散文。组诗《森林六重奏》是他比较看重的作品,由《走向森林》《散步森林》《森林葡萄》《森林小屋》《森林宝石》《森林阳光》组成。这六首诗,都用同一种节奏写成,轻盈、流畅,舒展自如,意象纷呈,处处都散发着一股清新的气息,仿佛置身于这神秘的原始森林,在里面从容而自由自在地散步。诗人仿佛已沉醉于其中,沉醉于这一独特而曼妙的旋律和节奏之中。这种节奏仿佛来自海涅的诗,同时又赋予了现代诗的一些句式和表达。"我走进这一片风景/时光的距离推向透明",他写出了人在森林中的各种感受,也写出了人与自然的关系。

此外,余志成的《走进五月》《姓名》等诗,语言的节奏尽管与《森林与重奏》很不相同,属于另一种旋律,但依然流畅,充满活力,如他在《走进五月》的开篇写道:"诗人走进五月/五月的声音开始流动/我聆听绿叶聆听果实/就想起单纯和明丽。"他在《诗观》中说:"在大森林里迷路卓越,我的诗栖息在闪亮的树梢上。"这两句话很耐人寻味,也可以推想其写诗的一种状态,一种潇洒的个性和人生态度。

四、米福松与程林

米福松

米福松,生于1945年,在上海生活,1963年支援边疆建设,1980年顶替回沪。在商业部门工作,也担任过经理之职。但他也喜欢写诗,1977年就已开始发表诗作。出版有诗集《燃烧在黑白之间》《让爱贴着你的心跳》《我歌唱我也心疼着的城市》。《六个诗人和一座城市》一书中收其17首诗歌。因其诗歌创作成绩显著,被上海市总工会授予"上海市工人艺术家"的荣誉称号。

在20世纪90年代,上海诗歌相对处于低谷之时,米福松诗的出现,的确为当时的上海诗坛增添了一些亮色。而此时也是米福松诗歌创作最为成熟,也最为活跃的阶段。其比较有代表性的佳作多集中在三类题材的描写中:一是对包括自己在内的草根的描写,二是对爱情的描写,三是对城市的描写。

在第一类诗中,如《乞丐》《一支烟的幸福》《那辆单车终于翻倒了》《鞋子》《早晨我们渡江》等都很有代表性。这类诗以百姓生活为主,不乏悲悯之心与对人的尊严的思考。在《乞丐》的开篇,诗人写道:

  让所有的视线
  踩过他杂乱无序的头顶
  以显示他的卑微

  命运 似一棵蔫了神的衰草
  在路边蜷缩

>   没有语言　如同他
>
>   并不需要贫乏的语言
>
>   而手的意义　仅仅
>
>   为了支撑一副躯壳和双膝
>
>   一起回归　那种最原始的葡萄

乞丐是城市的共生现象,尽管鱼龙混杂、真假难辨,毕竟是社会的低层生灵。诗人此处对这些群体的刻画是相当精准入神的,并掺杂进对人本身的思考。《早晨,我们渡江》则是对上班、打工一族的关注,在黄浦江的摆渡船上,诗人先写了打工者们的草率早餐和行色匆匆的景象,最后则感慨道:

>   从此岸到彼岸
>
>   是一生的必然　感谢命运
>
>   让我们懂得欢乐和忧伤
>
>   漂泊　并且咀嚼风浪
>
>   虽然　我们都不是强者
>
>   一船的打工者　挤在没有傲慢和鄙视的地方

在第二类的爱情诗中,以《无题》诗100首最有代表性,如实记录了自己的爱情痕迹。这些爱情诗大多清丽可诵、缠绵悱恻、哀婉动人。如《无题》诗第一首,首节写自己渴望被爱,却偏说不出,全以比喻来表达;次节写"C"见面时的恋爱"心绪",极为真实;末节中所说"有一种神秘的力量",即是指"爱"的力量。又如第八十四首,首节写春风唤起对往昔的回忆,次节写回忆的内容,末节从往昔回到现实,表明心态,诗脉清晰。此诗之妙,全在遣词造句,一份恋情,都被他以诗意的语言点化,从而显得美丽生动而有姿态。

在第三类城市诗中,《玻璃幕墙》《混凝土及其他》《高架路》《我歌唱我也心疼着的城市》《白领》《过斑马线》《商业的长势》《城市掠影》《夏日城市》等都有相当的代表性,在这些诗中,有着诗人对城市建设过程中各种问题和弊端的揭露和提示,也有着对弱势群体的同情;有对为富不仁者的讽刺,也有着对贪官污吏的谴责;有对城市问题未来的思考,也有着对环境污染的担忧;既有着强烈的责任感和正义感,也有着诸多的叹息与无奈。面对这些,诗人只得在《我歌唱我也心疼着的城市》末尾写道:

> 我只会写诗　作为
> 我唯一赠送给这座城市的
> 礼物

对于米福松的诗,邵燕祥、桂兴华、孙悦、胡绳梁、程林、张复善等人都做过各种评价。邵燕祥在《读米福松》序文里,甚至认为:"在时下众多的诗作里,米福松是卓然一家。"

的确,米福松的诗明快、机智、有活力,句式参差错落而富有弹性。时有幽默机警,令人忍俊不禁,时而大加鞭挞,如闻正义之声,并时时注意到社会的不公和对人的尊严与平等的关照。他在《我的诗观》一文中说:"诗人的睿智和幽默往往藏锋于平实朴素的语言中,更是一种寓巧于拙的艺术表现力。"这不仅是他的诗观,也是他那些代表诗作的最好概括和真实映照。

程　林

程林是上海"70后"代表诗人之一,也是一个诗意上海的积极探寻者。他16岁就开始发表文学作品,先后出版有诗集《想象的果实》《纸上的时光》,并与宫玺、宁宇、姜金城、米福松、徐芳、缪克构合著抒写上海风情的诗集《六个诗人和一座城市》。其诗作曾先后获奖,并入选上海和国内的一些重要诗歌选本。

作为一个年仅18岁便来沪打工的少年,经过自身的努力和拼搏,不仅成为一个事业有成的上海人,而且成为一个名副其实的上海作家和诗人。其自身的生活道路与经历,都使程林对上海有一种特殊的感受与复杂的感慨,并把这种感受与感慨倾泻到他的诗中。可以毫不夸大地说,程林是改革开放后和上海这座城市一起成长的,他亲眼看到了这座城市的变化,市民生活的变迁。某种程度上,他与广大的上海市民一样,都在与这座城市同呼吸、共命运。他不仅熟悉,而且在诗中非常生动细腻地写出了上海市民曾有过的那些生活,在这方面,《大东门朱家弄》一诗是极具代表性的,他先简单叙述了朱家弄的地理方位,"是一条湿漉漉的弹格路",这里的居民家中没有自来水,只能到公共取水站,"用铅桶把散发着漂白粉味的自来水/拎到放不下一只水缸的屋内"。然后,诗人又以每天的时间顺序,如实记录了弄内百姓一天的生活:

> 六点钟朱家弄的女人一个接一个在18号
> 拐角的下水道倒痰盂、刷马桶

> 七点钟朱家弄的男人在自家门前的水斗旁
> 用固本肥皂擦脸,然后用刀片刮胡子
> 吃一碗泡饭,骑上自行车左躲右闪地打招呼
> 踏上白渡路先送孩子上学再去上班
> 八点钟有人客来的人家,主人会去31号弄口
> 拎一瓶豆浆,用筷子穿几根油条和几只大饼
> 一路笑着和邻居点头,得胜回朝
>
> 六点钟晚饭的香味在弄堂里游荡
> 女人们使出十八般武艺要将豆腐烧成红烧肉
> 七点钟一家人坐在十四寸黑白电视机前
> 看着新闻联播却听着隔壁半导体的流行歌曲
> ……

以诗的方式,把上海老城区的市民生活写得如此惟妙惟肖,淋漓尽致,的确很少见到。其实,当年上海有成百上千的"朱家弄",程林笔下虽只写了一个"朱家弄",却代表了千百个"朱家弄"。随着改革开放的步伐,"朱家弄"从上海地图上被抹去了,但他的诗却作为一个历史的见证,被永远地保留了下来,成为这座城市的印痕和记忆。

改革开放以后,不少外来的民工也来上海,参加了这座城市的建设。因此,程林不仅仅以诗描写了老城区市民曾经的艰难生活,而且以大量的篇幅,描写了外来民工生活的艰辛与劳累。如《午夜站在延安路天桥上》《恒丰路的新客站》等诗便是很有代表性的,前者写了一个衣衫褴褛的老人半夜流浪街头,后者写了一群群农民工的生活不定

与朴实无华,以及为城市建设所做出的重大贡献。诗人在诗中以深情的笔调写道:

> 我不是那些背着棉被、草席
> 或者拎着一只大号蛇皮袋的外乡人
> 他们骨骼粗大的手掌
> 只能蹲在工棚前端起一只白搪瓷碗
> 他们宽阔厚实的肩膀
> 根本扛不起招聘启示上那枚大学图章
>
> 他们是这个城市的脚手架
> 他们是一根根背井离乡而格外坚韧的毛竹
> 当高楼大厦成为晚报头版上又一个高度时
> 他们却怀揣工钱四散而去
> 搭上了另一列开往南方的火车

这些农民工文化不高,生活简单,仅凭力气干活吃饭,其实他们的汗水为这座城市已增光添彩,改变高度,但他们却浑然不知,拿了些辛苦的血汗钱,又到另一座城市去挥汗挣钱,为另一座城市去添砖加瓦了。全诗不着议论,语言也很浅白,却耐人寻味,心生隐痛。

由于长期在上海生活、工作、成家立业,熟悉这座城市,程林也写了不少变迁后的城市风貌,如《地铁车站》《外滩的黄昏》《延中绿地》《街景》《在徐家汇星巴克闲坐》《海上星咖啡厅》《12月31日的最后一班地铁》《华师大茶馆喝茶两首》《一个熟悉的陌生人》《回家》等,不过他写城市诗或写城市风貌,都不是单纯写景,多少总蕴有一些他的心情,他的思绪,一些人生感悟和生活发现,或是他的一些诗意的发现,包括长诗《云中漫步》等均属此类。其中《衡山路的酒吧》最有代表性,也最优秀。此诗无论从语言和诗意的表达上,都相当完美,不仅写出了上海夜生活的气息,而且真正写出了上海夜生活的特性。此外,他也写了城市里的另一些人,如《酒吧歌手》《收旧报纸的老人》,并鼓励那些草根们:"小草即使注定要被践踏/也应该拼命生长。"(《理想》)而《襄阳公园的几只麻雀》《苹果是会烂的》诸诗,则都极有韵味。

  对程林的诗,陈冰、米福松、陈墨砚、铁舞等人从不同的角度,都曾做出过中肯的评价。他们多侧重其城市诗的一面。当然,程林的城市诗和对城市的描写,的确有他的特色和思考,《衡山路的酒吧》等尤为成功。但他有另一部分诗,如《菊》《冬日》《颠簸》《我们捻亮每一盏早晨》《这次,你是唯一的目击者》《听自己说故事》《想象的果实》《葡萄》《音乐大面积降临》《鸟,是会飞的叶子》《和一本书交谈》等,也是他比较耐人寻味的诗作。这些诗均写物抒怀,意象漂浮不定,却又都来自生活及其感受,时呈空灵,时在字里行间弥漫着一层淡淡的哀愁,读之令人伤感。如其中的一些诗句:

  还有什么比活着更艰难
  我们一生的渴望
  让音乐表达得淋漓尽致

——《音乐大面积降临》

  告诉我,一切的开始

是否都像这棵悲剧的树

　　从生到死,迈一步就会倒下

　　　　　　　　——《这次,你是唯一的目击者》

又如:

　　一个诗人的仰视

　　让许多人抬起了头

　　　　　　　　——《谁收藏了冬天的羽毛》

　　有时候选择

　　就是你无法不去选择

　　其实这世上只有一条路

　　虽然你有两条腿

　　或者一双隐形的翅膀

　　　　　　　　　　　　——《城堡》

　　其实程林写这些诗时,只是为了表达一种情绪,或是一种心情,但那些句子和意象也就缓缓地从其笔底流了出来,形成了这一首首难以再复制的诗篇,永远地凝固和定格在了这些纸上。

五、严力与李天靖

严　力

　　严力,生于北京,1973 年开始诗歌创作,1985 年留学美国,他后来长期定居在上海和纽约,并与上海的诗人频繁交往,参加上海的一些民间诗歌活动。此外,他也喜欢绘画和写小说,出版过一些诗集和小说,也举办过一些个人画展。

长期以来,严力一直思考着人类、命运、现实、社会、个人与国家的关系,现实与历史的关系。在曲折坎坷的生活境遇和不同的社会环境中,如果要像坚持真理一样地坚持自己的诗歌观念,他不得不选择写诗的方式。所以,他有不少诗,表面幽默风趣,似乎很好玩,其实内层却蕴含着他的思考、省悟、愤懑和一些闪亮的思想,有时也夹杂着一些无奈和自嘲。《历史课》《也许》《强奸》《十二月》《还给我》《根》等诗都属此类。试举短诗《负10》为例:

以"文革"为主题的
诉苦大会变成了小会
小会变成了几个人聊天
聊天变成了沉默的回忆
回忆变成了寂寞的文字
文字变成了一行数字
1966—1976
老李的孙女说等于负10

此诗作于2009年,离"文化大革命"开始已整整43年,但对于这场浩劫,几近半个世纪的中国人竟是这样的一种认知和态度,这种冷漠究竟是如何造成的呢?这不得不发人深思。严力曾经在《上海诗人三十家》的《诗观》中说:"生活中被压抑的东西,被逐渐压成了矿石,诗人就是那采矿的人。"此话出之严力本人,最为确切。因为他有不少诗真有如矿石,被他自己开采出来的。

李天靖

李天靖早年做过教师,当过校长,1982年毕业于华东师范大学中文系。后任《中文自修》杂志编审,《上海诗人》诗刊首席编辑。一个很有意思的现象是,他写诗的时间并不很长,却正值先锋诗、现代派浪潮汹涌之时,故一起步,便与先锋诗、现代派结缘。他也乐意与上海先锋诗群的一些代表诗人交流切磋,如严力、许德民、海岸、默默等,因此他无论在诗歌创作风格,还是诗歌理念,都更接近先锋诗和现代派。出版有诗集《镜中的火焰》《等待之虚》《祭红》《李天靖短诗选——中英对照》《秘密》《花木无心》《你成为你诗歌的猎物》等,也写散文和评论。其诗带有明显的先锋性,意象新鲜、跳跃、闪烁不定,从语言到表现力都与传统的作诗观念大相径庭。他的诗题材也相当广泛,从行旅、亲情、城市、艺术、各种事物以及世间万象无不入诗。哪怕是《汉字的飞翔》《德加的舞女》等。白桦很欣赏他的《大理印象》《栖居在这么深的杯里》,李笠欣赏他的《乌衣巷》《故居》,张烨也很欣赏他的《故居》和《星空》。这六首固佳,但李天靖的佳作甚多,写亲情的就有《妻子,一座平原的远山》《突然想再抱一抱父亲》等,其他还有《另一种表达》《等待之虚》《爬过西墙的藤蔓》《每一朵花在狱中生长》《百草园的皂夹树》《射中一塘残荷》《见云翔寺至古猗园的荷》《祭红》《那张长木椅》《白桦》《茂名南路之南端》《遗忘的田野》《石头之间的火焰》《一朵睡莲》《鸽子窝》……他有些诗寓意曲折,寄托较深,有些地方不易理解,即使一些较易理解的诗,也是颇耐吟咏和玩味的,如《江河水》是写音乐的:

那把弓
拉着拉着就拉出了泪水

如泣如诉
滂沱之雨在两弦之间不辨马牛

弓在上面行走
还是时间在上面行走

　　这仅是开头部分,后半部分一个意象接着一个意象,层层递进,且都是聆听音乐的感受和呈现的联想。再如他在《打工咏叹调》中写道:"打工把强健的筋骨与头脑/卖给老板/不能再拍卖男儿的双膝/灵魂与泪水/打工是把自己烧红/放在砧上砸掉所有矫情的渣/打磨成一张闪光的金箔。"

　　不少诗人或诗评家都对李天靖的诗歌作过评价。如张新在《一个颇具文化气质的诗人》中说:"李天靖是一个有思想有学养有自己独特诗学见解的一个颇具文化气质的诗人。如今,能将这些质素自然地融入诗歌的诗人太少。"王家新在为李天靖的诗集《你成为你诗歌的猎物》一书作序中说:"天靖是一位开朗、达观、随和的人,但在他的生命中也有一份长年累月的'郁积',他对历史、现实有着一般的年轻人所缺乏的至深体验。这使他的许多诗和消费时代的'花边文学'不同。重要的是,这使他的诗有了自身的内核和血质,有了其力度和锋芒。他那些咏史的作品就不用说了(如《云间鹤唳——机云亭吊》中的'自由,如你受戮的头颅/司马氏刀光一闪/化作白翅',等等),即使在《槟椰谷,刺青的女子》这样的诗中,也寄托了他对人生的痛切感受。"

王学海在《飞鱼游走的诗意空间》中说:"李天靖先生,如今在诗创作的旅程中已经步入羽翼丰满的阶段,那种轻逸、那种雅致、那种深沉、那种哲思,正从他充满着诗意的仓储——血肉之躯中逸出,成为苏州河畔、黄浦江边一条会飞的鱼,游走在中国方兴未艾的现代诗坛中。""他对文字尤为敏感。如《汉字的飞翔》《栖霞山》《祭红》等更是一首首诗意浓郁、情感跌宕的好诗。"香港诗评家协会会长夏智定于《诗情如缕伴人生——〈李天靖短诗选〉读后感》中说:"用心一览《李天靖短诗选——中英对照》此本诗集,可谓好构思、好句、好结尾者,比比皆是,这与当今诗坛上那些全是只有廉价的泛情和浅薄的张扬及表象式的诗意,是两种类型完全不同的诗作。"

的确,李天靖对现代诗似乎情有独钟。这不仅在其自身所写的《等待之虚》《秘密》《你是你诗歌的猎物》等个人诗集中大量运用和表现着,时得其妙,而且从他选评的一系列诗选中,也在处处充分地体现着。作为现代派或现代主义的现代诗,是对传统诗的一种挑战和反叛而出现的,包括了象征主义、存在主义、结构主义、意象主义、表现派、先锋派、荒诞派等,情况十分复杂,但又是当今诗歌发展的一个基本趋向和过程。中国台湾、中国香港早在半个世纪前就已进入现代派诗的历程,中国大陆的戴望舒、李金发虽在民国初年就开始创作并引进西方象征派诗,后艾青、冯至、卞之琳等又大力创作现代派诗,一直延续到以辛笛为首的九叶诗派,并已产生相当影响,但到中华人民共和国成立之后,所有现代派诗都被视为消极颓废而屡遭批判,销声匿迹。直到改革开放才又重新登场,至今仍有争议,褒贬不一。许多人对现代派诗的好处仍缺乏足够的认识。然而,当一首现代诗刚一出现,不少读者还一时难解，无从下手，或望而生畏，不知如何品尝时，李天靖却每每作为美味佳肴，大快朵颐，津津有味，十分过瘾。在对现代诗的选择上，他有一种非常敏锐的目光。

第五节　上海的诗评家

上海的文学理论与批评，在全国占有重要席位，并有一定的影响。改革开放以来，在上海诗歌的发展过程中，也引起了评论界的关注。这本不足为奇，因为文学创作和文学评论，经常处于一种互动互进的状况。文学创作会刺激和激发理论和批评，而理论和批评又会促进和推动文学创作，两者相辅相成，形成文学发展的合力。

从整体上来说，在上海40年来的诗歌发展进程中，诗歌理论跟不上诗歌创作前行的步伐，而有些批评家也不愿涉足诗坛。其中的原因是多方面的，概括起来，主要有以下几点：

第一，诗歌被边缘化，并不被主流媒体看重，诗歌出版难，而诗歌理论的出版更难。第二，小说家的作品出版路子相对较宽，较受欢迎，也容易产生轰动效应，名利双收，而小说评论家也往往随之得名得利，颇为风光。诗人的作品出版路子窄多了，不少诗人还自掏腰包出版诗集，出版后仅在圈子里送送人，交流交流，无社会轰动效应可言，即便有诗评家为其写序作评，加以推荐，仍如草虫自鸣，仅在诗圈里小有名气而已。第三，小说家一般对评论家相当尊重，虚心请教，还相互交流，共同提高，不仅双赢，往往还交成朋友。而诗人往往自视甚高，睥睨天下，自以为是，看不起评论家，容不得批评，结果原地踏步，或陷入怪圈，不能自拔，结果常常两败俱伤。第四，诗歌评论不仅影响小，而且难度高，往往使力甚大，所得甚小，有时还吃力不讨好，所以有些诗歌评论家干脆改行了，转而评论起散文或小说，有的索性自己写诗了。

然而，尽管上海的诗歌评论仍处于一种薄弱的环节，队伍不够强大，力量不够雄厚，但在上海这座经济浪潮汹涌翻滚的大城市里，仍有一些人关注着诗歌的动态与走向，经常参加一些诗社活动，对一些诗歌现象加以评论，品评其优劣得失，40年来也形成了一支不可忽视的诗歌评论队伍，其中比较有代表性的评论家有吴欢章、孙光萱、潘颂德、杨斌华、葛乃福、顾国柱、苏兴良、张新、汪义生、何国胜等。其实，有不少诗人也兼诗评，如李天靖、许德民、铁舞、费碟、徐芳、缪克构等都曾涉足诗评。只不过吴欢章、潘颂德、杨斌华、葛乃福等以诗评为主。现把几位有代表性的诗评家作一简述。

一、吴欢章

吴欢章原在复旦大学任教，后调上海大学任中文系主任、教授，长期从事中国当代文学研究，尤侧重于当代诗歌，出版有《抒情诗的艺术》《新时代歌手》《抒情诗的魅力》等，主编有《中国现代十大流派诗选》《新时期二十年文学摘选·诗歌卷》等，并与潘颂德共同主编《上海五十年文学创作丛书·诗歌卷》，同时也涉猎散文研究，出版有《现代散文艺术论》等。

吴欢章的诗歌研究，时间跨度比较大，现代、当代都涉及。他早期比较注意抒情诗的研究，如贺敬之等人的诗，他都做过专门研究，分析诗的抒情艺术。改革开放以后，他除了关注上海的诗人创作，如宁宇、徐芳等诗人以外，还特别关注小诗的研究，对小诗创作进行了全方位的研究与探讨。

不仅如此，吴欢章还喜欢写小诗。出版有诗集《无限江山》《阅读上海》《吴欢章短诗选》等，其中多为小诗。

小诗在"五四"新文化之初曾风行一阵，刘大白、冰心等均名重一时，后新诗几经变革，小诗也不甚受人重视。然吴欢章对小诗却别有钟情，并爱写小诗。其小诗不仅能以小见大，还能写出深度和意味。从他的纪游怀古类的诗尤可体现，如《北京胡同》《六和塔》《圆明园废墟上的石头》《过旧居》《江南水乡》《江南山水》等都很有代表性。最妙的是，他在短短的三言两语中，还能写出历史的沧桑感。

除了深度和意味，他的小诗还能写出暧昧，写出感情的深度。这以他的《爸爸，真的好想你》《妈妈，您听到了吗》《人在旅途》《异国乡情》等诗最有代表性。他在《我爱小诗》一文中曾说，他对小诗有三个追求，即丰富、深邃和新颖。这三个追求虽然很难同时体现在他所有的小诗中，但的确分别体现在他不同的小诗中。

二、潘颂德

潘颂德为上海社会科学院文学所研究员，现代文学室主任，上海大学现代诗学研究中心客座研究员，长期从事现当代文学的研究。改革开放以后，从鲁迅研究逐渐转向诗歌研究。撰写出版的著作有《中国现代乡土诗史略》《中国现代诗论40家》《中国现代新诗理论批评史》《现代文学沉思录》《鲁迅散论》《书海徜徉录》《现代文学述林》等，并与吴欢章共同主编《上海五十年文学创作丛书·诗歌卷》。

由于潘颂德对中国现代文学有着广泛而系统的研究，对现代诗论尤多见解，故顺流而下，涉足中国当代诗歌研究时，左右逢源，驾驭自如，常能发现当代诗歌，特别是改革开放以后诗歌创作中出现的一些问题和弊端,并加以指出。他也经常参加上海的一些民间诗社活动,关注上海的一些诗歌动态,鼓励上海的一些诗坛新秀,为人诚恳,平易随和,故与不少诗人都建立起良好的关系和友谊,此外,他还担任了新声诗社、海上诗社、海上风诗社、海派诗社的顾问,为上海的诗歌写了不少评论,作出了不少贡献。

三、杨斌华

杨斌华1986年毕业于复旦大学,同年进《上海文学》杂志任理论编辑。现任上海作家协会理论专业委员会主任、《上海文学》副主编,同时兼任《上海作家》杂志主编、《上海文化》杂志副主编。他以现、当代作家作品的评论为主,也兼有一些理论问题和文化现象的探讨,出版了文学评论集《文学:理解与还原》《旋入灵魂的磁场》等。主编或策划出版的书有《守望灵魂》《守护民间》《上海味道》《思想的盛宴——城市文学讲坛讲演录》《几度风雨海上花》《禁果难尝》《骚动年华》《新海派诗选》等。

其实在他20多岁时就曾评过张承志、阿城、王安忆、张炜、李晓等名家小说,甚至谈各种文学现象,文学与社会、时代的诸种关系,篇篇都有精彩的分析,独到的见解,且涉及面广。至于他后来把重心转移到诗歌,对当今诗歌有着更多的关注,这也是能够理解并有原因的。一来他在20岁刚出头就写过《朦胧诗派和九叶诗派》《简论四十年代九叶诗派创作》等重要诗论,二来诗歌的困境和民间诗社的活跃也招致了他的一些兴趣,或许也有某些内在的潜质和诗性的元素所致。总之,在其后的文学批评和评论中,诗评的比重渐渐多于对小说的评论。

与潘颂德等不同的是,杨斌华主要侧重于当代诗人和作家的研究。他也经常深入到上海的各民间诗社中去,与民间诗人为伍,故对民间的诗歌创作有较深较多的了解,并对上海的一些诗人进行专文论述。

一篇好的诗、散文或小说,可以使我们回肠荡气,意味无穷;同样的,一篇好的评论文章,也会使我们感到精彩绝伦,再三回味。如杨斌华的《九十年代诗歌的文化姿态》《解构:都市文化的黑色精灵》《个体超越与人生风貌》等,近似此类,差可仿佛。每个时代都是好的文学作品多,而好的文学评论少。正像每个时代都总是优秀的诗人、小说家多,而优秀的文学评论家就相对少些。就拿改革开放以来的上海说,优秀的小说家、诗人、散文家很可以找出一些,但优秀的文学评论家屈指可数,优秀的诗评家更少,杨斌华可算一个。

作为一个文学评论家,其必须具备一定的文学理论基础、广博的文学知识和作品阅读,对各体文学的艺术修养和理解欣赏,更重要的是,他不仅要有理论,更要有自己的思想与见识。对于当代文学的研究和评论,还要有一种相当敏锐的目光。而杨斌华显然已具备了一个文学评论家所应具备的素质和条件。当然,由于每个文学评论家的知识结构和生成条件不同,从而也形成了他们各自的特色和强项,我以为杨斌华的文学评论至少有三点值得提出,尤显可贵。

第一,独立性。一个文学评论家当然应该有其独立的品格,但此话说来容易,做起来实在不易。因文学评论家也生活在世俗之中,难免会碰上各种人情和诱惑,也会面临来自各方面的压力和无奈,或是一些风向和潮流,而杨斌华却从不随波逐流,跟风随风,趋炎附势,始终有自己的文学坚守与原则,如无独立的人格力量,是很难挺住的。

第二，批评性。现在的文学评论吹捧的多，批评的少。杨斌华很警惕这一点，并告诫自己"更不想落下诗歌表扬家的骂名"。因此，在他的文学评论中常常会出现一些批评性的文字，在肯定其成就的同时，也会指出其弊端和不足。如在《当下诗歌的两种转体》一文中，他就对诗人梁平的文章观点提出了不同的看法，并进行了补充，提出了当下中国诗歌的"公转"和"自转"，认为"两种转体同样需要，不可偏废"。

第三，有文采。文学批评不同于思想评论、时政评论或经济评论，除了独立见解和条理性、逻辑性，还应该兼有一些文采。因为文学评论所面对的是文学作品，是一种艺术，其本身是有艺术魅力和美感的，如对其评论的文字却干巴巴的，枯燥乏味，说不过去。试看古代一些优秀的文论如《文赋》《文心雕龙》《诗品》《二十四诗品》，乃至现代刘西渭的《咀华集》等，均有文采。而杨斌华的文学评论似乎有意无意之间继承了这一传统，《寻找新大陆》《九十年代诗歌的文化姿态》《地理图标·诗意情景·语言策略——略论徐俊国的诗》《法度与大度：王学芯的时间感悟——简评诗集〈尘缘〉》等文，在说理透彻的基础上，都写得文采斐然，颇见才情。这里除了见识与认知，也要有一套自身的语言和词汇。一个优秀的诗人或小说家在长期的创作过程中，会逐渐形成一系列自身独有的语言和词汇。同样的，一个优秀的诗歌评论家在长期的评论和批评中，也应逐渐形成并具备一系列属于他自身的评论语言和词汇。杨斌华无疑是其中之一。

除了以上所举，杨斌华的诗评也具有相当的公平性、当代性和前瞻性，这也是一个诗评家很可贵的品格。

四、李天靖

李天靖是诗人,也是一位有个性的诗评家。说他"有个性",主要是他的评论方法侧重点与前几位有所不同。尽管李天靖也写了不少诗评文章和欣赏文字,其中也不乏己见,有独特见地,但这未必代表他的个性与特色。他比较拿手而又富有个性的评诗方法主要体现在诗歌评选和诗人访谈两个方面。在上海,诗歌评选方面出书数量最多的,恐怕非李天靖莫属了。自2005年,他与林裕华合作评选出版了《一千只膜拜的蝴蝶》以来,又不断地与诗友合作,陆续评选出版了《波涛下的花园》(与陈忠村合作)、《水中之月》(与张海宁合作)、《我与光在一起》(与陈忠村、宗月合作)、《镜中之花》(与严志明、石生合作)、《修辞艺术》(与严志明、石生合作)、《渴望的杯子》(与羽茜合作)、《有意味的形式》(与严志明、山刚合作)、《进入语言的内部》(与山刚合作)。到2018年,共达九种。每种各有一主题,或结构,或形式,或修辞,或评论,每一主题中又多以表现技巧或艺术手法对诗加以分类,每首诗后又都有"视角"或"品鉴"的评析文字,这就不是一般的选本了。而且他的品鉴和解读往往比较准确、深刻、到位。

除此之外,李天靖另一个富有个性的评诗方法,则体现在对诗人的访谈上。李天靖曾认识许多当代的著名诗人,如多多、王家新、洛夫、严力、李笠、傅天虹、黄礼孩等,并进行对话和访谈,其中也包括上海著名诗人赵丽宏、徐德民、汗漫等。他常就当前诗歌创作的一些敏感话题,或有争议的问题,有困惑的现象,通过对话的形式加以探讨和交流,往往取得较好的效果。这些诗人往往也会与他人分享自己创作过程中的一些切身体会和经验教训，给他人以启发，至少可以使人少走弯路或死路，有时会引出一些重大的理论问题，给今日诗坛以良好的借鉴。

然而，无论是诗歌评选还是诗人访谈，李天靖都是有侧重点的，这个侧重点便是他对现代诗的关注，具有鲜明的时代性和先锋性。其每本诗歌评选的封面上几乎都有一个副标题，而副标题往往挑明其现代诗的特征。如《一千只膜拜的蝴蝶》的副标题是"现代诗的面面观"，《波涛下的花园》的副标题是"中外名家现代诗技法鉴赏"，《水中之月》的副标题是"中国现代禅诗精选"，《镜中之花》的副标题是"中外现代禅诗精选"，《我与光一起生活》的副标题是"中外现代诗结构·意向"，《渴望的杯子》的副标题是"中外现代诗品鉴"，《有意味的形式》《进入语言的内部》的副标题是"中外现代诗歌精选"，所以他所选评的诗，几乎都是以现代派、象征派、意象派、先锋派的诗为主，从中可以窥见中国现代新诗发展的最新动态。也正是因为他侧重诗的当代性和先锋性，再加上他每个选本都有新的切入点和新的佳作发现，视角新颖，见解独特，所以每次公开出版，都受到诗歌爱好者的关注，其中《中外现代诗修辞艺术》更是一印再印，点击率极高。

不仅如此，李天靖对上海诗人的创作情况也十分关注，曾与朱金晨、林裕华共同主编和编选了《海上诗坛六十家》（上下册），自白桦、黎焕颐诸家始，至程庸、郁郁诸家止，均为在世者，各种诗歌和流派都加吸纳，兼容并蓄，虽无品鉴一类的解读文字，但基本囊括了改革开放以来上海每个阶段一些颇有代表性的诗人，也对上海的诗人队伍进行了一次较为系统的梳理。六年后，他又和朱金晨主编了《上海诗人三十家》，也都选了改革开放以来的上海诗人的代表诗作，但较前者更为精粹,并选了一些已融入上海的一些外来诗人。《海上诗坛六十家》是每个诗人自选诗的汇合,而此书则是由李天靖、朱金晨共同加以选定的。虽然诗后仍无点评、解读,但从其选诗的眼光中,仍可以看到他对诗的认识、主张和观念。

第三章　21世纪初的上海诗坛（2001—2018）

第一节　概述：从表现自我到走向多元

改革开放以后，上海的诗歌一直以波浪形状态向前流动，时而涌起，时而低落。然而，就是上海诗歌界的这批弄潮儿，在20世纪末叶最后20年间高哦低吟，勤奋挥洒，却给21世纪最初的诗歌创作和发展，打下了坚实的基础，引发了一些新的生机和新的生长点。与20世纪80年代相比，20世纪90年代的上海诗坛明显处于低潮，诗人多自我封闭，表现自我，但新世纪的曙光却为上海的诗坛带来了新的希望，各种民间诗社和诗刊又有了新的变化和增加，诗人们也从表现自我的狭隘圈子走了出来，重新关注社会和民生，呈现出多元趋向，诗歌活动也呈现出多元而活跃的态势。

进入21世纪以来，中国的诗歌仍进一步边缘化。在这一大环境与气候中，作为国际大都市与现代化程度较高的上海，其诗歌也逃不了相同的命运。但与20世纪末的情况比较起来,前者起伏较大,动荡也比较多,最近十多年来的步伐显然稳健了许多。无论是有影响力的著名诗人,还是民间一批自办民刊自出诗集的诗人,彼此互不干扰,都以各自的方式存在着,发展着,创作着自己的诗篇,发出自己的声音。白桦、宫玺、谢其规、赵丽宏、张烨、李天靖、桂兴华、徐芳、缪克构、杨绣丽、海岸等一批代表诗人仍笔耕不辍,不断有新的诗集问世。

在经济大潮一次次地冲撞之中,21世纪的上海诗人们似乎已适应了新的社会环境和生活状况,心态上也似乎稳定了许多,以往的浮躁心情或愤世嫉俗的狂怒叫嚣之声也少了许多。除了"活塞诗派""垃圾诗派",自立名目、自标旗号的诗派也极少看到。大家只是办报的办报,办刊的办刊,出诗集的出诗集,或开研讨会,或搞朗诵比赛活动。

在上海21世纪最初的十年,全国性的诗歌活动的开展与影响虽然不及江苏,甚至不如浙江,但在本市范围内,还是举行了各种规模大小不一、形式各异的诗歌活动。有的实际上已产生全国性的影响,其中首先应该提及的,当然是由许德民发起并主持筹办的"百年复旦·复旦诗歌朗诵会系列活动"。

2005年是复旦大学百年校庆,作为该校复旦诗社第一任社长的许德民,调动各种资源,发挥各方积极性,终于在该年内成功举办了与复旦百年校庆相配对的系列诗歌活动,其中不仅包括诗歌朗诵活动,而且还包括了大型的诗歌研讨活动,邀请了上海乃至全国的著名诗人和诗评家数十人,就"复旦诗派"的诗歌现象进行了热烈而有意义的讨论。许多历年从复旦大学走出的学子,在成为著名诗人重归校园之际,也在这些活动中发表了热情洋溢的发言。

特别值得一提的是,为了配合这百年校庆的诗歌活动,许德民还主编了一套《复旦诗派诗歌系列》丛书，由复旦大学出版社出版，共16部，其中除了《复旦诗派诗歌（前锋）》《复旦诗派诗歌（经典）》《复旦诗社社长诗选》《复旦诗派理论文集》四部以外，另有个人诗选12部，分别为：许德民的《发生与选择》、孙晓刚的《城市2080》、李彬勇的《位于天边》、裴高的《绿盈盈的太阳》、张海宁的《诗的毒草和一只什么鸟》、傅亮的《逝者如斯》、杜立德的《无法平息的悸动》、刘原的《镌刻的刀》、陈先发的《前世》、施茂盛的《在包围、缅怀和恍然隔世中》、杨宇东的《神秘的声音来自何方》、郜晓琴的《我是谁家喂养的孩子》。

　　针对这些诗选，《诗刊》社总编叶延滨，复旦大学教授陈思和，著名诗人黎焕颐、宫玺等均做了很高评价。从复旦大学这次亮相的整体阵容和诗歌质量来看，绝不亚于北京大学，两大名校一南一北，诗歌力量势均力敌，难分轩轾，足以引起各界的关注和比较研究。

　　与此同时，近十多年来，上海也举行过一些上海诗人的研讨会，仅上海作家协会，就举办过辛笛、宁宇、罗洛、肖岗、赵丽宏、徐芳等人的作品研讨会。其中辛笛的诗歌研讨会就具有全国性质，不仅有上海许多重要的诗人和诗评家如宁宇、宫玺、姜金城、吴钧陶、谢其规、张烨等参加，也有来自外省市的牛汉、邵燕祥等著名诗人，并都在会上做了发言，对辛笛的诗歌风格及其成就进行了全方位的探讨和相当充分的肯定。

　　罗洛的诗歌研讨会是在四大卷《罗洛文集》出版之际举行的，也颇具规模，当时上海所有重要的诗人和诗评家几乎都来了，其家属也亲临会场。代表们从诗、文、翻译、科研等各个领域对罗洛进行了全方位的研讨，既是对罗洛作品的一次全面严肃的交流，也是对这位在20世纪末去世的老诗人的最好的纪念。

由于赵丽宏的《沧桑之域》和徐芳的《上海,带蓝色光的土地》两本诗集都涉及上海这座城市,因此上海作协也分别举行过专门的研讨会,与会代表多从诗与城市的关系,诗对城市生活的反映这些角度来进行探讨,在肯定他们作品的同时,也提出了一些有价值的问题,有些甚至与当今诗歌的发展方向有关。此外,上海还曾对张烨、徐芳、杨绣丽、孙思、冬青等一批女诗人开过专门的研讨会。

除了上海作协的诗歌研讨会,上海其他一些诗歌社团、文化团体、民间诗社也经常举行一些诗歌研讨活动。如上海翻译家协会在钱春绮先生九十高龄之际,就给他举行过一次"钱春绮文学翻译学术研究会"。钱春绮是我国杰出的诗歌翻译家,同时也是一位诗人。他所翻译的歌德、海涅、席勒、波德莱尔等德、法诗人的诗集,在中国影响极大,流传颇广,很多青年诗人就是读了他所翻译的各种诗集而走上诗坛的,其中他所译的海涅的《新诗集》、歌德的《歌德抒情诗选》、席勒的《席勒诗选》、波德莱尔的《恶之花》等影响尤巨,许多翻译家和诗人在会上都对他的译诗和他创作的十四行诗做了高度评价。翻译家黄杲炘曾非常钦佩而感叹地说:"钱先生在德国诗歌的翻译上可以说是一手遮天,无人可及! 而他本人又是一位优秀的诗人。可惜世人对他这方面的关注太少了!"前两年,恰逢诗人、翻译家吴钧陶 90 岁生日,上海市文联也为其举行了隆重的研讨活动,上海一些著名的翻译家和诗人都来参加,场面感人,气氛活跃。

此外,刘希涛主编的《上海诗报》和《大公报》驻沪办事处,对上海诗人王养浩举行过作品研讨会,上海通俗文化研究会对蒋荣贵的诗歌进行过研讨活动,《海派文化报》等举办过林裕华诗文研讨会。默默主持的撒娇诗院是比较活跃的,这里不仅为全国著名诗人芒克、梁小斌等举行过诗歌研讨会,而且还为上海诗人冰释之、陈忠村等分别举行过座谈会或批评会。由王晟主持的诗人沙龙,连续多年在每月的十五日举行一次诗歌活动,或朗诵,或研讨,或讲座,或座谈,也搞得红红火火。至于诗人们随意即兴举办的诗歌座谈,朗诵或交流活动,那就更多了。即使是素以写政治抒情诗闻名的桂兴华,也搞了不少诗歌活动。2006年6月,上海文广新闻传媒集团和浦东新区宣传部主办的"激情大时代朗读会"在浦东新区图书馆举行,众多朗诵艺术家和读者代表朗读了其诗集《激情大时代》中的主要篇章;2007年12月,他所写的《上海表情》(即《城市的心跳》初稿)创作座谈会在上海浦东三林世博功能区举行;2010年,在浦东中学又举行了《城市的心跳》大型诗歌朗读讲演活动。

2010年前后,乃至近八年来,上海的全国性的大型诗歌活动明显增多,浦东塘桥的桂兴华工作室搞过两次全国性的政治抒情诗高峰论坛,一次散文诗研讨活动。宝山区诗乡顾村也曾搞过多次全国性的大型诗歌活动,把当地的诗歌创作融入时代,引向上海诗歌的主体发展潮流,从普及而走向提高。

第二节 多元共存的诗社诗刊

在近40年的上海诗歌征程中,不仅诗风不断地被改变创新,诗人的身份不断地被改写变化,而诗人的群落和队伍也不断地被改组和重建,甚至是消失和再起。但不管是初期、中期和现在,总有一些诗社和诗歌园地活跃在申城。如改革开放初期的80年代有《海上》《撒娇》等,20世纪90年代有碧柯诗社等。即使拿跨入21世纪以来近20年的上海民间诗社和文学团体来说，便有着极大的发展与变化，又涌现出了许多新的文学社与诗社诗刊，其中比较有代表性的、影响较大或持续时间较长的约有以下这些：

在松江区，有以徐俊国为首的华亭诗社，代表诗人有张萌、子薇、陈仓、南鲁（王崇党）、古铜、王迎高、语伞等；在虹口区，有以陈佩君、殷放为代表的海上风诗社和新海上风诗社，王成荣、费平、朱吉林、高云凌、包建国、李文亮等都是其中的重要成员；又有以傅明为代表的海派诗人社，印行有《海派诗人》的诗刊，陈曦浩、朱泰来等都是其中的重要成员；在闵行区，有以陆飘为代表的浦江文学社，印行有《浦江大学》杂志，代表诗人有曹剑龙、任意、夏风等，又有以陈曼英、黄英为首的闵行诗社，以及专学古诗词的"词作坊"；在浦东新区，有以严志明为首的浦东诗社，代表诗人有戴约瑟、邵天骏、何国胜、杜兆伦、周晓兵等，印行有诗刊《浦东诗廊》。有以朱德平为首的白领诗社，又有临港新城的诗人群；在杨浦区，有刘希涛创办的《上海诗报》，在此报的周围，也聚集着一批诗人，如陈柏森、薛锡祥、王养浩、顾丁昆、张卫东等，而刘希涛则是其中的核心人物。该报每月一期，至2010年末已出版了51期。黄浦区有以钱国梁为首的海上诗社，代表诗人有朱珊珊、金玉明、孙康、费碟、钱元瑜等。

《外滩》诗报创刊于2002年8月，平均一季度编发一期，由诗人杨明主编，米福松、姜金城、余志成等上海诗人协同编辑，全国发行。杨明为该报的核心人物，出版有诗集《飘落的彩叶》《蔚蓝色的生命》《疯长的城市》、长诗《市场之歌》等，并获得过一些诗歌奖项。在其周围也聚集着一批诗人，除了宫玺、宁宇等老诗人在《外滩》发表诗作以外，另有中青年诗人成雅明、张健桐，韦泱等也经常登诗亮相。他们也都各有诗集问世，各有特点，各成曲调。

浦江诗会成立于2009年9月，以平等、尊重、兼容学习为宗旨，意欲由小我完成大我，关注时代，并以此唤醒诗人的社会责任。由莫依人任会长，诗刊《浦江诗荟》则由张仪飞任总编。每月活动一次。老、中、青皆有，成员有潘大彤、刘希平、杨瑞福、戴约瑟、胡永明、黄叶飘飞等，不完全固定。他们相信"浦江之水不仅养育我们的性情，也培育我们的诗情"。

宝山区的诗乡顾村也出现在21世纪，先创办《诗乡报》，后改为诗刊《诗乡顾村》。由毛欲华任主编，曹惠英、孙思任执行主编，杨瑞福、叶谦、陈曦浩等都是其中的代表诗人。宝钢有文艺协会，韩建刚、萧鸣、落依（曹爱红）、吉雅泰等都是其中的重要成员。此外，21世纪上海新涌现的民间诗社和文学社团尚有以胡永明为首的出海口文学社，核心成员有刘希涛、龙孝祥等，有以美芳子为首的长衫诗社，代表诗人有雅庐、顾青等。又有以蔡国华为首的稻香诗社、以黄叶飘飞为首的华夏新天地诗社、以沈家龙为首的温馨诗社……这里无法一一呈现详述，只能择要侧重一些代表性的诗社诗人加以论述。

第三节　《上海诗人》的出现与改版

中华人民共和国成立以来，上海虽然有《收获》《萌芽》《上海文学》著名文学期刊，但一直没有一份诗歌刊物；虽然《萌芽》《上海文学》有时也开辟一些诗歌栏目，但空间毕竟有限，大量的诗歌还是难以与公众交流和亮相。因此，上海的诗歌一直期盼能有一份专门发表诗歌、评论诗歌的报纸或刊物，并以此进一步推动上海诗歌的发展。

上海作家协会赵丽宏主编的诗刊

在上海作家协会的努力与支持下，2004年8月1日，《上海诗人》报创刊号终于问世。这是一份非公开出版的诗歌报，每期八版，双月出版。由赵丽宏任名誉主编，季振邦任主编，田永昌、朱金晨、杨斌华任副主编。李天靖、路鸿、米福松、郭在精、余志成、缪克构、杨绣丽等分任各版面的具体编辑工作。在创刊号上，既有贺敬之、邵燕祥、牛汉、李瑛、吉狄马加、谢冕、雁翼、杨山等中国大陆著名诗人和诗评家的题词，也有洛夫、张默、涂静怡、海恋、张诗剑等中国港、台诗人的贺词，并有褚水敖、赵丽宏、宁宇、黎焕颐、姜金城、季振邦、田永昌、朱金晨、米福松、孙琴安、徐芳、宫玺、张烨、朱珊珊、李天靖、许德民、刘希涛、裴高、钱国梁、季渺海、缪国庆、缪克构、严志明、谢其规、于之、廖晓帆、庄稼、薛锡祥、孙悦、路鸿、余志成、风铃、陆澄、韦泱、姜浪萍、征帆、郭在精、张健桐、杨明、程庸、杨绣丽、玄鱼、曲传久、郑洁等许多上海诗人的亲笔题签。这说明，《上海诗人》报的创刊，已引起了海内外诗人的关注，同时也得到了上海诗歌界的支持。《发刊词》中写道：

多少年了，上海没有一份诗歌的专业报刊，这不能不说是沪上诗坛的一个遗憾。近几年来，我们尤其深切感受到，作为国际大都市的上海,诗歌应该有一个发挥其特有的精神文明建设作用的舞台。

随后,《发刊词》也写到了《上海诗人》报的指导设想,那就是:

立足上海,面向全国,海纳百川,追求卓越。

文章最后也提到了"三出"的编辑目标,希望能在全国产生一定影响。创刊号上同时也发表了潘颂德的文章——《上海,现代新诗的重镇》,对上海近百年来的新诗发展的轨迹进行了一个综合性的论述。

应该说,主办者很想把这份"千呼万唤始出来"的报纸办好,并为此调动了各方面的力量,从版面设计到编辑力量的配置,约稿审稿等。然而,仅过了两年多,《上海诗人》便进行了改版,由原来的内部发行的报纸改为公开发行的刊物,名称不变,其"三出"的宗旨也不变。但栏目和容量大大增加,更为丰富。在《上海诗人》改版的新闻发布会上,赵丽宏、季振邦等也为此做过一点解释和说明。

改版后的《上海诗人》为双月诗刊。每期都有一个富有诗意的标题和封面,如"心景漾动水中央""凝视你的背影""心灵在指间的跳舞""阳光梳理音乐""记忆深处的冰雪"等。设有"名家专稿""上海诗人自选诗""华夏诗会""海上论坛""新上海人诗选""特别推荐"等固定栏目,也有"散文诗档案""浦江诗风""长诗选登""古调新韵""诗人印象""香港诗人专辑""儿童诗""老照片""朗诵诗之页"等机动栏目。看得出,该诗刊改版后,一方面立足上海,面向全国;另一方面也兼顾到名家与新秀、创作与评论、主体与分支等各种关系。经多年努力,此刊已成为上海诗坛的一块重要园地,也是上海诗坛对外交流或外界了解上海诗歌的一个重要窗口。

第四节　逐渐增多的对外诗歌交流

作为一个国际性大都市,每年都有不少外宾或海外诗人来沪访问或与会,也有不少上海诗人外出访问交流。如辛笛、白桦、赵丽宏、张烨、宁宇、田永昌、谢其规、郭在精、海岸、杨绣丽、陆萍等上海诗人,都有过不同方式的外事出访活动。这些与海外各地的诗歌交流,也大大活跃了上海的诗歌,同时也推动着上海的诗歌发展。毫无疑问,这种海外诗人走进上海,上海诗人又走向海外的引进走出的新气象,完全得益于改革开放之后国门的打开。

在改革开放之初,先是由中国作家协会组团出访,其中也包括上海诗人白桦、罗洛、张烨等。同时也不断有海外诗人的来访。到了21世纪初,海外诗人来沪访问或交流的频率有所增加,如法国诗人蒲吉兰,在2006、2007、2010年三次来沪访问。他在青年时代就出版诗集,获得好评,现在仍关注诗坛,他不仅热爱中国的唐诗宋词,把李白、杜甫、白居易、王维、李商隐、杜牧、苏轼、李清照、辛弃疾、陆游等人的作品译成法文,介绍给法国读者,而且还饶有兴趣地参加了上海的一些诗歌活动,好奇地了解上海的诗歌现状,听过桂兴华有关散文诗创作的报告。不仅如此,他还去湖北、四川、北京等地考察,与四川、北京的诗人也有广泛的接触。

杰曼·卓根布鲁特在2007年至2008年两次来沪访问。他出生于比利时境内,专心于诗歌写作与翻译,他的诗集《道》《逆光》等曾被翻译成中文,是 POINT(国际诗歌)的创办人。2007 年来沪时,上海社会科学院文学所和上海翻译家协会曾联合举办过"世界诗歌现状暨杰曼诗歌研讨会",上海的部分诗人与诗评家就他的诗与目前诗歌的普遍状况进行了交流与讨论。杰曼也谈到了对上海的印象,他说:上海与欧洲的城市非常不同,欧洲的城市很小,有的只是小小的镇。上海这个城市太大了,它正发生着日新月异的变化。但当他看见上海的老城厢多被推倒,全是丛林般的摩天大楼时,也颇感困惑地问:"是否能有另一个方案?"他说:"中国诗歌在西方还有很长的路要走,欧洲只大致知道中国古典诗歌,另外只有台湾地区诗人的译本,只知道漂泊在西方的一些诗人,如北岛、多多等。"但他承认:"李白、杜甫是世界公认的大诗人。"此外,法国诗人朱利安·布兰、德国诗人和艺术家舒尔德、美国诗人和翻译家梅丹理(Denis Mair)、美国西北部诗人查尔斯·帕斯、伊朗诗人芬斯梅尔等,也都在近些年来沪交流,上海诗人李天靖都曾就诗的问题对他们进行过专访。

不过,这里特别要提及的是中国台湾诗人洛夫的几次来沪。中国台湾诗人洛夫、痖弦退休后都移居加拿大,时而来中国大陆。其中洛夫从 2005 年开始,曾数次来沪,除了与上海诗人赵丽宏、季振邦、田永昌、朱金晨、李天靖、海岸等进行了诗歌交流以外,还在上海图书馆举行过"洛夫诗歌朗诵会",在上海作协主讲过"汉诗的美感",与上海诗人结下了很深的友谊。

美国华裔诗人黄河浪生前在沪时,也常与上海诗人切磋诗艺,与上海的诗歌界和评论界也结下了深厚的友谊,晚年虽然离沪,但仍与上海的一些诗人保持着密切的联系。中国香港诗人、香港诗歌批评协会会长夏智定本是上海人,定居中国香港后,仍多次来沪交流,加强了沪、港诗歌的联系与互动,增加了彼此的了解。

为了迎接上海世博会的到来,便于国外诗人对上海诗人的了解,密切上海诗人与国外诗人的交流,2007年,上海作家协会特地委托孙琴安与杨斌华编了一本《海上心声》的诗集,共选上海诗人70余家,近百首诗,全部翻译成英文,由赵丽宏作序,以上海作家协会的名义出版。这样,国外的诗人或文化代表团来沪参观访问,得此一书,阅读方便,马上就对上海诗人的创作情况有一个大致的了解。

除了海外诗人走进上海,上海也有不少诗人走出国门,与世界各国诗人进行了广泛而友好的接触与交流。如辛笛、宁宇、罗洛、白桦、赵丽宏、张烨、海岸、杨绣丽等都曾在改革开放以后多次走出国门,让上海诗人了解世界,同时也让世界了解上海诗人。

自21世纪以来,至2018年秋,上海接连举办了三届上海国际诗歌节。邀请了来自英、法、美、日、韩、波兰、匈牙利、比利时、丹麦、阿根廷等国的著名诗人,以及来自中国各省市的著名诗人,一起交流诗作,朗诵诗歌,表达诗歌主张,畅谈自己为何写诗,有着怎么样的人生历程,大大拉近了上海与世界诗歌的距离,也大大提升了上海在国际诗歌中的影响力。

第五节　活跃于21世纪初的上海诗人(一)

应该看到,无论是白桦、宁宇、宫玺、谢其规等前辈诗人,还是赵丽宏、张烨、季振邦、田永昌、朱金晨、桂兴华等从风雨中走出来的诗人,或是钱国梁、刘希涛、朱珊珊、季渺海等一批工人诗人的成功转型,甚至是陈东东、海岸、许德民、徐芳等后朦胧诗人,他们即使跨入了21世纪,仍不断地写诗,不断地发表诗作,出版诗集,不断地发展和产生影响力。但同时我们也应该看到,在新世纪之初的上海诗坛上,也的确涌现出了一批值得令人关注的新生代诗人,为上海的诗歌注入了新的血脉,也带来了新的希望。本书共分三节介绍,其中有一些放在"代表诗社及其代表诗人"中加以论述。

冰释之

早在1981年,冰释之就与孟浪、郁郁自办民间诗刊《MN》,1983年考入上海大学,仍坚持诗歌创作。毕业后在高校任教。1988年,他又与默默、白夜(张毅伟)创办《上海诗歌报》。1989年冬赴海南、深圳等地打工,渐入商界,鲜有创作。直到2004年才重新开始写诗。出版有诗集《回到没有离开过的地方》《门敲李冰》等。

冰释之的诗,从一开始就有着对现实的一种沉重思考和尖锐批判,虽然在20世纪90年代,他曾一度搁笔,但当21世纪的大门开启,人们再次读到他的诗歌新作时,发现他的那种沉重思考和尖锐批判依然存在,他的诗歌精神依然未变,一以贯之,不同点只是在诗歌表达上的进一步走向成熟。

　　生命,走在一段没有灯光的夜路上
　　需要反复地指引
　　光明比终点更远

这是《其实》中的一节,很耐人寻味。其实,除《其实》以外,他的

《知识和知识分子》《回忆藏北》《寂寞》《忆雪》《回到没有离开过的地方》《除夕》《历史》《回忆录的秘密》《幸存者》《无题》《门敲李冰》《我们被生活了》等一系列诗,也都有其耐人寻味之处。如他在《回忆藏北》一诗中写道:

> 那些用身体丈量崎岖山路的女人
> 我精神的姐妹
> 她们衣衫褴褛形销体瘦
> 通天的旅途从青海到拉萨
> 全部的坚韧退守于灌满铁水的眼睛里
> 她们轻轻一瞥
> 全副武装的知识和文化纷纷沦陷
>
> 信仰应该简单
> 我的一生将注定苍白

前面是描写,后两句是联系自身后的顿悟。整首诗都是精神领域的一种对比,以及对藏北高原善男信女对精神执着追求的一种赞美。

如再往冰释之前期诗作进行浏览,其在改革开放之初写的《老树》《新生》,以及一系列爱情诗,也都有其耐人寻味的地方。如他的组诗《大学生日记》中的第二首《学史》:

> 历史系教授的拐杖
> 胡乱指点着历史

> 他把几百年卷成香烟
>
> 把几千年握成粉笔
>
> 黑色的窗户上
>
> 逗留着四十双转不动的眼睛

诗虽简短，却含意深刻，特别是最后两句更耐人寻思，令人回味不尽，是其短诗中颇为成功的代表作。

张炽恒

张炽恒，生于江苏南通，本在大学读数学，因爱好文学，考入上海师范大学世界文学专业研究生，毕业后在上海定居，专门从事文学翻译工作。作为杰出的翻译家，他因《布莱克诗集》《埃斯库罗斯悲剧全集》等经典文学的成功翻译而闻名遐迩，自不待言，但作为当今上海诗坛的一位优秀诗人，却因他的低调与严谨而不甚扬名。除了在《上海文学》等杂志发表诗作以外，并出版有诗集《苏醒与宁静》。

该诗集所收诗，皆为张炽恒1980年至2013年间的诗作，虽不满百首，却是从张炽恒的大量诗作中遴选而出，又经他与诗人小伟的反复推敲、再三切磋后最终定稿，故其中的诗作真可谓首首奇妙，篇篇精粹，风格不同，却各有可取之处。如《早出晚归》前半写早出，后半写晚归；《只有一条石头街的小镇》写游子重返故里的感受，均淡而有味，耐人咀嚼。从他的《阳光》《泥土和阳光》等诗来看，他对阳光的感受远超出常人，也发挥到了极致："浸透整个世界/映出万物的阴影/无限安静，只有你/穿透过去、现在和未来/以无限的方式同时存在/永存于世，永存于心。"（《阳光》）在《泥土和阳光》一诗中，他则写出了阳光的奇谲、微妙与神秘的声音。

不仅如此,张炽恒对黑夜与月光的感受也非常人所及,在《深夜》《夜的风景》《月光》《夜的华丽诗章》《冷夜》《冬夜的爱》等诗中,他把各种各样的夜色与月光,以及对夜曾有过的各种感受,都表达得惟妙惟肖,淋漓尽致。而《再也没有这样的傍晚》一诗,虽是对黑夜来临前黄昏景色的描写,却是他最好的诗篇之一,甚至可抵得上他所有描写黑夜诗篇的总和:"庄严的暮色笼罩大地/远落的群峰沉默不言/坦坦的湖面白光依依/再也没有这样的傍晚/每一分明暗都对我低语/我的思想像闪闪的车轮/缓缓地旋转/带我前去。"诗人以一种非常平实、毫不夸饰的语言,写出了傍晚时刻的那种宁静、美好与祥和,不仅使作者自身感到"端庄""纯洁""幸福",也会使大量读者的思绪逐渐平静与凝聚,永远铭记并滞留在了那一刻。此诗与郑敏的《金色的稻束》写法固然不同,意境也各不相同,却可肩随其后,进而似有媲美之处,两者都写出了傍晚时分的美妙,都是描写黄昏的杰作。至于他在一个多月后写的《初春的傍晚》,除了写出了傍晚的宁静,整体上较前首要逊色一些。

李、杜千古齐名,李以表现自我为主,天马行空,充满想象;杜以针砭时政,反映民生为主,一字一泪,各成高峰。后元稹、白居易承传杜甫诗风,强调对社会民生的反映;而至苏轼、陆游,更是无施不可。即在今日,诗也呈多元状态,诗人各行其道,各取所需,各自成诗,或专注自我与个性的抒发,或强调对时代与政治的反映,或注重日常生活的描写……其实,在此之外,还有一些诗人,如里尔克等,他们的诗早已超出了对社会生活的直观抒写和简单反映,而是在对个人经历和社会现实广泛认识和深刻思考的基础上,已经超越现实,高于社会,写出了更具有思想深度和精神高度的诗。反观和对照张炽恒的《苏醒和宁静》中的大量诗作,似乎也多具有这些特点,更接近于里尔克等人的一些诗。

当然,作为一位优秀诗人,张炽恒的诗在艺术风格上也是比较多样的。他并不刻意追求先锋,而有些诗却又得先锋之妙。但就其大多数的诗来看,仍多在传统与先锋之间。《再也没有这样的傍晚》《献诗》《城市·晨》《阳光》《生命只有一次》等,都是他最好的诗篇。《委任》仿庞德诗风而作,却能得其神髓,诗中有着对不幸者和受压迫者的同情与关爱,也有着对骄横者、谄媚者和伪善者的鄙夷与痛恨,但仍充满着人类之爱,也是他最好的诗篇之一。他的诗时而辽阔大气,时而神圣庄严,时而宁静美好,时而沉寂可味,都能达到一种很高的境界。正如他的诗句所说:

雪光上面的天穹如此深远
每一颗星都温柔而明亮

张炽恒为人真诚,对世界和生命常怀一种敬畏,对人类和万物有一种博爱,对艺术和美有一种追求。他的诗虽未展示纷繁的社会乱象,多写季候和自然景物,却有着他丰富的寄托和深层的思考,时时展现出一种博大的胸怀和宗教般的情感。这是其诗的特点之一,也是其诗常能打动人心的地方。至于他的诗集名称的缘由,根据我的臆测:"苏醒"意味着诗人对人生与世界的一种觉醒和认识,而"宁静"意味着诗人对人生与境界的一种追求和向往。

韩高琦

韩高琦,1965年出生于浙江象山,现居上海,曾任教授等。生活中的韩高琦相当随意,性格豪放潇洒,属于性情中人。但他对诗的态度却极其认真,从不粗制滥造;他对诗有自身的追求,也有他心中的标杆。数年前他出版的诗集《饥鹰叫雪》是一个明证,近来出版的《太阳鼠》《物性的秋天》等则又是一个明证。

可以肯定地说,他是一个不太注重形式的人,在他的笔下,形式只是为抒发诗情和诗意服务。至少他不会为一首诗的形式的完美、句行的整饬、字数的匀称而殚精竭虑。他只是自由地抒写他自己,把更多的精力用在对诗意的发现与酿造上。

诗人总要对他所生活的时代和社会进行思考,发出声音,这也是一个诗人必备的素质。韩高琦也不例外。他对人生、历史、自然,乃至宇宙万物,都有着自己的思考。我们从他的《夜读》《芭蕉入梦》《飞蝶》《九华山》《暮色如烟》《晒书者》《蜉蝣的力量》《变色龙》等大量的诗中,都可以看到他的这种思考。大至海中鲨鱼、非洲雄狮,小到盆中河虾、泥中蚯蚓,哪怕是一块碎石、一阵风、点点萤火,都会引起他对人生的关照。我们甚至可以说,他的这种思考,几乎融入他所有的诗中,成为其诗歌价值的一个重要组成部分。但诗人的思考往往与众不同,与同时代的思想家、哲学家比起来,诗人的思考未必有逻辑性,也不强调结论和对实际问题的解决,但他却又有着超乎常人的一些强烈个性与鲜明特征。这种个性与特征,主要表现在诗人的诗性特征上。

我们从韩高琦《度假之夏》《夜读》《暮色如烟》《九华山》《擦肩而过》《蜉蝣的力量》等许多诗中,特别是长诗《飞蝶》《变色龙》中,都可以看到他这种思考的诗性特征。而《蕉芭入梦》一诗以其蕴藉委婉、含意不尽,令人测之无端,更是这方面的杰出代表。

韩高琦的《风蛊》一诗,佳句妙句迭出,并有不少警策之句:

时间的废墟,像一面镜子前后映照,
它的反光折射出永久的良知。

——《城乡结合部》

又如《飞蝶》中的一节:

难道你清楚自己在干些什么吗?
你的命运与掷出的骰子有何区别?
素昧平生的一次偶然遭遇,
也许能推翻你一辈子营造起来的道德大厦。

短短四句,前两句问得相当有力,掷地有声;后两句则在颠覆中给人很多的思索。但给我们带来更多感奋、震撼,耐人寻思的警策之句还是以下两行:

许多事情发生在别人身上,
却总是被你验证;你生活在你不在的地方。

此话在长诗《变色龙》中出现三次,充满着生活的哲理,是一种独特而深刻的人生经验,难怪被李郁葱等广泛引用。如果以古人所说的"通篇完妥""句句皆佳"这些要求来衡量韩高琦《风蛊》中的一些诗,像

《芭蕉入梦》《静守日子》《序曲：春》《蓝色》《朗诵与听众》《远眺的人》《养在水盆里的河虾》《白鹳入林》等一些诗，都可以开列其中，它们未必是《风蛊》中最好的诗，但从语言的精致、构思的巧妙、意味的表达等各方面综合考察，相对来说却达到了相当的完整性。其中《芭蕉入梦》《静守日子》似乎更为完整，其次则是《远眺的人》《蓝色》《序曲：春》《白鹳入林》等数首。

意象与象征一样，都是现代派表现手法的重要特征，在韩高琦的诗中，除了象征手法的运用以外，也很注意意象的采撷和捕捉。其中《白鹳入林》当然是最出色的。除此之外，他对城市的描写也充满着丰富的意象。

何锐、沈泽宜、李郁葱、铁舞都很重视韩高琦的长诗，并从不同的角度对《变色龙》作出了高度评价。这固然不错，然而，我感到韩高琦的一些短诗同样应该引起我们的注意。除了前面所提的《序曲：春》《蓝色》等短诗之外，像《暮色如烟》《夜读》《仰望星空》《无题》《蜉蝣的力量》《话渐渐变少》《瓷色》等短诗，都具有相当的完整性，而《白鹳入林》《序曲：春》《蓝色》等短诗，则都已近于完美了。

从一个诗人，或诗的角度来观察世界，省察人生，反观历史，反思现实，表达出一个诗人对时代与人性的种种思考，这些韩高琦可以说都已经做到了。内涵丰富，眼光犀利，敢于拷问，语言朗润，富于张力和弹性，表现手法多样而又极具现代性，同时又充满了诗性的光辉，凡此，都构成了韩高琦诗歌的主要特色。

古　冈

原在石油公司工作，后任出版社编辑，古冈也是世纪之交中比较活跃的诗人。虽然他也经常参加一些诗歌沙龙,但更多的时候他只是一个听众。其实他也有自己的诗歌主张和观念,只是不善表达或不喜在大声喧哗中表达而已,于是便常在文集和诗歌创作中来加以亮相。出版有诗集《古冈短诗选》、自印诗集《正在写作的一只手的正反面曝光》《朝圣者》等,2012年出版的《尘世的重负》收选了他自1987年至2011年的诗篇,可视为他的代表作。

在同时代的上海诗人之中,古冈的诗一直被认为是比较前卫的、现代的,赞赏者有之,不屑者亦有之。肖开愚在《诗歌可以战胜精确》一文中说:"古冈试过多种路子,与同代人相比,他把想象局限在感觉中。"

的确,别人只是真实地描写自己所看见的事物和场景,而古冈只是真实地描写自己所感觉的事物和场景。如《坐姿》《遭遇》等诗都属此类。当时他对事物如何感受,感受中出现过怎样的意象,哪怕是不连贯、非逻辑的,他都如实地以诗句写下来。在别人看来也许怪异、别扭,但他在写的时候却感到十分真实和自然。

其实,古冈的许多诗都用了这种写法,他不直接写事物,而是写事物在他头脑中闪现过或心中感受以后的意象。因此,把他的诗拉扯到意象派、印象派或新感觉派都可找到理由,至少他的诗中包含了这些元素,只是每首诗中所含元素的侧重与多寡不同而已。

祁 国

祁国既是先锋艺术家和著名文化策划人,又是该时期活跃的上海诗人,著有诗集《天空是个秃子》等。改革开放以后,中国诗坛风云莫测,从朦胧诗到后朦胧诗,从象征派到意象派,流派甚多,但荒诞派却始终缺席,直到进入 21 世纪的最初几年里,才出现了几位荒诞派诗人,推出了一本《荒诞派诗选》,内收当代以写荒诞诗闻名的"八大金刚"在近几年的作品。祁国赫然在内,另七位"金刚"分别为远林、飞沙、小云、伊有喜、刘川、佛手、飞熊。

荒诞派本是源自 20 世纪中叶法国的一个戏剧流派,因英国戏剧理论家马丁·埃斯林的定名而得以成立。荒诞派剧作家认为,人类生活在本质上是混乱不堪、没有意义的,人与人之间不可能进行有意义的交流。因此,他们的剧作不仅在结构上不合逻辑,而且语言上也反复出现不连贯和无意义的现象,有时甚至在语音上故意机械地重复。后来,这些结构上不合逻辑、语言上不连贯、无意义等特性,被有些诗人引用到诗歌中来,于是,便出现了荒诞派诗歌。

这样,在上海改革开放以后活跃的诗坛上,在《海上》《大陆》、撒娇诗院、《喂》《倾向》《城市诗人》《海上风》《活塞》等诗歌社团和诗歌流派之后,又出现了以许德民为代表的抽象派诗与以祁国为代表的荒诞派诗。

诗本有着崇高、庄严、神圣、纯洁的一面,诗神缪斯本也给人以这种高贵美丽的形象,但到了祁国、远林、刘川这些人的笔下,原来的规则却被打破了,他们将其中一部分元素糅合了中国的老庄思想,大胆想象,恣意发挥,以荒诞的思维和手法,用智性的写作融入日常口语,奇迹般地改变甚或刷新了西方"荒诞派"的美学内核。

就拿祁国的诗来说,十有八九都有点荒诞,有的甚至荒诞至极,令人发笑,或不可思议。但他在荒诞之中,多少总有一些意味供你咀嚼,他的《自白》《想念》《看见》等因反复被选而为人所知,其实,他大量的诗都有着荒诞意味和奇思妙想,如《动物园》《同时》《一句》《修电视》

《过一种理性的生活》《献诗》《美人》《现实主义的办公室》《我总是不停地打手机》《废话传奇》《一把钥匙》《飞》等都是有代表性的。这些诗或让你发笑，或让你觉着发噱好玩，或颠三倒四，云里雾里，或诙谐幽默，忍俊不禁，或嘻嘻哈哈，推推搡搡，或真真假假，打打闹闹，但其中有讽刺，有针砭，有嘲弄，有深意。如《故乡》《紧急通知》《野战排》等，似乎都有点意在言外，另有所指，有着他对社会的一些想法和看法，成为诗的另一种含蓄和委婉。其中有对社会的讽刺，也有自嘲。

祁国的诗虽然喜欢调侃，尽力调侃，但在有些诗中，仍含着浓浓的深情，如《祭父》：

　　我拿起电话

　　没拨任何号码

　　轻轻地喊了一声爸爸

此诗题为"祭父"，其实即使以思念或想念父亲为题，也是很动人的。此外，他的《回家》《儿子的电话》《情人节》等也属此类。至于他的《有赠》《爱我吧》《致》《致爱情》《爱》《那人》等诗，因深深的恋心与思念，已失去了荒诞而成为比较纯粹的爱情诗了。

对于祁国的诗，可以从各个角度加以探讨分析，简而言之，其诗约有这样几个特点：一是智慧，是一种智性的写作；二是诙谐幽默；三是含蓄深抑；四是别有意味的讽刺和嘲弄。总之，他的诗别具一格，自成面目，不仅为上海诗坛添光增彩，也为中国诗坛增色不少，是荒诞诗的代表诗人。

薛锡祥

薛锡祥是军人,也是诗人。通音乐,为上海音乐学会副会长。又在空军政治学院教学过。善作歌词,曾为电影《东方美女》、电视剧《百年沉浮》《鹰击长空》等40多部影视作品创作主题歌词。由他填词的交响合唱《红旗颂》曾在全国获奖。作词以外,他也喜欢写诗。其诗以短篇为主。但篇篇都有一个富有诗意的内核,他似乎总是先发现和捕捉了一个有意味的东西,再用诗的方式加以表达。如《夏天的雪》《脱离》《表决》《士兵和少女》《沙滩上的鱼》《送礼——致女儿》等无不如此。这些诗篇幅虽小,但内核的意味却不小,有时还很大,如《我和太阳》:

> 我的橹,摇醒了海
> 海,摇醒了太阳
>
> 我拉着太阳起床
> 坐我的船行航
> 从东方到西方
> 播一路阳光
> 拖在海面的影子却很长

此诗有夸张,也充满想象,可谓以小见大。但他诗中的意味可不是寻常之见,往往显示着他的智慧,是一种丰富眼力的临照与发现,故能与众不同。

汗 漫

汗漫,本名余向东,21世纪初来沪工作,出版有诗集《片段的春天》《水之书》,也写散文。曾获《星星》诗刊1998年度诗歌奖,《诗刊》新世纪(2000—2009)十佳青年诗人奖。并参加了《诗刊》社举办的第16届全国青春诗会。《早春,为祖父祖母合墓》《外滩》《致父亲》《风尘中的女人》《与妻子在上海散步》《夫妻谈话》《水之河》《经历》《晒在阳光里的睡裙》等,都是其比较有代表性的诗作。

平心而论,汗漫的诗有其与众不同的地方。他的节奏是缓慢的,匆匆阅读的人是无法领略其诗的好处与妙处的。只有那些耐心的人才能享受到其中的意味。他的语言甚至有点接近散文,喜欢叙述,但在这种近似散文的叙述中,却又闪烁着诗意的光芒,或者跌出诗的意蕴,令你赞叹。诚如叶橹所说:"那么平凡的一些事物,怎么经他这么一勾勒点染,就如此地有韵味了呢?诗作从具象到意象的形成过程所表现出来的穿透力,必须是以日常的观察和思考作为基础的。汗漫的那些对生活现象产生的穿透力的诗,带给我们的不仅仅是一种艺术的感悟,也是一种智慧的启迪,充分体现了一种现代意识的渗透与升华。"

以上这段话,似乎最能概括出汗漫诗歌的特色,并在一定程度上找到了形成这种特色的原

杨斌华等主编的诗选

因。不过,我在这里还想做一个补充,即汗漫诗歌的特色及其获得成功的原因,还在于他的一种特殊的表达方式。如《致父亲》的后半段:

你成为灰烬和空虚
我成为你曾经爱过、愤怒过的一卷史册和证据
——我想你,用脑部五秒左右的血来想
或者用周围弥漫半小时左右的雷阵雨来想
在雨中,一个步行的人
显得与四周的事物毫不相干,显得孤单
如果打伞,就尤其像是孤儿!
我手中的雨伞如同降落伞——

试图把我重新投向童年和大地?
投向你的体温和气息……
父亲,某一天,当我也在人间彻底失踪
谁来证明你与这个世界发生过种种纠葛和关联?

这里的句子都以议论为主,却充满着对亲情关系的感悟和对生命的思考,这是其诗的立身之本,他有许多诗都是以此来支撑的。同时也充满着对父亲的深切思念。再举《晒在阳光里的睡裙》一诗为例:

睡裙——一个模型
涌进去一些血肉和梦呓
就会形成夜色里的女人

此时,一个女人模型在晒绳上翻飞!

它逃离了女人的身体

却又被风和阳光充盈

这部分风和阳光就有了性别——女性

一个玩单杠的女性

空气中微微滋生出一些

激动、不安的元素

作为一个身体健康的男人,我承认

我的心跳加快了速度……

"它逃离了女人的身体/却又被风和阳光充盈",这是对睡裙的绝妙描写,而末尾,则又坦然地承认了自己见了睡裙后在内心所引起的潜在意识。从表面上看,这些都貌似汗漫的一种表达方式,如说得更确切些,这实质上都是汗漫的一种思想方式的表达。汗漫的诗之所以较常人高出一筹,主要的就在于他的思想深度,他对日常生活的感悟程度,以及这种思想深度、感悟程度与诗意挖掘方面的一种良好结合。他那些最好的诗,如《早春,为祖父祖母合墓》等,几乎都有这个现象。

第六节　活跃于21世纪初的上海诗人(二)

在21世纪的曙光中,杨绣丽无疑是上海诗坛升起的一颗新星,早年曾出版有诗集《梦中的新嫁娘》《桑之恋》,之后出版了诗集《城市像琥珀般的花园》《雪山的心跳》,长诗《彩虹经天》等。也写散文,有散文集《锦年微澜》《悠游绿岛》等。

翻开诗集《桑之恋》,只感到清气扑面,玲珑剔透。她的诗都在用感情说话,真挚可爱,处处散发着一种纯净之美。她的诗不仅诗意浓郁,语言也都相当完美。除了给人清纯和洁净之美的感觉以外,杨绣丽诗中一些深挚真诚的感情也颇能打动人。日月星辰、绿草春花,哪怕是一缕风,一阵雨,都会牵引起她的诗情,写出优美的诗篇。她的诗多以清新柔美的风格出之,深情缠绵,一片温和。其诗多从她的心灵深处流出,可视为一种生活的颤音。但她总有她的语言,她的发现,她的魅力和她的个性。虽然她自述"我不是诗人",在她的《私语》《诗的结束》《自语》等诗中不止一次地提到自己的诗,并对自己的诗在今后的命运将会如何产生疑虑,这也是一个诗人的正常心态。

随后的一段时间,她把注意力集中在上海这座城市上,致力于城市诗的写作。在诗集《上海像琥珀般的花园》中,她以大量的篇幅,从各方面来描写上海,形容上海,表达了她对这座城市的热爱。由于诗人从小出生于上海,成长于上海,对这座城市的风貌及其生活相当熟悉,所以在她笔下所展示的上海及其情怀,既充满着浓郁的生活气息,又有一种充满着诗意的真挚情感,一定程度上写出了这座国际大都市的城市气息。

然而,2008年的汶川地震引起了杨绣丽的关注,自此,她的诗从关心自身而转向社会与芸芸众生,多了一份社会责任与担当。《彩虹经天》与《雪山的心跳》便是这种转折的明证。

汶川地震牵动了全国人民的心,上海成了支援灾区都江堰市的对口城市。就在地震的当年,杨绣丽便来到了都江堰,在亲临现场的感动和夜以继日的采访中,写下了《彩虹经天》,诗风为之一变,她以七色彩虹的巧妙构思与布局,又以饱满的激情,淋漓尽致地写出了支援灾区过程中一些惊天地、泣鬼神的感人事迹,有崇高感、人性美。"我在都江堰穿行/感动成为我内心的主题!"她的诗由纯净而变得刚健有力起来,变得浑厚而有气势,有时则以柔美和刚强相融,显示出一种特有的诗美与品质。

此后,她所出版的诗集《雪山的心跳》,继续在这一风格上发展、延续与变化,写出了喀什特有的地貌、个性、人情与风采,也写出了上海援疆人员的高贵品质与美好心灵。她既直接描写了沙漠的粗犷与荒凉,又以胡杨林、沙枣花、仙人掌、葡萄架、鹰舞、骆驼刺等一些具体的物象来加以串起,使诗更有形象感,也更意象化,这是其成功的秘诀之一。

就这样,杨绣丽从一个上海少女的情怀,转向了对这座城市的描写;又从城市的描写,转向了对祖国边疆大漠的描写;从祖国的东海之滨写到了祖国西部的灾区和边陲,这是她诗歌命运的一个走向,也是她个人风格的一个展示。

孙思也是21世纪亮相诗坛的上海女诗人,先后出版有诗集《剃度》《上弦月 下弦月》《一个人的佛》等。其诗本以写爱情、亲情和乡情居多,好诗也多在这一块。《聆听》这本诗集的出现,却改变了她的诗歌风貌。对她本人来说,也打开了一扇新的门窗,拓展了她的诗歌题材和诗歌空间。

季振邦以为"人物诗是她的强项"。《聆听》便是一本写人物的诗集。而且专写近世以来与上海有关的各类名人,尤以文化名流居多。

对上海近百年以来的百位中国名人,逐一赋诗一首而汇成一集者,似乎还未见过。

在此之前,赵丽宏在长诗《沧桑之城》里曾写到过鲁迅、杨建萍、梅兰芳、巴金等人,但此诗不以人物为主要吟咏对象,而是在彰显上海城市精神风貌时兼及人物。郭在精的《魅力永久——追寻上海名人雕像》一书,在简介了每一名人雕像之后,总会赋诗一首,与孙思吟咏人物的诗十分相近,但他毕竟是对名人雕像的吟咏,只能算咏物诗而非人物诗。胡永明《阳光化作七彩虹》中写有一些人物诗,分"现代人物篇"和"古代人物篇",但规模也不如孙思。中国香港的王一桃曾写过不少人物诗,时有巧思,似乎庞杂了些,诗意上亦似稍逊一筹。因此,无论从规模、系统性、地方特色以及与当代诗人此类诗作的横向比较来看,孙思的这本人物诗集都是应该引起我们关注的。

平心而论,以片言只语,寥寥数行的文字,便要写好一个人物,谈何容易?最好的办法,莫过于取其一点,或选一角度,巧妙切入,引发开去,适当发挥,从而达到以小见大的功效。也就是我们通常所说的"从一粒沙看世界""窥一斑而见全豹",孙思此书中所写的人物诗,绝大多数都是用的这一方法,也是以诗写人的基本方法。

当然,由于每个人的阅历、爱好、性情、累积不同,孙思对于笔下每个人的感受、理解和认知程度也不尽相同,也不可能对其笔下的每个人都能操纵裕如,得心应手,纵横捭阖,自由驰骋。一般来说,她对艺术家和作家的描写,多胜于对教育家和军事科学家的描写;对女性的描写,多胜于对男性的描写。她写贺绿汀、冼星海、郁达夫、赵一曼、萧红、张爱玲、陈燮阳、辛丽丽等一系列人物的诗,都是其中比较好的,在构思、语言和诗意的酿造与结合上较为完妥。除此之外,她可圈可点的诗还有不少,如写秦怡一诗中的抒情意味,写谢晋一诗末尾中的细节处理,写叶舒华一诗中的想象,写尚长荣一诗中的气势,写白桦一诗中的节奏,写汪曾祺一诗中的淡定,写袁雪芬一诗中对其"三哭"的联想,以及写戴望舒、卞之琳、臧克家、曹禺时对其文学作品的发挥,也都有可取之处。

由于孙思笔下的人物涉及面广,又都是各色精英人物,因此她不可能行行精通,对每一类精英人物都能挥洒自如,游刃有余。但有些人物却又回避不了,她只能迎难而上,尽量走近他们,然后走进甚至融进他们。为写出特点和特性,尽量避免雷同,在写徐悲鸿、刘海粟、黄宾虹、林风眠、潘玉良、丰子恺、张乐平、程十发、贺友直、张大千这些画家时,她几乎使出了浑身解数,结合了每个画家的特点和不同经历,精心构思,选取角度,巧妙运笔,倒也画出了一幅幅风情各异、神态不同的人物画。

毫无疑问,孙思的这本《聆听》,就是以诗写人,专事咏人,是一本地地道道的由100首人物诗组成的人物诗集,并且在艺术表现上有着不少新的突破和拓展,推动了人物诗这一诗歌品种的创作与发展,同时这也是对近世以来上海百位精英人物的一次诗意的展现,对上海这座光荣城市的一种特殊礼赞。

虽说冬青在20世纪末就开始发表诗作,但其诗歌的主要成就和产生影响,却是在21世纪初,我们仍把她归在此处,加以论述。其已出版诗集《红尘蝉吟》《矮小的幸福》《冬青诗选》《大海究竟有多老》等。

由于冬青的经历所致,大海、城市、亲情和自然万物构成其生命的万水千山,她的题材和好诗也多在这些方面。可以说,她在每一类题材中都有好诗。《蛇年决心书》《明天献诗》《玫瑰女人》《时间》《故乡》

《别父》《清明散》等,都是有代表性的。至于可圈可点的好句,那就更多了,如《清明散》的开篇与结尾:

  大地被春风一洗就绿了
  每一棵青草　都有往事并代表亡灵
  ……
  草籽一样的命啊　独有一颗悲悯的心
  世界因此饱满而多汁

她在《祭天》中写道:

  我们仰天长啸　就是仰望父亲
  我们向大地请安　就是向父亲鞠躬

再如《月亮上住着我已故的亲人》的结尾:

  月亮重归辽阔　继续为千条江河上釉
  层峦叠翠　海面有熟悉的碎银
  ……
  我已故的亲人啊　把天空披在身上　把大地当做飞毯
  在莲花般的云朵里穿行　顺手摘下平等 互敬和永恒

冬青曾说:"这些年,我试图在诗歌里运用更多有张力的语言,隐含的哲思抵御现实生活中人的孤独和我偶尔的脆弱。我以担当、包容抗拒平淡的生活,以心为诗,以命为诗。"她的诗验证了这一切。她有很多诗不但语言有张力,写得很美,而且具有人性美、心灵美,有一种广博而崇高的爱,不仅有一种亲情之爱:"爱你们的哮喘、冠心病和老掉牙的抿嘴/爱你们两辈子也放不下的唠叨和牵挂。"(《双亲宝贝》)还有一种人类之爱,她"爱太阳 爱万家灯火。"(《蛇年决心书》)她怀念一切美好的事物:"我感恩万物 甚至感恩一些事物正在落上灰尘/返璞归真 净化和虚空都在重逢。"《时间从没有静止》她感恩生命、尊重生命:"生命是庄严的/我要庄严地站立/庄严地活着/甚至庄严地凋零。"(《让我爱》)……

总之,她对生命和人生有着一种比较广阔而又深切的感悟,一种通透的理解,并在诗中找到了一种表达方式,找到了一种属于她自己的语言。她的诗句式一般都比较长,但表达相当充分,意向和用语也相当新颖:

积雪和浪花伸出浅蓝色的手指　浣洗太阳的脚跟
无数个蓝指尖集体向上　让海平面有了骨骼和威仪
——《海的名字如此简约》

用几个平方米　安顿了你的白骨　从此分守两岸
中间隔着浩荡　宽远　生死界河　活着的思念
风吹落叶　小树降下了半旗　云层如铁
——《别父》

在上海诗人中,像她运用这么长的句式,却又写得如此自由而富有张力,感情的表述又如此酣畅淋漓者,的确不多。她的诗虽然没有时代风云的波诡云谲,变幻莫测,却有她自身的一份真诚,一种坚守,一种品位。她最好的诗,多在对生命与时间的感受上,或是对亲情的抒写上。她写上海城市风情的《田子坊》《穿旗袍的上海女人》等,观察都很细腻,描写上甚至达到精细入微的地步,但她写生命与亲情,却有着身心的投入。她的诗里有着大善与大爱,充满着人文主义的情怀。

陈　陌

陈陌,本名陈晓培,复旦大学毕业后,即在《生活周刊》工作,著有诗集《众神的早晨》。

我们一时无从知道陈陌何时开始写诗,但从她所写的一些诗来看,起点似乎很高,充满着一种现代派的气息和智性的写作。《一只苹果在刀下转动》《夜晚削成一棵树》《给你》等诗,都有一种莫名的奇特想象,有些诗甚至于有点接近于荒诞立体或抽象:

　　下午四点
　　大楼切割出阴面
　　像一块郁郁寡欢的三明治
　　有人此时经过
　　会对一生都丧失胃口

这是《下午四点》的开篇一节,写法和想象都很奇特。全诗都任凭自己的意象翻飞,只是翻飞得有点快,读者的反应跟不上。不过,我最喜欢的还是《在清瘦的皱褶里》《光洁的背》《愤怒的葡萄》《女儿工》《女

人在阴影里接电话》等几首诗,它们几乎都已达到了完美的地步,特别是前两首,令人赞叹不已,如《在清瘦的皱褶里》一诗:

在清瘦的皱褶里
我看到你丰饶
是玫瑰折返自身的途中
一种对内的绽放
我记得你垂下眼帘的样子
我记得你美
世界贫薄仓皇的时候,你有
雨水落下
稻穗生长
平原辽阔清芬

诗人把"清瘦的皱褶",居然写到如此美丽芬芳、丰富动人的地步,实在是令人赞叹。对《光洁的背》的描写,简直有着一种颤抖之美。如同雨果对波特莱尔的诗所说的,使我们的灵魂引起了一种"新的颤栗"。

很多人都写过火车站,但陈陌笔下的《火车站》却与众不同,在诗的末两节,诗人写道:

我们一半的生命喂食候鸟
家庭,一把合拢的剪刀
剪断脐带,还将再次剪断

> 出走的黎明,独自舔舐的黄昏
> 每天,这伟大的中国火车站
> 一个无限循环的沙漏面向苍天
> 他们倾空,他们注满
> 他们找到彼此的瞬间让自己消失

诗人不仅写出了中国人为生活而像候鸟一样奔波、离开家庭的状况,而且也写出了中国火车站为此所发挥的一种特殊功能,人们在此一会儿"倾空"一会儿"注满",他们找到了彼此,却又瞬间消失,正写出每个人的行色匆匆,匆匆而来,匆匆而去,写出了火车站与中国人生活的关系和意义,让我们对火车站发生了无限的感叹。

袁雪蕾

袁雪蕾也是新世纪涌现出来的新诗人之一。2009年开始诗歌创作,出版有诗集《照面》《多想是一束光》《云间起吟》《白纸的星空》。并获得一些诗歌奖项,《白纸的星空》即是其中之一。这里的100多首诗,见不到袁雪蕾的人生履历,却可以窥见她的思想印记、情感经历和心灵痕迹。她的爱,她的梦,她的追求与憧憬,在人世的思念与感知,悲喜与忧乐,都浸润于这些字里行间。其中有相当一部分诗是可圈可点的,如《春光》《我原本是没有重量的》《我心里住着什么》《连通器》《鹅卵石》《我相信这些存在》《雪人》《春天的列车》《掌纹》《梦》《总有一天》《点香》《夜里放风筝的女人》《所有的路都用来回家》等。而《莲花》《门》《月亮》《黑点》《芦苇》《白纸美人》似乎更耐人寻味。当然,她的《石头》一诗的结尾是镇得住的,《哥哥》《寂寞》两诗对兄长的思念之情是真挚动人的,《仪式》《爱不释手》等诗的构思是别致的……

如果从内涵和意蕴上来说,袁雪蕾的诗可归纳为两大特点。

其一,自身心灵的真诚展现。诗人的笔既可指向自身,也可指向身外,抒写对身外事物的看法,即我们常说的社会百态,世间万象。但对袁雪蕾来说,却把笔总是指向自己的内心世界,抒写自己的心灵和生命体验。无论是写亲情、爱情、乡情和友情,都楚楚动人,并能达到一定的境界。每读到她的《春光》《总有一天》《莲花》《所有的路都用来回家》这些诗篇,便会感受到一颗博大的爱心和灵魂的悸动,有着一种纯净之美。如果一个人心灵没有被洗涤过,是很难写出这样的诗篇的。心灵的纯净决定了诗的纯净,精神的高度决定了诗的高度。

其二,诗意与禅意兼而有之。毫无疑问,袁雪蕾此书中有部分诗是充满诗意的。但她有不少的诗在具备诗意的同时,还弥漫着一种禅的气息,可以说是诗意与禅意兼而有之,融为一体。其中第二辑的标题就是"灯笼里种禅",《莲花》《崇恩塔》《雪花落在佛殿上》《道场》等一望诗题,便知与佛有关,且充满着禅的意味,不乏佳篇。《点香》一诗开篇便道:"我以一炷香的形式/立在这里,已经很久。"其实,在此辑以外的其他各辑中,也有许多充满禅意的诗篇,如《雪花经》《经箔》《石头》《沙漏》《接力》等,都有着诗意与禅意的有机结合,在空灵中弥漫着丝丝禅味。

法国象征派诗人保尔·瓦雷里曾经说过"有一个广阔无垠的智力的感性的国度",至今仍为诗所忽视。如果瓦雷里所说的这一"国度"的确存在的话,那《白纸的星空》中的许多诗,正开始向这一"国度"进发了。

奚保丽

奚保丽在20世纪80年代开始发表诗作，为人所注目却是在21世纪初。曾荣获第二届上海市民诗歌创作比赛一等奖，并在全国诗歌比赛中多次获奖。出版有诗集《感悟春天》《亲亲家园》《拥抱棉花》等。

虽然是上海人，但奚保丽曾参加过上山下乡，长期参加农业劳动，而这段艰苦的人生经历又给她留下了刻骨铭心的印象。因此当她挥笔写诗，总会想到这一段难忘的青春岁月，想到曾经的劳动生活、天上的云、地上的庄稼、四季的风、二十四节气，以及大自然的一切生命，哪怕是再普通不过的小花、小草、小生命，她都加以礼赞。她的诗中充满着生命的气息和活力，诚如她在《向着一切小小的，歌唱》一诗的末尾所写的：

风吹草低，我的心思
向着一切小小的生灵，轻声歌唱

不仅如此，她也写了《紫藤》《刺槐》《晨之莲》《石榴》《竹子》《垂丝海棠》《芦苇》《莠草》《老树》一系列植物。还写了1月到12月的组诗，她对棉花似乎情有独钟，写了许多关于棉花的诗。她赞美棉花、思念棉花、梦见棉花，写了各种状态、各个生长期的棉花，简直把棉花写绝了。诚如她在诗集《拥抱棉花》的《诗序》的开头与结尾所写的：

与你同根。同作同息，共担风雨
在黑暗中期望旭日东升
……
就做一朵真正的棉花。青果初小

渐渐亮出雪的肤色

绝对遵守秩序的洁白纪律。

像棉一样洗尽铅华,温暖而又辽阔。

此外,她对雪的赞美,也是出色的。在《雪花》《雪飘》《雪水》《雪峰》《初雪》《大雪》等一系列的诗中,都有着闪着银辉、纯净洁白的美妙诗句,如《小雪》的结尾:

温暖着冬天里的记忆

我触摸到了雪曾经的单纯和明澈

她从安放城市的薄暮中赶来

在一个麦子和炊烟的比喻里

小雪,越下越密,越飘越远

第七节 活跃于21世纪初的上海诗人(三)

王亚岗

王亚岗从20世纪80年代开始发表诗歌,但受诗坛关注却在21世纪初,曾多次获得全国文学大奖赛的一等奖或二等奖。出版有诗集《淡去的风月》《那是我的前世》、长诗《西双版纳抒情》、诗画集《见证历史》等,也写散文。他平时寡言少语,不事张扬,情感多从诗中流出。他那些好的诗篇,在语言和情感上都具有很大的纯粹性,《琴声》《黄昏》都很有代表性。如他在《黄昏》中写道:

黄昏中的孤独

是生命中难得的享受

沿着心路走向遥远

朱金晨、李天靖等主编的诗选

接着他又写道:"不想用灯来驱散孤独……只有在黑夜里/灵魂才会显现　思想也会闪亮。"他很喜欢怀旧忆往,并写出不少怀旧类的佳篇,如《老街怀想》《古镇》《故乡》《那是我的前世》《常熟路九号》等,从语言到情感的表达上,都是比较完整的,用古人的话来说,就是"通篇可取"。即使牵着孙儿的手,也会想起自己童年的影子,"像牵着童年的影子"。此外,他有一些诗也颇耐人寻味,如《人造棉》《花香花臭》等,在情感的抒写上虽不如《琴声》《黄昏》等诗那么纯粹,却蕴含着更多的趣味。一件人造棉衬衫,是一个原本不起眼的角色,一下征服了无数的女人,女人们对它投去了无数惊羡的目光。"在这荒野的山林里　在这禁欲的时期/在这沉闷的年月",一件普遍的人造棉,就能"敲打着填覆着　静如死寂的生活"。至于他后来写的《刀鱼》,更为锋利老到,不仅是其咏物诗的代表作,也可视为他最好的诗篇之一。

谢　聪

谢聪,出生于1958年,早年赴崇明前进农场工作,后为上海音像公司商贸分公司经理，1981年开始发表诗歌，出版有诗集《城市的自白》。他的诗多有自己的视角与观察，从《城市犹如电梯》《三黄鸡店里的外国人》《呵，梧桐树》《没有主题的城市》等不少诗中，都可以看到他的视角和观察。他似乎特别注意到对城市的观察和思考，有些观察很细致，如："看不认识的人群／如一堆堆颜料，亮晶晶／在画街心花里的朝霞"（《没有主题的城市》）。《上夜班的女工们》一诗似乎更为成功。此诗先写"穿各色棒针绒线衣的少妇"们之间的快乐交谈，接着写"几个挎灰色小包的女孩"紧盯着窗外的"阑珊灯火"，她们虽然沉默，但"那涂着淡淡口红的嘴唇始终舒展着／与夜色的湿柔轻轻交谈着思绪"，最后则写了一位靠窗而坐的姑娘，"闹中取静，用两三根木制的长针／静静地在织／一个米黄色的太阳"。我们从中不仅可以看到诗人观摩的视角，更可以看到他观察的细致。他可以说是比较早地注意观察城市，描写城市的上海诗人之一。

当然，除了城市，他也注意观察农田，因他毕竟在上山下乡运动中干过农活，熟悉农田，如他的《抽象画》一诗，便是对农田的观察：

> 田野、沟渠、水塔
> 被七彩的颜料
> 缠扭成方形、圆形、梯形
> 一个个光晕的漩涡

这是诗的开篇，从描写的角度可以看到他观察的角度。不管是对城市或农田，谢聪诗中的观察和描写都源自生活，来自他的亲身经历和切身体会，都有着浓郁的生活气息。

谢聪也写过不少行旅、纪游一类的诗,其中《圆明园吟》《大雁塔怀古》《在珠海海边》等诗,都有着诗人深沉的思考。他后来也写过《贺兰山岩画》《西夏王陵凭吊》等诗,也多有其深沉的思考。《响沙湾,一头骆驼的自白》是代骆驼言。《高原上的大秦直道》开篇就说"我一口气跑上了高原/一口气站在了一个王朝的肩上",随后又写道"遥远的记忆其实并不光辉",委婉地流露出对那段历史的批评和看法。其中组诗《七月,透亮祁连山》写出了当地的独特风光,似乎更有魅力。这些诗较之其早期的同类诗作,写法上显然老成了一些。

施茂盛

施茂盛毕业于复旦大学,后在司法部门工作。出版有诗集《在包围、缅怀和恍若隔世中》《婆娑记》《一切得以重写》。2012年,他获得《诗探索》颁发的中国年度诗人奖。

从他所写的《低年级女生》《少年》等一些诗来看,他的视角都比较独特,诗的气息也相当清纯。而从他的组诗《岁末书》等诗中,我们又可以看到他萦绕于胸的亲情,如他在《石榴》一诗中写道:

我和母亲剥一颗石榴
我们分食
石榴的一颗颗饱满的心
父亲正好从一朵云中路过
化作去年的雨水经过

他在《岁末书》中又写道:

> 夜愈加深了。身旁熟睡的妻子和女儿，
> 像两只天鹅为一座梦之海所牵引。
> 她们两个，有时是我悲观主义的花朵；
> 有时又是我自身携带的雨水，纠结时
> 把我手缚住，锐利时又锯去我的脚。

前者是对父亲的思念，却是从与母亲分食石榴联想开去，"我替父亲剥一颗石榴""让我也替父亲活在这人间吧"，从平凡中写出了不平凡的而又非同寻常的思念。后者所谓的"岁末书"，实际上就是对一年生活的回顾与总结，从父亲的去世，又想到"身旁熟睡的妻子和女儿"，她们似"花朵"，又如"雨水"，他常因这两个女性而束缚手脚，却又心甘情愿，"乐意降作牲畜，为她们啃完草根"，写出了那份无法摆脱而又难以割舍的亲情。

当然，除了亲情，他也写那些生命历程中经过而又难以忘怀的感情，如《回忆种种》中，就委婉地写到了他的初恋，《向崇明飞去的一只鸟》，似乎有着更多内涵与情感。此外，他的《如此宁静》中的心静如水，组诗《空中家园》中的《骑马的英雄来到玉米地》《秋天最后的奉献》等诗中的想象与描写，也都代表着他的抒情方式和对生活的那份真挚热爱和情感。

於志祥

写诗凡达到一定程度者，都会有自己的一个过程和风貌。如上海诗人於志祥便是其中之一。其写诗的过程与风貌，梁志伟在《儒雅的诗人，不息的诗情》之序文中都已作了介绍。这里只以他新出版的诗集《我的关注,是夏季的瀑布》为文本进行评述。

於志祥的新诗集共分"国际视野""青春岁月""旅途感悟""当代思索"四辑,其中"青春岁月"多为作者早年所作的一些诗作。如从其中的《黎明,追赶抖落的晨星》《黄昏与影子》《捕捞者》《表达》《泛起滴翠的时光》等诗作来看,其写诗的起点还是比较高的。这种较高的起点不仅表现在其诗的一些艺术表现上,同时也表现在其诗的一些精神境界和思想高度上。他早期的诗有意象,但绝不滥用意象,一般都抓得比较准确,发挥得也比较得当。不像今天有些诗人滥用意象,乱加发挥,使诗变得混乱不堪。而从《人生变奏曲》等诗中,我们又可以窥见作者的真诚与对崇高的向往,因为一个庸俗的灵魂是无法理解张海迪的人生境界的,也不可能写下"你拥有一个大写的人所拥有的一切"的诗句。

诗需想象,但诗也需要生活,而於志祥所写诗,多与自己生活和亲身阅历有关,绝不写那些缺乏生活、无病呻吟的诗。"旅途感悟"中的诗自不必说,《心灵拆迁》等诗也都充满着生活气息与童年趣味。即使他近年所写的《占领华尔街》《分餐·利比亚》等一些国际社会题材的诗,也与他的阅历有关。因为他长期在外贸系统工作,较一般人更为了解这一领域的情况,故发而为诗,理所当然地写出了一般诗人难以涉足或操笔难成的诗篇。过去石方禹等少数诗人写过这类诗,以后的确少见,却成了於志祥诗的一个亮点。

於志祥不属于追风赶潮的诗人,也无心致力于象征派、现代派的追求,但他早期的有些诗,如《旋律》等便有着现代手法的运用,《枫叶》也有着象征的意味。直到他去年所写的长诗《我的关注,是夏季的瀑布》,也是象征手法的运用。由于其子曾于夏天单身赴美留学,那里离美国的尼亚加拉大瀑布不远,于是,他把"夏季的瀑布"视为儿子的所在地,视为对儿思念的一种象征,如同血脉一般贯穿于诗的始终,且一韵到底而通篇流畅,获得了较大的成功。此后,他又出版了诗集《冬天之影》。

芜　弦

有不少中青年诗人都注意到对上海这座城市的描写,黄浦区《城市诗人》杂志也曾进行过这方面的探讨,发表过不少这方面的诗歌,芜弦所写的《午夜城市》《遗忘之蝶》等组诗似乎更应引起我们的关注。

芜弦从小成长于上海,曾在媒体任编辑,其城市诗的难能可贵之处,在于他能写出上海这座城市特有的气息。如他的组诗《午夜城市》就极具代表性,此组诗由《TAXI》《河流》《聊天室》《微笑》四首诗组成,都是夜色笼罩下的城市景物,在《TAXI》的开篇他就写道:

行走在城市中心的街道

任意嗅吸你的体味

……

爵士在狭小的盒子里盈流

娇媚的女人唠叨着春情

玫瑰腐烂窒息了黑暗

沉默的司机闪烁机器的冷光

柔软的白色座椅上残存

谁的无奈哭泣和欢乐癫狂

我被载往城市沉重的细部

把握夜色就如把握所有的情人

上海素有"不夜城"之称,其夜晚的风光与白昼迥异,却另有一种魅力。当有些诗人关注阳光下的城市时,芜弦却注意到了月光下的城市;当不少诗人关注于夜色上海的迷人灯火,或缤纷的霓虹和焰火时,芜弦却深入到了城市的腹部,嗅到了夜上海的"体味"。在《蝶落》一诗中,他更是写到了上海之夜的欲望的滋长与忙碌:

午夜的电话响起
一个灵魂接通一个灵魂
思想不再需要沉默
身体的释放是两只蝴蝶拍翅
……
谁也无法回头
生活的定义从不需要讨论

接着,诗人毫不隐讳地揭示道"城市在欲望中成长",而"午夜的蝴蝶撞向了黑暗/灵魂与灵魂/肉体与肉体/战争在某个时刻进入了深渊"。在诗中,蝴蝶是一种象征,显然是有喻指的,却折射出了夜上海的一种生活和风情。

费 碟

费碟从中学时就开始写诗,从1975年到1977年三年内自编了三本"诗集",其中第三本有诗歌、有评论,由自己刻写蜡纸并油印成《火花集》。20世纪80年代后因忙于工作,停止创作,直到2006年创建"海上诗社"后,他才重新写诗,不仅广泛地与各诗社、各方面诗人频繁接触,而且还常常就诗坛热点问题展开交流和探索。因此,无论从他渐入佳境的创作年龄,还是所受诗歌影响程度来说,他正处于传统与现代之间、古今融和与创新求变之间的拓展和探索。此外,他还担任了新声诗社的副社长兼秘书长,创作上不受新体或旧体限制,也不拘泥于一种或几种表现手法,却总留有探索和思考的痕迹。从他出版的诗集《激情云游》《费碟短诗选》里的诗来看,其语言风格和表现方式,也多呈现传统与现代相交接的地方。从出版的诗来看也有早期和后期之分,早期的诗仍以传统的痕迹居多,而今,其诗的语言与风貌逐渐摆脱传统,具有一定的现代气息,语言较为流畅而不失意象,《仰望》《启航》《城市童话》《书馆台灯》《顿悟》《追梦》《行走·俯卧云龙》等都是其较有代表性而又较为成功的诗作,像《拍摄》中"用一只眼睛对准焦点/另一只眼睛浏览人间",精准地表述了摄影者的选景与达意的有机结合;又如《秋千》中"荡漾的太湖/随秋千的引领/忽在半空忽入水晶/而你的鼾声/在我的肩头悠扬如琴/我想这静静的月/总在柳叶间起舞弄影/那弯弯的晚风/像纳凉的蛙鸣飘香阵阵……"画面感和音乐感有机地烘托了夏日太湖边那纳凉中荡漾秋千的恋人心境,富有诗情画意。而他的七言四句短诗,如《高球》《饭局》《知己》《书屋》等也是意味深长,别有洞天,如同样描述心的诗,一首《心态》写道:"送我苍天无可傲,贬成纳米未觉小。红尘变幻沧桑事,海阔楼窄一般高。"而另一首《心胸》这样表达:"孤家何必属皇帝?万马于心任我挥。自古人高山垫脚,东来紫气带春归!"

近些年来,他也写了不少诗评,对诗有了一些新的认识与感悟。

他在《费碟短诗选》中曾说:"诗,应当是音乐、韵律、节奏和情感的有机统一,是想象、绘画、意念与人性的魔方组合。"这是他的诗歌观念,在海派诗的探讨中,他提出海派诗歌应当具备 16 字内涵,即"海纳百川、引领潮流、大气谦和、时尚精致",并认为,要体现出上海这座国际大都市的特点和东海之滨的特质,才算是好的海派诗歌。在实践中他也是尽量照这些观念进行诗歌创作的。

李文亮

李文亮早年也在崇明农场务农,后在工厂工作,跨入 21 世纪才在上海诗界亮相,出版有诗集《九龙瀑》,收诗近百首,诗人季渺海为其所写的序,对李文亮诗歌的创作历程及其诗歌特点和风格,都已作了较为全面的论述。但他那些委婉含蓄、对人生富有思考的诗作,如《偶尔》《恋》《假如》《岔路》《意义》《雨中心情》《忆友人》《小路》等,还是值得指出另加关注的。

《偶尔》是写诗人 20 余岁时的一次偶遇。全诗仅两节,前节极写城市的喧闹与繁华,后节则轻轻一转:"多年前的大街/雨水织着轻纱/她撑小巧的花伞/回首一瞥/以后再没见过她。"淡淡几笔,便写出了人生一次难忘的邂逅,给人以永恒的美好记忆。《恋》与《假如》两诗似乎都是追忆他早年的恋爱情结,《恋》诗可以见出他对于那段恋情的"梦缠魂绕",难以抹去;《假如》的起结都好,起得突兀、含蓄而又耐人寻味,结处则可见出他对爱情的一种认识与理解,一种哲理上的思考。

这种哲理上的思考,似乎在《小路》《岔路》等诗中也有所体现。诗人最精辟的见解,往往又都在末尾点出,如他的《小路》在列举了许多假设以后,最后点道:"永远没有终点/永远只是行走。"《岔路》在叙述了自己曾经有过的"停步",犹豫之后的"踏上"路途,以及"多少年后的重游"之后,最后又点道:"几番叹息转身而去/岔路是永恒的悬念。"表面说的是"小路""岔路",实际上象征的都是人生之路,说出了人生道路和经历中常有的共同现象,只是有人意识到,有人意识不到,而李文亮却又都用诗的语言把这些人生状况表现出来了。《雨中心情》说的是一次雨天遭遇,实际上也巧妙地写出了一种人生况味。再如《意义》一诗:

  深夜里火车停靠小站
  一辆汽车孤零零地街口等待
  车辆里有个红脸汉兴奋地倾诉
  我注视好奇地猜测
  可是车辆转眼启动

  他永远想象不出陌生人的观察
  而我的所见又多么虚妄
  短瞬的思索尚未消失
  我们朝不同的方向走了许多公里

  此诗写诗人旅途中深夜所见的一幕,火车偶停小站,而对方是一辆汽车,实际上是写人与人的深夜偶然相逢,一个注意到并观察了对方,一个则全然不知,但在短瞬的相逢与"短瞬的思索"之后,彼此又朝不同的方向前进,其实人生就由无数的小站组成,而诗人无意中正写出了其中毫不起眼的一站,写出了人生的奇妙,再加上诗题的"意义",

在片刻的张力中似乎能给人以更多的咀嚼与寻思。

李文亮曾说:"诗歌是随身携带的乐器,兴致高昂的时候演奏,忧郁寂寞的时候也演奏。"他演奏出的声调尽管各不相同,或激烈,或低沉,或困惑,或迷茫,却并不神秘。他那些怀旧或追忆性质的乐章似乎特别动人。当然,他有些富有人生感受的乐章,也常常能引起我们的深思,有时也有一定的深刻性。

小鱼儿

小鱼儿,生于安徽,现居上海,经常参与上海的一些诗歌活动。2001年,创办国内重要诗歌网站"诗歌报"和《诗歌报》季刊。与月光经典合著有诗集《中国商人》,又与许云龙共同主编《中国网络诗歌年鉴》。他的诗在写法和视角上多与众不同,颇有趣味,不乏幽默,时杂诙谐,《写诗就是不讲理》《俺们是清白的》《无题》(因为想你的鼠标)、《今天我进了聊天室》《无内容》等都有一定的代表性。其中有些诗作实际上已经接近于荒诞派了。《姐姐,天终于黑了》一诗,虽然虚构了一个"姐姐",却是他最好的诗篇之一。他的诗不强调抒情,也不以抒情见长,却有其自身的特色。

肖 水

肖水是上海的一位青年诗人,1980年生于湖南郴州,毕业于复旦大学法学院,曾任复旦诗社第27任社长。出版有诗集《失物认领》《中文课》《艾草》等,另与陈汐合编有诗文集《在复旦写诗》。

《上海诗人三十家》中曾选有肖水的诗,他在《诗观》一文中写道:"'童年写作'要在汉语诗歌经历了长久的毁坏、解构及意识形态的侵蚀之外,'重建'一种指向'家园'的精神现象,它应挖掘潜意识与意识之间的联系……"他所说的"家园",主要是指精神家园,但也不排斥他潜意识中对童年家园的记忆。如以这一角度出发,他的《松枝》《向往事乞怜》《月光绝句》便成了很有代表性的诗作。试举《月光绝句》为例:

像极,白纸糊起的小船
风很轻,穿过它的身躯以及上方的蓝
一个小人在里面打太极,偶尔还有犬吠的声音
提着黑篮子,一只野蛮的猫和它抢夺新鲜的水果

这首诗很大程度上积累和糅合了作者童年时光的回忆。诗中出现的一切意象,"白纸糊起的小船""一个小人""犬吠""黑篮子""一只野蛮的猫""新鲜的水果"等,组合起来的画面都足以体现出他的"童年写作"及其"可能的美学"。而《艾草》一诗,则把他对人生的认知与家人在家乡田边的劳作连在了一起:

似乎,与你说的尘世相反,
有三种苦可以归为荣耀:慷慨,悲悯,以及孤独。

我愿在年轻时就死去,头顶的云彩比平时多一些,
而家人继续为一株淡绿色小麦劳作,他们漫不经心,汗水淋漓。

诗中有顿悟，有对比，正在"潜意识与意识"之间；又有议论，却又有诗的意味，扣上题意"艾草"，让人又有更多的咀嚼。后来诗人以此诗《艾草》为书名，又出版了诗集《艾草》，内收其2005年至2014年间的部分诗作。因里面所选都是四行句式的短诗，故诗集又有一个副标题——新绝句诗集。

这本书虽都是清一色的四行短诗，题材却相当广泛，既包括前面所说的"童年写作"和"家园的精神现象"，又大大超越了这一范围。《绿菩萨》《庇护》《安息》《内景》《有些人永远不会明白》等，都是比较完整而又有代表性的。《尤利西斯》末句对月光的描写极为出色。一个很有意思的现象是，肖水在《诗观》中曾主张"要在自信、自觉的基础上，主动剔除对西方诗歌在道德与诗艺上的双重倒伏心态，建设汉语诗歌语言主导的'现代性'"，但他有些诗的描写却极似西方风味，如《国定路》《同济游泳馆夜景》等，都有如西洋画中的素描或速写。有些诗又与西方诗的现代性不谋而合。总之，他的观察、表达和语言，与徐俊国的又不一样，他们都是与众不同而又自成面目的青年诗人。

宗　月

宗月，本名蒋作权，1969年生于上海，1989年开始发表诗作。但他引起诗坛关注，却是在21世纪初，著有诗集《且住江南》，又与李天靖等主编《我与光一起生活——中外现代诗结构·意象》，后又出版有诗集《每一层颜色里生活着一群人》。而他一些更成熟、更有代表性的诗作，也的确都写于2010年前后。

应该说，进入21世纪以后，宗月的诗日趋成熟，语言的修炼和表达的方式上都大有长进，《尘世的皱纹》《晨曲》《春暖花开》《黄昏的炊烟》《朗读》《一只鹰的孤独被允许》《安静》《行道树》《向日葵》《苦草》《一根麦芒算不算一垅收获》《多年以后》等,都是他在这时期最有代表性的诗。这些诗大多语言自然明快,意象生动准确,诗意充沛丰富,如他在《琴键》的末尾写道:

  水打量青山　星光打量人世
  浮光细尘　相互回应
  所有飘过的云朵　都不说话
  ……

  有些段落的描写非常出色,如《一只鹰的孤独被允许》的末尾一节:

  暮色要将我们运往何处?我和你
  相隔着,才华横溢的寒流层

  雨是怎样的怪兽,那么多小蹄子
  凉凉地,挠在我的梦里

  对"寒流层",作者用"才华横溢"来加以形容,这种用法从未见过,而此诗从头到尾都相当完整,无一败笔,有些句子还相当令人玩味:

  你看着它时,它消失得飞快
  你盼着它时,它永不会回来

>如果光亮属于善,黑夜属于恶
>请原谅我对光明爱慕,又对黑夜亲切

既能对"寒流层"如此形容,又能写出这些意味深长的诗句,也足以见出诗人"才华横溢"的一面了。何况他还有许多出色的表现,如《安静》的开篇:"夜晚　远比白天更生动/我看见了夜的辽阔。"又如《黄昏的炊烟》开篇对炊烟的描写:"它干净,羞涩,像贫穷的人/朝外面的世界,迟疑着,探出身子。"再如《苦草》中对苦草的形容:"雨雪,干旱,野火……它们在风中相互/碾压。它们的影子,像一条条鞭痕。"诸如此类的句子,在他诗中横见侧出,都让我深深地感动。对于人生道路和人世万象,他都有自己的理解和洞察。

黄晓华

黄晓华在20世纪80年代初便开始写诗,1985年获上海文学作品奖,出版有诗集《城市之光》《蓝岛》等。1988年停笔。至2016年才开始重新写诗,在一些诗刊和选本中重新出现,并出版诗集《春天远去》。其中的《在明月湾》诸诗未必见其精彩之处,但组诗《神农架》中的某些篇章却时有精彩之处,如《春天远去》的前半截:

>官门山插在神农架上
>像一本书被随风翻阅
>你走进去就和林中飞鸟水中游鱼一样
>隐身为某种词语

翻书者时而激昂时而沉默
寂静被身后的意义排斥
往距空白，像天空漏下光芒
春天在中华鲟的鳍上远去

因为诗人把官山门比为插在神农架上的"一本书"，于是，随后的一切描写和意象都有了活力和生气，这是诗人的一种发现，由于有了这一发现，便把整首诗都盘活了。而以下的描写、意象与比附也同样精彩。此外，其中的《墙上那盏灯》，以及近年所写的《祭台》等诗，在感情的抒写和词语的发挥方面也都有可取之处。张烨在《春天远去》的序文中曾说："晓华的诗歌想象力丰富，意象奇诡，所营造的意境时而明丽灵动，时而妩媚动人，时而空寂幽深，仿佛是借得精灵之手随意营造所得。而这一切都来自他敏锐的艺术感染力。"又以为《穿越时光的河姆渡》是整部诗集的亮点，是作者写得最着力最用心的一个极有分量的大组诗，也是黄晓华创作生涯中的一个飞跃。这些话都比较客观地描述出了其诗歌风格上的一些新气象和新特点。

秦维宪

秦维宪，祖籍湖南湘潭，出生于上海，华东师范大学毕业后，曾任《探索与争鸣》杂志主编等。他虽以历史学为主，但爱好文学，以写散文驰名，出版有《中华魂》《在历史的拐弯处》《中华斗蟋蟀》《在颠簸的激流中》《铁血柔骨》等多种文集。其实他也擅长作诗，在《解放日报》《文学报》《上海诗人》等报刊上经常发表诗作。长诗《扬子江，我血管里的血》，有着对祖国、历史、民族的沉思，以及他对祖国的真诚的爱。

他的《盘桓山海关》组诗,既有着对近代以来三大历史事件的反思,又表达了中华民族顽强不屈的精神风貌。另有一些诗,如《列宾不朽》《紫禁城》《红帆与白鸽》等。无论是写景或咏物,他都观察细腻,以一种比较徐缓的笔调,从容写来,犹如一幅幅清丽的油画小品,含思婉转,令人心醉,并寓有深刻的含意。其《老人与小孩》一诗,曾获第二届上海市民诗歌比赛一等奖,《温总理的关怀》也曾获得一等奖。

胡永明

胡永明是上海著名小说家胡宝华之子,自幼偏爱诗歌,后涉足诗坛。对诗歌的涉及领域甚广,他既创作诗歌,又探讨诗歌理论。既写新诗,也写旧诗。并创作有歌词《盼望》等。屡获大奖,赢得不少荣誉。已公开出版诗集《晚潮拍岸的声音》《阳光化作七彩虹》《给远方的至爱》《启明诗》,诗书评论集《启明星在闪耀》,诗歌工具书《诗歌创作手册》。其妻舒爱萍也爱诗,伉俪情深,互勉共进。

胡永明的诗题材甚广,比较集中在人物诗、山水诗、爱情诗、咏物诗等几个方面,也有随感抒怀之作和国家建设之作。其中咏物、人物、山水诸诗多用齐言体形式,而爱情、生活感赋等一类诗则以自由体形式居多,有时也有交叉,完全视自己的抒情需要而定。对他而言,形式是为自己所写内容服务的,爱情诗应是其亮点之一,其他诗也都充满着崇高的理想追求和正能量。其《诗歌创作手册》有一定影响,内分"诗歌艺术"和"通用规范汉字诗声韵"两大部分。虽然在诗歌类型等一些方面仍可以再推敲和斟酌,但在传统与现代结合的基础上,仍有不少新的创意。

丁 白

丁白也是在21世纪初活跃起来的诗人,不仅与许云龙等创办《雅剑》诗刊,而且自己也写了不少诗。在出版了《爱是一种美丽》等诗集后,2012年又出版了《丁白诗选》。基本上囊括了他20年诗路历程各个阶段的诗作。

每个人的诗集散发的气息各不相同。打开《丁白诗选》,特别是其中的《迎接春天》《打开春天》《诗歌的东风》《行走的阳光》《春天,万物生长》《学做农民》《桃花的春天》等一系列的诗来看,丁白是充满阳光的,活力四射,犹如洒满阳光的青草或是初春的大地,一片欣欣向荣、生机勃勃的景象。

这种活力与生机源自生活,因为丁白对生活的观察与感受也有其敏锐之处,所以,有不少诗意的发现均属于他个人的。哪怕是大家日常所习见的,如《清明》《活着》《一棵树》《告别》《听到夜在说话》等等。他看到金鱼,便想到了人,写下了《金鱼是水中的生灵,人是空气中的金鱼》,凡此甚多。此外,《爱,或者死亡》《行走的阳光》等诗,也是他比较有代表性的诗作。

应该承认,丁白在外物和心灵之间的契合点上,时而会有一些新的发现。或者说,在对自然万物的心灵关照或者视觉触摸中,往往是一种富有诗意的关照和触摸。他的《写给父亲:害怕忘记》《大道:金和沙》《向往光明》等诗,如果语意上稍微再内敛一点,诗意上也许会更加浓郁。

《丁白诗选》还收录了他的古典诗歌卷,如《学佛禅语》《观虎》《清晨:观海》《空有圆》《了无偈》等近50首古典诗歌,这些诗歌大都比较凝练,题意集中,甚为内敛,不枝蔓,说明诗人具备良好的诗歌语言收敛能力，可作借鉴。

丁白在不少文章中都谈到过诗和时代的关系，也谈到过诗与教育、诗与功德等问题，在《一颗饱满有力的诗心》一文中更是明确指出："在各种数码游戏横行的时代……诗人是最需要自己坚强，写出坚强的可以屹立于时代的诗歌，这是一种力量，也是诗歌前进的原动力。"这说明，丁白写诗，是有他的理想追求的。这种理想在他的《诗人，想留下什么》《诗歌是我们的孩子》等诗中可以看到，在他《清明》（组诗）中更是斩钉截铁般地写道："我必须写完这些文字！"这是作为诗人丁白的自我要求。犹如金石，掷地有声。

朱德平

朱德平是浦东陆家嘴白领诗社社长，出版有诗集《屋顶上的老虎》。与同时代的诗人差不多，他也写了不少城市诗，《早安，金融城》《对岸》《光影之箭》《致陆家嘴》《魔都，夜色阑珊》等都有一定的代表性。当然，他的《年轻的爱情》《海，那么深》《新年音乐会》《致敬，薛范先生》《独奏》等诗也是他的亮点。

白　杨

白杨，本名杭存根，是一位法律工作者，年轻时即喜写诗，出版有《白杨诗选》。爱情诗是其中的一大亮点，《当漫天卷起片片雪花时》《想你的夜》《你还记得那片白桦林吗》《绿色的遐想》《春光下的美丽》等都很有代表性。这些诗感情真挚，语言流畅，抒情性很强，形象感鲜明，语言也比较舒展自然，但有些诗的语言可以再凝练一些。

第八节　代表诗社及其代表诗人

在 21 世纪上海新涌现的一些民间诗社和文学社团中，也聚集着不少优秀诗人，有的甚至具有一定的影响力。几乎每一个有代表性的诗社中，都有一些有代表性的诗人。这里有选择地推出一些，并加以简述。

一、徐慢与《活塞》诗群

在 21 世纪之初，上海就曾出现过一个非常特别而又另类的诗群，那就是《活塞》诗群。

2003 年夏月，徐慢约请丁成和王晟，在上海徐家汇的一家酒吧里谈诗时，谈起创办一份民间诗刊的构想。当时徐慢提出了"灭火器""活塞"等名称，经反复推敲，最终决定以"活塞"来命名。但徐慢又觉得诗歌质量尚有欠缺，暂时停办。之后一段时间，大家在丁成创办并主持的《蓝星》上交流写作，直到 2004 年，上海青年女画家李清月加盟，才由徐慢和丁成于同年 10 月正式创办，推出了《活塞》创刊号。现场见证创刊号诞生的有徐慢、丁成、李清月、陆

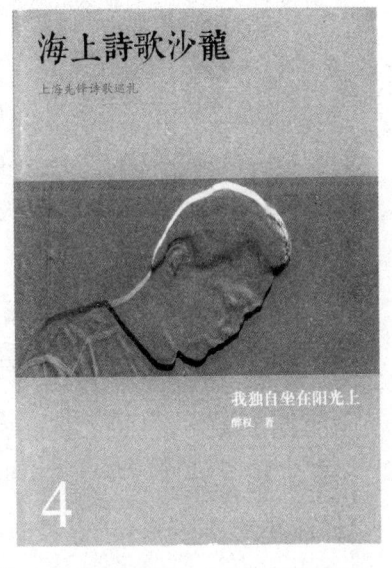

上海明圆美术馆主办的诗歌沙龙

煜四人。

"活塞"的命名,意在暗示它存在的都市和工业时代的环境,以及它自身对这一存在状况与环境的强力回应。而徐慢在《活塞》第一卷的《前言》中又加提示:

> 我活活地将你塞进去,"我"你都产生互动的快感,就像将性活活地塞进性器官,将自由活活塞进体制,将黑活活塞进夜色,将尸体活活塞进焚尸炉,人类活活塞进去了。活塞充满着巨大的无边无际的暗示,也不知道暗示了什么。有关身体的、物质的、哲学的、死亡和宗教的……
>
> 我们无奈的悲剧般地被塞进这个时代……

他接着又旗帜鲜明地表达了他们的写作态度:

> 我们只是一个单纯的写作群体,我们只对自己的写作负责,对当代文学以及诗歌写作的现状不予关注,不予评判,也不失望!我们写我们自己的,无关他人!

在《活塞》第二卷的前言《异端》中,徐慢又公然声明:"我们是异端,不是什么绝缘材料,我们在自己绝对边缘的领地里为自己的心灵和信仰无私的工作。"由此可见,《活塞》是由一群有个性、独立性颇强而又自命为"异端"的青年诗人们组成的诗群。他们有自己的理论主张和诗歌观念,同时也有自己的创作追求和风格特点,但又诚如丁成在《为了活塞》一文中所说:"我们需要意见,需要异见,需要争吵,需要诅咒,甚至需要一切来自内部打碎、瓦解、取消和反抗的力量。这是活塞前进的标志、血液、动力和汽油!"

正因为如此,《活塞》内部不断发生不同意见的争执,甚至两个创始人之间几度争吵,分了又合,合了又分。以致《活塞》成员的组成也不断发生变化,进出频繁。如创刊不到一年——2005年4月,张健、王东东、何源便因诗学原因退出,孔鹏、余丛加入,接着郑小琼加入;又过了一年——阿斐消失;此后又有税剑、死巫、逆石、艾芒、乌乌鸟等人的加入,成为《活塞》诗群的核心成员。

或许是特殊的经历与遭际,或许互相之间的争辩与交锋,或许是彼此的阅读与视野上的熏染,《活塞》诗人对世界、社会、人生、自然、生命、政治、物质、宗教、体制、信仰、道德,乃至生活百态、人世众生相等,都有他们自己的看法,这些看法不仅与许多媒体宣传的版本很不一样,而且与一般公众的认知也大相径庭。徐慢在《活塞》第六卷前言《荒谬》中说:"我们在事物的反面部分寻觅到了梦境抑或存在的尺寸,我们神秘地分享着它,弥漫着它,哪怕是一瓶毒液。"也就是说,当大多数人习惯于从正面思考事物时,他们偏从"事物的反面部分"来加以思考。结果往往不同。

1. 徐慢

从表面上看,《活塞》诗人的观念和诗歌似乎显得很怪异、奇谲、极端和偏激,个别还会使人觉得有些变态,但他们对当今社会生态、人的生存环境,以及体制下造成的种种社会弊端、人的道德和伦理的丧失、人性的种种变异和扭曲,比一般人似乎看得更清楚,更深刻,他们的洞察能力似乎更敏锐。徐慢的主要诗作,不论是他的《人民》《剥葱》中的系列组诗,《比噩梦短一厘米的事物》《蜉蝣》,还是《怪胎万岁》《空气,空气》《血液长谈》《遍地天珠》,乃至《阴道之歌》《龟头之歌》,几乎都是对当今世界许多荒谬现象的斥责、困惑、质疑和宣泄,对许多罪恶和谎言的揭露、诅咒、抨击和控诉。诗里充满着混杂的意象、语意的跳踯、夸张的比附、任意的鞭挞、粗犷的词汇和荒唐的描述。如他在组诗《雾的躯体》的第一篇中写道:

> 我使用倒退前进
> 完成了一个反方向的驱动
> 我体质比铝制品轻
> 我腐烂先验于灿烂
> 我在中毒的脑浆里提炼出铅
> 今天我被取消,我不是我
> 一幅背景将我描绘在一幅画上

从表面上看,徐慢的诗个性张狂,相当另类,并很有些酣畅淋漓的样子,其实,碍于社会环境的诸多因素,他在表现上还是受到许多限制,有时只能用一些含蓄隐喻、委婉曲折的手法来加以表达,使人感到晦涩难懂,不易理解。特别是《阴道之歌》《龟头之歌》等甚至会使有些人难以接受。但他的同道们却给予了热烈的回应。如税剑在《剥葱·前言》中就说:"他自有一套语言系统,他找到一种陌生的声音自说自话,他的发声方式是独特的,且又能切合人类蒙蔽已久布满尘灰的诗性,无人能轻易模仿,各种主题交织复现,多面……"他接着又说:"徐慢的诗行信手拈来,轻微雕饰,用巨大的超现实能力的触须稍加扭曲,逻辑扩张,在一个封闭的意识结构里让词语内部爆裂,意胜于词,气胜于意。"而丁成在《异端的伦理》一文中则认为:"在今天,徐慢毫无疑问是整个中国诗坛的异端。人们会气馁地发现诸如'现代主义''后现代主义''中间共'等诸如此类的帽子根本都不适合他。他用纷繁芜杂、难以捉摸的文本一次次响亮地掴向所有批评家的肥脸。是的,至今为止没有人可以轻易地概括他在20世纪最后十年的写作。"

其实,徐慢的诗歌现象,是这个时代的荒谬,他本人的经历、诗歌发展的特定阶段,以及他本人对时代、对世界、对社会的思考,对生活、对人生、对众生、对自然、对生命感悟后的产生。既有着广泛的共性上的认识意义,也有着其个性上的不可取代性。

2. 丁成

反观丁成,同时也是《活塞》诗群中的另一个核心人物,他的诗在对这个时代和社会的认识上,与徐慢有着许多共同之处,但在表达上却有着许多不同。徐慢是庞大而混杂的,不乏深刻性和洞察力,丁成则主题集中、诗脉清晰。尽管他在不少诗中也是粗犷扬厉,张牙舞爪,来势凶猛,但诗意的表达还是比较鲜明的。只有《黑太阳》《四重奏》等长诗才显得内容庞杂,浩大繁复,与徐慢的有些诗比较相近。

与徐慢一样,对于当今社会的物欲横流、金钱第一、精神丢失、伦理沦丧的可悲现状,丁成也是极为厌恶,反感至极,如他在《上海,上海》一诗中写道:

> 它们在向你发起这个时代的新一轮冲锋
> 它们要攻克你私处的无底欲望
> 它们要像传教士一样把物质之毒传遍你的身体
> 上海,上海

四通八达的阴沟暗河

　　被盖上现代、文明、繁荣的窨井盖

　　正在悄悄地布满你的全身

在诗的末尾，丁成又以一种愤懑的语气咒骂道：

　　在物质中繁华地死去

　　在高潮中一泄如注地死去

　　……

　　上海，上海

　　你这欲望之城

　　最终将在历史上的哪片海域

　　打捞到你今日的腐尸

　　当媒体和政界在夸耀上海这座城市的现代化文明和城市化进程时，丁成却以他个人的视角，发泄了他对这座城市发展中种种弊端的不满，看到了这座城市潜在的游戏规则，以及享乐主义、金钱崇拜在市民和外来务工者观念中的流行。然而，在这些潜规则和金钱交换中，也充满着许多陷阱和危险，正如他在《广场》一诗中所写：

　　陷阱朝着我们，朝着一代人

　　张开了充斥着繁华的文明假象的大嘴

　　我们被物质的力量挤着、推着拥上广场

然而，诗人又无奈地写道："此刻，我们清醒地意识到/面对广场，面对近代/我们都已无药可医。"但这一点可以肯定，无论是徐慢还是丁成，或是税剑等其他《活塞》诗人，他们的诗中的确存在着许多沉痛和绝望，这种沉痛和绝望一方面是代表着他们个人的；另一方面也代表着这个时代的，因此，他们的沉痛是一种时代的沉痛，他们的绝望是一种时代的绝望。

也正因为如此，他们的观察视角和思维方式，以及写诗的方式，不仅与广大的民众很不相同，就是与许多诗人也很不相同，正如丁成的《思维方式》一诗所写：

我用伤口的思维

思考刀

我用纪念碑的思维

思考革命

我用死思考生

我用子弹思考枪

我用血思考叛乱

我用我，思考你

我用泪水思考海

我用灰尘思考天

我用颜色思考种族

我用我，思考世界

总之，《活塞》诗群无论是观念意识，对时代与社会的观察角度和思维方式,甚至他们的作诗方式,对诗的认识和理念,以及所形成的诗歌风貌,都与我们平时所习见的上海诗歌大不相同,有一种桀骜不驯的姿态,并在上海诗歌中占据着极为特殊的一席之地。

3. 其他诗人

除了徐慢与丁成,《活塞》诗群中的代表诗人尚有税剑、死巫、阿斐、文莱、孔鹉、乌乌鸟、殷昕、艾芒、钟磊、吴岸、冷锐等。郑小琼也曾加盟,在《活塞》上先后发表有长诗《回家之歌》、长诗选章《从众》、组诗《舌上城市》等。王晟在《活塞》上先后发表有《哀歌》《我们是垃圾》《拆迁的艺术》《抢劫》等短诗。他们多由外来的务工者组成,除了徐慢、王晟等已在上海定居,其他诗人仍在上海拼搏,艰辛、劳累、困顿等常使他们的生活沉浮不定,动荡不宁,因此,他们眼中的上海,与报纸上宣传的上海也有着很大距离。如王采在《我来到上海》一诗中,就对上海有别样的解读。

上海曾有着东方巴黎之称,作为一个国际大都市,每个人对其都有不同的感受和认识,这也属于正常现象。当然也可以贬抑,甚至谩骂诅咒。如波特莱尔的《恶之花》,便是对巴黎种种城市内部腐烂的揭示,艾青在《巴黎》一诗中,也曾以"解散了绯红的衣裤/赤裸着一片鲜美的肉/任性的淫荡……你"这样的句子来描写巴黎,接着又写:"巴黎/你患了歇斯底里的美丽的妓女!"最后又写道:"巴黎,你——噫,这淫荡的/淫荡的/妖艳的姑娘!"

艾青在80年前就可以这样比喻和描写城市,作为80年后的今天,中国诗人当然也可以发挥他对城市的想象和描述,这是无可指责也是无可厚非的。

《活塞》诗群的诗作虽然有着极端、偏激、粗野的一面,字句上也比较粗粝,有些地方仍需打磨,但他们的诗有个好处,那就是真实。他们在主观上希望冲破一切束缚和桎梏,用真实的灵魂和内心来思考这个世界,思考生活中曾面临的一切,绝不说假话,也不迎合或屈服于来自外界的各种思潮、时尚和影响。正因为如此,发星主编的《21世纪中国先锋诗歌十大流派》一书,就把《活塞》诗群作为十大流派之一收录了进去。上海21世纪的诗歌社团和流派甚多,但《活塞》是唯一被选进去的诗派。

二、钱国梁与海上诗社

2006年4月22日,《海上诗刊》推出创刊号,标志着又一个新的上海诗社——"海上诗社"的登台亮相。海上诗社的最初成员有钱国梁、朱珊珊、潘颂德、吴松林、孙康、费碟、曲铭、风铃(陆新瑾)、杨绣丽、袁金康、钱元瑜等,由钱国梁任社长,朱珊珊任副社长。这是一份诗报。钱国梁在发刊词《小花与希望同在》一文中写道:

> 《海上诗社》的宗旨,以诗会友,以诗为乐,具体可概括为:交流诗歌信息,探讨诗歌理念,发表诗歌作品,团结诗歌朋友。

面对"并不热闹"的诗坛,他们并不回避自己身上应有的责任,但他们没有以振臂高呼的口号,也没有以力挽狂澜、扭转乾坤、不可一世的气概来大声呼唤,却是以一种脚踏实地的精神,在自己开辟的诗园里勤奋耕种,细心浇灌。数年下来,倒也开出了许多色彩缤纷、鲜艳夺目的花草,结出了许多壮硕饱满的累累果实,也有令人注目的坚挺绿树,成为上海诗坛不可忽视的一块园地。

《海上诗刊》的创办，较《上海诗报》稍迟一些，2006年由钱国梁、费碟、孙康发起创立。从每两月一期至现在的每月一期。主编钱国梁，副主编朱珊珊，年轻时都是上海著名的工人诗人，改革开放后更是与时俱进，诗艺益精，各成风格。在他们周围也聚集着一批诗人，其中有张卫东、金玉明、孙康、风铃（陆新瑾）、费碟、钱元瑜、蒋荣贵等，他们每人都有诗集问世，有的不止一种。

海上诗社的队伍此后有所扩大，如金月明、宗月等后来也都成为其中的重要成员。《卷雨听涛——海上诗社作品选》为其诗社同仁近年出版的代表作之一。此书共选海上诗社十位诗人的诗作，依次为钱国梁、朱珊珊、孙康、费碟、金月明、钱元瑜、陶宗杰、王耐、颜志忠、魏守荣。每人各选诗约十首左右。各有小传，或附诗观，有些诗的意味也与以往有点不一样了。由于钱国梁、朱珊珊的诗前面已有评说，费碟的诗后面将说到，此处另选数家诗做一简评。

孙康是海上诗社的中坚，诗路历程也相当漫长，出版过个人诗集《与缪斯同行》。就他近来的一些诗来看，首先映入眼帘的当然是那些江南水乡的风光与美景，在《烟雨江南》《水乡小镇》等诗中，他以一种轻舟漾水的节奏，徐缓有致，把烟雨笼罩中的江南气息和古色古香的小镇韵味，都从容不迫地一一绘出，有如淡彩轻描的水粉画一般。《桥与帆》在画面中，似乎有更深的意味。然诚如《古镇的向晚》的末尾所说："一切都在不经意的瞬间走去／让匆忙的岁月催老……"其诗的末尾常有佳句真意跌出，《山挑夫》《阿炳和琴》等诗也是如此。而《远去的雁阵》则恢宏、高远、壮观而美，完全是另一种风格，又全以形象生动的比喻来写，可能是他最好的诗篇之一了。

金月明也是海上诗社里的中坚。出版有诗集《渐入佳境的朦胧》。

此次所选虽以"佛音慈悲"为标题，但题材却涉及各个方面，《爷爷的墨》含蓄温婉，结有余味；《校车哀》在沉痛的悼念中，也满含着诗人的愤懑与谴责；《大红花轿》与《古柏》皆系咏物，然前者多感慨，后者显新意，各有侧重；而《纸上踏青》从曲笔写绘画，更妙！

相比较而言，钱元瑜与陶宗杰年纪要轻一些，然两人的诗风却大相径庭。钱元瑜的诗完全是以一种新的姿态和风貌跻身于这个群体，即以此次所选的十首，从《不必追寻的迟疑》到《俯仰之美》，几乎都是物、我化合后的一种抒写，与我们通常所说的以笔抒怀的意义已大不相同，而是真正意义上的用"心"抒写，是心灵与文字的一种交融和直接关照。陶宗杰比钱元瑜要小几岁，其诗多写海外景象，如《纽约古董店》《第五大街上的雪茄店》《登洛基山》等，也许是或长环境的差异，他的诗多押韵，无论从形式到语言，都与钱元瑜有着巨大的反差，甚至与其他诗人都有着明显的反差。

以上仅是扫描式的浅显点评，却可以使我们发现，海上诗社实际上是一个多元共存的诗人团体，允许各种诗风的存在，具有很大的包容性，也有着比较自由的空间和宽松的环境，每个人都可以有自身的选择与追求，也可以有自己的坚守与放弃。诗人之间也互相切磋，坦诚交流，彼此尊重，这也是今天的诗坛所十分需要和值得提倡的。

三、诗乡顾村

2007年，上海市文广局组织开展"民间文化艺术之乡"评选命名工作，共有12个街镇被命名为民间文化艺术之乡，顾村镇被命名为"诗歌之乡"。2008年，顾村又被文化部命名为"中国民间文化艺术之乡"。凡此，都激起了当地政府和民众对诗的热情。自此，他们每年举

宝山区诗乡顾村主办的诗刊

行"诗乡年会",举办"长三角民间诗歌的走向与发展"论坛,还举办"顾村杯"民间诗歌大赛。并有自己的诗歌园地《诗乡报》,后改名《诗乡顾村》,出版至今。

除此之外,自 2008 年起,顾村又出版《诗乡和韵诗选》,不定期,如今已有五册。这样就给当地的诗人和诗歌爱好者提供了足够发表诗作的园地。既是一个顾村诗歌集中展示的平台,也是一个外界了解顾村诗歌的窗口,同时也是一个广泛交流的渠道。

与此同时,这里的创作队伍也开始形成。初起之时,顾村的诗多以自发的民歌民谣和打油诗为主,起点并不高。后通过大量的诗歌创作实践和理论培训,加上多种方式的交流,拓阔视野,这里涌现出了自己的诗人。叶谦、杨瑞福、张秋红、陈曦浩、曹惠英、赵贵美、沈仙万、夏云、郭佩文等都是有代表性的。

杨瑞福在 20 世纪 80 年代初就有不少诗刊登在《星星诗刊》《青年作家》《黄河诗报》等文学杂志上。因他是工程技术人员,长期从事发电设备技术开发工作,也就把写诗和文学一直作为业余爱好。顾村浓厚的诗歌氛围重新点燃了其写诗的激情与欲望,他重新执笔,居然一发不可收拾,出版有诗集《把阳光贴在窗棂》等。

也许与阅历有关,杨瑞福书中的诗歌题材是比较广泛的,从西部高原到东部海滨，从雪峰胡杨到江南水乡，从壶口瀑布到香格里拉，从辽阔的草原到繁华的都市，从遗存的建筑物到漂泊的打工者，从《楼顶上的空巢老人》到《南渡江的红树林》，乃至唐诗宋词中的杰出人物，他都写，或各赋诗一首，可谓丰富多彩，趣味横生了。

对于杨瑞福的诗，晓雾、戴约瑟、费碟等都已从不同的角度做出了一些很好的评价。的确，他的《建一座诗的小屋》《朝圣路上》《关于草根》《向往香格里拉》等一系列诗，应该引起我们的注意。"刻上了铭文/石片，便立刻拥有了信仰"，《石经墙》不仅开篇奇警，结处也令人神远。此外，他的《朝圣路上》《野马群》《雪崩》《城市感觉》《蓝印花布被风打动》《请建筑大声喊出活着的理由》诸诗的开篇，也都各成奇响，各有千秋。

杨瑞福初逢改革开放，已30多岁，这样年龄的诗人，在诗歌语言的表述上，往往会留有他经历过的时代的语言的痕迹，但他似乎是个例外。其诗在语言表述上非但没有中华人民共和国成立之初和十年"文化大革命"的陈迹和陋习，而且具备着当代诗坛的诗歌气息和语言特色，试举《楠木沟》中的句子为例：

  在心中，我不停摇晃往事
  所有失去的痛都分外旖旎
  炊烟袅袅，想象顿时充满
  松枝清香的呼吸

这里所有的修辞、比附、形容和意象，都与以往不同，但字里行间却充满着当今诗歌语言的活力与生机。再如《蓝印花布被风打动》中的句子：

> 舍不得丢手的乡俗
> 齐刷刷地捆绑在
> 瘦骨嶙峋的竹竿上

明明只是些蓝印花布整齐地挂在竹竿上,诗人偏用"捆绑"一词,写法一换,而面貌一新;穿蓝印花布是江南吴越女子的民俗之一,诗人心中难忘,却偏说"舍不得丢手的乡俗",完全是一种新锐的表现。

用晓雾的话来说:"他的诗歌文字行云流水,不着痕迹。在进行中思考,现场感非常强烈,并且诗人极其充沛的情感渗透在文字里面,濡染着读者的第一视觉。"平心而论,杨瑞福在诗歌语言上真正是做到了与时俱进,堪与当今的一些年轻诗人并驾齐驱而当之无愧。

叶谦也是诗乡顾村资历最老的诗人。他的诗以精练见长,简朴有力,往往三言两语便生动刻画出一个个事物或形象,与杨瑞福的舒展延绵恰成反差,然也各有所长。有时他也会以舒展一些的语言写新诗,但仍注意到语言的约束与凝练。如他所写的《十八座丰碑》,便基本上以这种语言表述,再加上其题材的重大,又有着象征与比附的运用,因而曾获得过顾村诗歌大赛的一等奖。此外,他所写的《成都宽窄巷子》与杨瑞福的《问候蓝天》,也都获得诗歌大奖。二人还曾就曹惠英等人的摄影作品配诗,每图一诗,诗情画意,满满一册,也为顾村别添一彩,另生一绝。

近几年来,叶谦又转而写起传统的格律诗,尤以律诗和绝句为多,大多风骨遒劲,凝练有力,似乎与原先的新诗创作有着一定的内在联系。

陈曦浩早在1973年起就在《文汇报》《工人创作》等报刊上发表过

诗歌,出版有诗集《时光的背影》和《划过岁月的桨》。《时光的背影》多记其游踪随感,俯仰古今,或写其旧事情怀和人生感受,其中《夜光杯》《纤夫》《锅庄之夜》《雾中走失的教堂》《沉默,雨中的街巷》等,都有亮点。收在《划过岁月的桨》的109首诗,其整体水平比《时光的背影》有着明显的提高。这种提高主要表现在两个方面:一是空灵之诗有所增多。他原先的诗以写实居多,结果凝练有余,空灵委婉不足。此集所展示的诗,空灵之作有所增加,或者空灵与写实相结合,兼而有之,互相融为一体,《折叠》《雪的田野》《泣蝶》《笛声》等都属此类。这些诗大都风情婉约,成为集中亮点之一。二是语言表现上的明显丰富。尽管在第一本诗集中,其诗语较前已有了极大的改观,但他并不满足,继续与时俱进,不断突破,大胆创新,使其语言上的陈色不断蜕变,即使说不上焕然一新,也有大幅度的深刻变化。如《喘息》《穿越黑暗》等都极具代表性。如《穿越黑暗》的开篇两节:

  挟着太阳的余辉

  列车,一头雄狮

  扑进了黑暗

  冬夜,合上了如铁的帷幕

  枯枝模糊了抖颤的身影

  寒霜凝固了星光

  黑暗如一片封冻的海洋

首节描写列车在夕阳西下的一刹那间奔驰而去,犹如雄狮"扑进了黑暗",颇有气势。次节以丰富的想象,营造了一种冬夜的氛围,这种语言是他在写实基础上的发展,但在遣词和意象的运用上显然活泼了许多,也显得更为老成。此外,他的《青色的海》《吐鲁番的木卡姆》等,在语言的运用上也轻盈了许多。凡此,都说明了他在语言驾驭上的能力以远超昔日,达到了一种新的高度。

此外,顾村比较活跃的诗人还有曹惠英、赵贵美、朱祖香、沈仙万、钟敬协、曾将旗、齐海东、夏云等,并有不少外来民工如郭佩文等,也都融入了顾村的诗人队伍,提升着自己的诗歌水平。

四、徐俊国与华亭诗社

正当各区诗社纷纷成立之际,2008年3月,松江区又酝酿成立了华亭诗社,并于2009年11月15日在上海第三届朗诵艺术节开幕式上揭牌。白尘为首任社长,徐俊国为第二任社长,张萌为常务副社长,陈仓为副社长。其核心成员有语伞、夏春花、陆群(子薇)、南鲁(王崇党)、王迎高、李潇、周民军、古铜等。现有会员50余人,其中有三名中国作协会员,九名上海作协会员,已出版诗集40部。并在《世界文学》《诗刊》《人民文学》《人民日报》《新华文摘》《十月》《花城》《光明

徐俊国主编的《华亭诗选》

日报》等国内重要报刊发表了文学作品,入选了各类选本,荣获了各类奖项。

上海在明代为松江府。松江古称"华亭",又称"云间",历史上曾涌现过许多著名诗人,如陆机、杨维桢、陈子龙、宋徵璧、夏允彝、夏完淳等,近代又有姚鹓雏等。如今又有华亭诗社的出现,不得不说是上海诗坛的一件大好事。故当其成立之时,上海各大新闻媒体均做过一些相应的报道。这虽然是上海诗坛的一支新军,却是一支不可忽视的诗人队伍,里面有不少值得我们关注的诗人。

徐俊国是华亭诗社的代表诗人。1971年生于青岛平度,现居上海,为松江区文化馆创作部主任,华亭诗社第二任社长。曾参加《诗刊》社举办的青春诗会。多次获得全国性的诗歌大奖,出版有诗集《鹅塘村纪事》《燕子歇脚的地方》等,也写散文诗。

21世纪初,上海曾涌现过几位诗坛新秀,徐俊国无疑是其中杰出的代表之一。他的诗多写乡土、故园、草根百姓和底层生活,有着对生命的尊重、呵护、关爱和悲悯。《小学生守则》《这个早晨》《鸢尾花》《蜜蜂》《仪式》《孤独的鸭子》《梦见》《够了》《惭愧极了》《命运》《我喜欢在田埂上度过一个秋天》《故乡》《尝试》《一个人的三月》《阴影里,夹缝里》《作文课》《农村里常有这样的暮色》《忆》《南瓜》《娘》等,都是这方面的代表作。他的诗语言浅显,却意味浓郁,令人回味。不少地方妙不可言,甚至令人叫绝。

不可否认,这与他严谨的写作态度有一定关联。他曾不止一次地说:他把诗写完,一般都要放个两年再拿出来看,能打动自己的就加以修改发表,没感觉的就干脆扔掉。但这还不是主要的,更重要的是,他对诗的语言有一种新的感悟和拿捏,对诗的构思有一套独特的方法。用他自己的话来说:"写诗首先要从解放语言开始,彻底打通万事万物之间的关系,只要设置好一定的结构和语境,任何词语皆可成为邻居。"(见2012年6月14日《文学报》《徐俊国:甘愿做一个小诗人》,作者子薇)

对于徐俊国的诗,谢冕、罗继仁、叶延滨、林莽、郁葱、吴思敬、商震等都曾从不同的角度做出过评价,其中不乏精准之见。这里要作补充的是,徐俊国的诗之所以能形成自己的风格特色,这与其独特的观察和构思是分不开的,其中有他的智慧和聪明,也有他的刻苦与磨砺。他的构思尽管有他独有的套路和模式,然而相对于他人来说,仍是奇特的,不失为一种鲜明的特点。更妙的是,他有不少奇妙的构思和特色,实际上与荒诞派的某些表现手法不谋而合,十分接近,或者说糅合了一些荒诞派的表现手法。这些情况,恐怕连诗人自己也未必完全意识到。

张萌出版有诗集《在一支芦苇上行走》《时光的旧棉袄》等。他写江南水乡的那些诗观察细腻、不落俗套,有几分陈旧感,又有几分沧桑感,颇耐人寻味。《逆着河流奔走》《一日》《青石街》《这些缓缓老去的时光》《河流的秘密》《坐在夜色渐浓的码头》等,都是这方面的代表作。在这些诗里,不仅有江南水乡的昔日风光,更蕴藏着诗人的童年和成长岁月,乃至生命的过程。正因为这些原因,才使他的这些诗与众不同,更有意味。

陆群,笔名子薇,松江人,诗歌散见于《诗刊》《星星诗刊》《诗歌月刊》等。著有诗集《冰山火焰》《向日葵里的密码》。也写散文,有散文集《远去的村庄》等。作品曾多次获奖。《岁月铐走了比我美丽的人》《每一个文字的凹陷都将被曙光填满》,一写爱情,一写亲情,都是她最

好的诗。她在《窗外·雪》中写道:

> 看窗外的雪飘落。雪中
> 她念及的目光愈加温热慈爱
> 大地上的忧伤与疼痛　被轻轻覆盖

她的诗在句式的排列上比较长,这是其语言的表述方法,也不妨碍她的诗意表达。但如果她再能有合理的调整,把类似议论的句子变为一种曼妙的叙述,清纯和明净的一面也许会显示得更多一些。

李潇,笔名皖梓。在读大学期间便热心写诗,从事诗歌活动,曾在上海松江区文联供职,现在中学任教。诗歌散见于《诗刊》《星星诗刊》等各大报刊。著有诗集《幸福如尘》《理想主义的暖》。作品曾多次获奖。他的诗简洁、明快,或寓一些哲理,得隽永之味。《回忆录》《理想主义的暖》《缘分》《光》《瀑布》《时间,并没有走远》《荷之梦》等,都可以视为这方面的代表作。

南鲁,本名王崇党。生于山东成武,毕业于解放军艺术学院。现居上海,任松江区文联理事、中外散文诗学会上海分会常务副会长。除了在《诗刊》《星星诗刊》《文学报》发表诗作以外,并出版诗集《南鲁诗选》《南鲁的集镇》等。他很善于从生活中发现诗,也很有些奇思妙想,如《失衡的大地》《敌人》《石头》《蚂蚁》《唱片》等都有代表性。他的语言有时很浅显,如同口语,但味儿却不浅。《敌人》简直写绝了。《忙音》《真理》的意蕴更深一些,也更有味。但《轻轻地抖》《父亲突然害起羞来》等诗,在意味中更蕴含着一种感情的力量,更能打动人。这些都可说是他最好的诗篇了。

此外,华亭诗社有代表性的诗人尚有陈仓、漫尘、夏午、罗琳、许云龙、王召强、那雪等。另有一些散文诗作家,将在散文诗的专节里加以论述。

五、陆飘与浦江文学社

陆飘是浦江文学社的社长,本名陆金昌,当过教师,又在商海浮沉,即使在浪迹神州时,也留下了许多诗篇。其实他从1985年就开始发表诗作,《诗刊》等杂志都曾发表过他的诗篇。先后出版有诗集《暗河》《北方的雪》《穿过月亮的黄灯》《惊雷的脚步》等。

陆飘写诗和发表诗作固然很早,但他的出名却在21世纪初。《穿过月亮的黄灯》《惊雷的脚步》都可视为他的代表作。《穿过月亮的黄灯》一书刚一出版时,张慧就曾写过评论《一席明月照愁心》,对陆飘的诗从"多重叙事结构""月亮的意象"和"家园情结"三个方面进行了系统的论述,此处不再重复,只想对其《惊雷的脚步》中的诗做一简要的论述。

该诗集以写纪游和行旅的诗居多,也有不少是写他对故乡与母亲的思念的。如就诗的情韵和意味来说,《故乡》《月亮的柴门庭院》《老宅》《摇过外婆的小桥》都是比较有代表性的,而前两首的情韵似乎更深一些。《月亮的柴

闵行区浦江文学社陆飘主编的期刊

门庭院》充满想象,以一种委婉低缓的笔调抒写着月光下(甚或是月亮中)的柴门庭院:

在神秘的庭院中
你可以拥抱着仰望那一棵参天银桂
呼吸满树星星溢发的异香
当你回首的时候
就会看见那出墙的桂枝
以谦卑的姿态俯身面向大地

全诗安谧而幽静,浸润于一片银辉之色中,仿佛使人置身于一种意境之中。《惊雷的脚步》与以上数首的情韵与意味不同,但同样是其中最有代表性也是最好的诗篇之一,全诗如下:

沉默着的时候
像一个孤独的散步者
在黄昏的树林里
苦苦地思考着真理的出路

当暴风雨像果实一样成熟
就迈开隆隆的脚步
突破漆黑的重围
踏出一片明净灿烂的天空!

此诗虽然写的是天象,内涵却相当丰富,寓有哲理,既可喻道,亦可喻人,其实也是诗人在人生追求和诗艺探索道路上的一种自身写照。此外,他的《戈壁》《秋夜情思》《老酒杯的哀悲》《裂缝》《听刀郎的歌》《天眼》等诗,虽然风格与题材各不相同,却也有可取之处。

《惊雷的脚步》和《穿越月亮的黄灯》,这两本诗集基本上代表了陆飘近些年来的诗歌创作成就,也逐渐在形成其自身的一些风格特征。就其总体情况而言,陆飘的诗,以写亲情和故乡的题材最为出色。如《那条小路我不敢走》《故乡》等诗都有着对母亲的深切思念;《摇过外婆的小桥》《老宅》等诗,既有着对故乡亲友的深情眷恋,又散发着故乡旧宅花草树木的美妙气息。他有一部分诗,如《暗河》《惊雷的脚步》《进山》《美人眼》《峡谷》等,因有着传统与现代微妙而恰到好处的结合,显得委婉含蓄,有着现代意义上的耐人寻味之处。《摘露》《河水在流淌》《苦果》等诗则蕴含着生活的哲理,《读诗经》《乌贼》等也都创意奇特,别有滋味。他有些诗在比喻和意象的使用上也显得十分饱满,如"在苍凉和雪飘中,我享受孤独的静"(《狼的自述》)、"熟透的秋,胀鼓鼓的"(《十月的黄昏》)……在《大漠无声》的荒凉苍老、古朴悲壮的氛围之外,他有不少咏物诗也是值得我们关注的。《长风》《雄狮》《蝴蝶在你眼前翩翩起飞》《瘦月》《高粱地,红高粱》《君子兰》等,所咏对象不同,然各有寓意,各有成功。特别是那些咏月或与月相关的诗,大多写得情境完美,令人遐想。

陆飘新近也写了些散文诗,除了上面提及的《秋夜情思》《老酒杯的哀悲》两篇之外,《静卧在广袤的原野上》《离开喀纳斯》《寂寞是一杯浓浓的酒》等也是值得关注的,字里行间都充溢着诗情与诗意。如《离开喀纳斯》是写离别之情的,他不仅把白桦拟人化,而且赋予感情,犹如多情的诗人一般,与一个即将离去的诗人依依惜别,相视流泪。而

《静卧在广袤的原野上》一篇,则充满着诗人对诗的追求与探寻:

> 我静卧在广袤的原野上,仰望天上的日月与繁星,亲近地上的草木和萤火。
>
> ……………
>
> 我在星光与萤火指引下寻寻觅觅,在虚幻与现实的树上,在象征与超现实的枝上,在明喻和暗喻的花叶间寻摘诗句。

尽管这是对诗的探索与理解,但他却用意象和比喻来加以表达,从中正可以看出他的用心。他还以散文诗的方式来表达他的诗歌理念,这并不多见,却又与古代的以诗论诗和论诗绝句正不谋而合,一脉相承。

曹剑龙在20世纪80年代即开始发表诗歌,曾用笔名陈行、剑锋、晓剑等。作品散见于《解放日报》《新民晚报》《上海文学》等,一度中断写作,自2013年加入浦江文学社,诗情重新燃烧,先后出版了诗集《枕流掬珠》和《空间》。现任《上海外滩》总编辑、上海城市诗人社社长、浦江文学社秘书长。

同是浦江文学社的台柱子,曹剑龙的诗与陆飘有相同之处,也有不同处。陆飘的诗在原有的基础上比较追求诗的现代表现手法与技巧,对诗的品质与品位似乎有着更高的追求。而曹剑龙的诗在原有的基础上,则更注重语言的锤炼和打磨。应该说,曹剑龙的诗从一开始就有着流畅自然的特点,其诗意也往往在语言的表述中不经意间完成,他也很注重诗意的发现、蕴藉和酿造。《鱼饵》《微信摇一摇》《山溪之恋》《山谷》《雄性的风沙》《不喊星星的名字》《流星》《蚕和蝴蝶》《蝙蝠怨》《书上的蝉》《阉鸡的爱情》《花通人性》《大海与渔民》《古井》《两根竹竿》《笑看风云》等大量的诗,都有大大小小、深深浅浅、浓浓淡淡的诗意和诗味。开始往往不知所云,直到末尾,才巧妙跌出,有时甚至是轻轻点出,却更有味,让人会心一笑。虽然他写父母的几首诗也有感人之处,但从诗语和诗意的完美结合和题材的独特性来说,《两种柳绦》《浴女》《澡堂》数首,似乎更耐人寻味,《两种柳绦》有着江南的柔美,《浴女》写出了女性的特性,《澡堂》在真实描写的同时,也写出了澡堂的精、气、神。"满屋肉浪翻滚",真是绝妙之句,结尾也妙:

泡过澡的男人
坐定时还在通体发热
雾气笼罩着瞳仁
炯炯然闪亮
似乎妙相庄严

从他近期的创作来看,其诗有着更多的口语成分,语言更加轻松自然,也更加纯净,味儿也是淡淡的,似乎在朝着口语诗的方向发展。

任意的人生道路有点与众不同。他出生于上海,16岁后却到兰州工作,后又因工作需要回到上海。因此,他的人生线路图是:上海—兰州—上海。他的文学道路也有些与众不同。很多人早年都是从诗开始走上文学道路,转而写散文或小说,他是先写通讯报道和散文,两年前才开始写诗,居然出手不凡,上手就与众不同。而且诗思如泉,喷涌而出,一发而不可收,短短两年,便成诗百余篇,这就是诗集《今夜我在山里》的问世。因此,他的文学线路图是:通讯报道—散文—诗歌。

明代诗人杨慎说:"言之精者为文,文之精者为诗。"任意从写通讯报道到散文,又从散文到写诗,越写越精,越写越走向文学的纯粹性。他对诗似乎有了一种属于他自身的新的理解和认识,也似乎摸到了一种属于他自身的写诗的新路子。正是在灵感和顿悟的作用下,他写诗似有神助,而且形成了自身的一些特色。约略来说,可以有以下几点:

第一,以事入诗,生动有趣。任意在大量的诗中都有意识地穿插进一些人和事,让人不知所云,直到最后才跌出真相,或轻轻点出,方令人恍然大悟,或忍俊不禁,或耐人寻味。他有不少好诗,如《挖》《阿弥陀佛》《救救我》《冰棒》《老上海》《新邻居》《回家》等,都是用的这一手法,几乎都获得了成功。

第二,构思独特,有智慧。任意写诗,很注意构思。他的《绑树》《走》《初冬》《雷雨中》《PENG》《某小区》等诗,都因视角独特、构思巧妙而与众不同。有些诗不仅构思独特,而且还蕴含智慧,带有一种智性的写作。如《墙上的钉子》《雾水》《机关·枪》等都属此类。《磨刀》一诗颇有现代派的技法,磨刀人把"刀口磨出了寒光",本想杀死那个恨了几十年的仇人,但他刚冲出院门,"被篱笆庄拽住了衣裳/他听见衣襟撕裂的声音",就是因为这个原因和"声音",使他犹豫了一下,"急忙把刀藏好",打消了杀人的念头。他的《雪山驼掌》也是用的同一手法,使这些诗既含蓄,又暗藏机趣,耐人寻味。

第三,情味深长,以情动人。尽管任意有不少诗构思独特,暗藏机趣,以事入诗,充满智慧,但他还有一些诗则情味深长,以情动人,颇耐吟咏。这在他写父母和故乡之情的一些诗中表现尤为充分和突出。《一把镰刀》《八月十五晚上》《父亲的烟斗》《夜空中最亮的星》《父亲节》《这玻璃》《那一天》等是写父亲的,《陪妈妈散步》《药罐》《几株柔弱的草》《空巢》等是写母亲的,两者都很有代表性。其中《墙上的钉子》《晒》《回乡》最具情味。再如其《陪妈妈散步》的最后几句:

我们越走远

越贴近

银色的月辉照着我们来路

也照着我们去路

月色的温和、柔美和宁静,与母子此刻散步时的心境是相同的,读起来特别和谐,益觉情味深长。

平心而论,任意的好诗远不止此,其特色也不是以上所列三点所能道尽的。如他有些诗亦庄亦谐,相当幽默。有些诗则敢于对时弊加以讽刺,如《套餐》《等》《骗》《三兄弟》《救救我》《PENG》《目击》等均有讽刺意味,《二十五史》则有弦外之音。此外,他的《坚果》《兰州》等也都短而有味,《黑戈壁》妙在末句,《痴呆老人》则有着对不幸之人的无限同情,《九月初九》不仅有味,且有妙句:"他不断给影子敬酒/影子摇摇晃晃,不懂世故。"以月牙泉为题的好诗不少,但他的《月牙泉》也别有构思和意味。昔人都认为唐人杜牧善以数字入诗,任意也是这方面的高手。他的《走》《六十上下》《回家》《套餐》等诗都以大量数字入诗,不觉其累,反觉其妙,真匪夷所思。

夏风,原名徐瑾,出版有《风吹渡》,因为她是闵行诗社的成员,又是浦江文学社理事,为此,浦江文学社特意从这本诗集中选出20首,举办了"夏风诗歌朗诵会",陆飘等人亲临会场,并登台朗诵,气氛和谐,效果甚佳。

平心而论,这20首诗都有被遴选的理由,也各有可圈可点之处。《端阳祭》《普洱茶饼》《诗存在的证据》《七月,行走在河西走廊》(四首)最为突出。其次有《蝶梦》《你走之后》《风过苇间》《花有信》《风铃》《外公》《忆太湖残荷》《在苏州平江路》《沪沽清晨》等。

《今夜兰州有雨》短而富有诗意和趣味,《嘉峪关,征人未还》写得极为壮烈,令人热血沸腾。"燕子低鸣/我看见它们的眼泪/结晶成沙"已是妙句,而结尾处更是壮怀激烈,有英雄一去不复返之慨;《敦煌有伤》大气而有沧桑感;《千年河西,燃烧不息》的末句"被严重烫伤",有丰富的内涵,也有一种精神上的传承和感染力。

其实,夏风的诗集《风吹渡》里的好诗很多,《风筝线》《梅影》等也都可引起关注。她用一种非常簇新流畅、充满活力的语言来写诗,表达自己的各种感受,新鲜生动,却不晦涩。既有灵性,又有气息。富想象,很空灵,但她空灵而不空洞,也不空泛。多有创意,不袭他人。时有妙思,显示出一种智性的创作和表达。有些诗很柔美,有些则很大气,有些在柔美的风格中不失悲壮的情怀。我们从中既可看到她柔情的一面,也可看到她的侠骨。这也正是其诗思想感情的两个重要方面。夏风写诗的潜质很高,今后的发展颇令人期待。

六、严志明与浦东诗社

严志明从20世纪70年代就开始写作,并发表诗歌和小说,但他在上海诗坛比较活跃的时期,却是在21世纪初。出版有诗集《飘曳的琴音》《挂在树上的歌》《岁月河里的波音》《年轮时光的碎片》《长翅膀的诗韵》《炊烟里的乡愁》等,也写散文与报告文学。

当不少诗人在热衷于新的诗派或潮流时,严志明却始终遵循着自己的诗歌观念:"我写自己身心的体验,写自己丰富的感情经历。"所以,他的诗往往能以情为重,并能以情动人。不仅《春夜》《春夜的月光》《月光》《静夜里的河流》《窗外的月光》《今夜看月》《柔情的月夜》等诗有着浓浓的抒情气息,即使对那些野草、古树、紫燕、菊花、桃花、孤雁、草莓、老屋、芦苇、铜像、孤灯、腊梅、白鸽等寻常之物,他也往往赋予了深深的情怀。至于春雨、秋风、冬雪,那更是他反复吟咏的图景。

严志明主编的《浦东诗坛十五家》

不过,其中最能拨动我们的心弦的,还是他那些写母亲、家庭故乡和农民工的诗篇,他在《母亲的缝补》中写道:

坐在晚秋的黄昏里

穿针引线,把全家人人心凝聚在一起

缝补全家人的四季时节

……

缝补我流血的伤口

缝补她持家勤俭的朴素性格

缝补她忧伤与梦想的心愿

母亲的缝补,不仅是全家人的破碎衣服,而且"把全家人与人思想隔膜的裂缝缝起来/把全家人的人心缝起来",这就深化了母亲缝补的意义。不仅如此,诗人继续挖掘着其中的深意:

> 母亲的缝补
> 给家人一缕缕炽热血脉的温暖
> 给家人一种坚毅柔软的力量
> 流动在我们的血液与骨骼

如今,母亲老了,当年缝补的手瘦得如干树枝一般,还裂着伤口,但谁也无法去缝合,于是,诗人只能为母亲洗手,又满怀辛酸地写下了《母亲的一双宿命手》。母亲去世以后,他又以无限的伤感和思念写下了《感受母亲》:

> 深秋的芦花白了
> 母亲的头发也白了
> 母亲弯曲的背影
> 在白发路上珊珊走远
> 月夜苍白的梦里
> 我走进沧桑陈旧的老屋
> 听见清瘦的母亲在月光下叹息声

当今诗人中写母亲的佳作不少,舒婷、李汉荣、缪克构等都有这方面的好诗,严志明无疑也是这方面的代表诗人之一。此外,严志明也

关注底层的劳动者,写有《致民工》等诗,其中《磨刀工》和《身边走过的民工》更为优秀。他在《磨刀工》中写道:

  一个古铜色的老人
  在不停手磨着
  那些菜刀、剪刀望着他的汗脸
  倾听他疲惫的咳嗽声

  就这样,磨刀工坐在沧桑岁月的深处,"一天一天地磨着/把自己磨得越来越瘦/把命运磨得越来越薄/他真实的影子已记不清了"。随着岁月的流逝,别人可能已把他淡忘了,但诗人却用诗把他记下了,镌刻进他的诗行里。而在《身边走过的民工》里,诗人又记下了一个民工的形象,在破碎的月光下,忽有一个民工走过了诗人的身旁,只见他"回望远方/凝重的深沉脚印/已叩响河流奔向沉默的日子/梦幻与花朵升起在他枕边"。接着,诗人又描写道:

  他裸露的壮实肩膀
  磨亮了月光与肩头
  他那双混浊的眼眸
  裂出灼热的目光
  在匆匆攀登
  远方的脚手架
  去接近最新的太阳

这是一幅出色的素描,混浊的眼睛里充满希望,给人以联想。严志明的诗在语言上不务新奇,却很考究,有着纯粹的抒情味道。他讲究语言的纯粹和感情的纯粹,而且能把这两者很好地交融在了一起。

戴约瑟,出生于上海,考入北京师范大学,毕业后分配到内蒙古教学,退休后返回上海定居。为浦东诗社副社长,也是浦东诗社的中坚力量。出版有诗集《上海,请听我说》《城市布谷鸟》。他在《上海,请听我说》的《后记》中曾说:"我平生因教学与研究的需要,无法拒绝古今各种流派、各种形式的诗;但以个人兴趣讲,最容易引发我共鸣的,还是'五四'以来中外现代诗坛名家的新体。"我们从他第一本诗集中的大量作品,可以看到这种影响。《白头翁》《暂别外白渡桥》《上海国歌纪念广场》等都是他较好的诗篇。《陨石集》《板栗集》抒写内心的人生感受,文字跳跃,灵动自然,也是其代表作。他在《谁相信》一诗的末尾写道:

都以为我的生活无比轻松
谁知道我的诗与梦那么沉重

可见诗人的内心深处,还有许多丰富的情感和深沉的思考。在后来的诗中,他力求变化,借力"变法",突破自己,强化"自己的软肋",但并非获得完全的成功。《煤油灯》《无腿的歌声》《落叶的美丽》等较好的作品,似乎都是原有风格的延续。

除了严志明和戴约瑟,浦东诗社的中坚力量还有杜兆伦、张仪飞、何国胜、邵天骏、周晓兵、王荣根、孙金龙等。杜兆伦既写新诗,也写散文诗和齐言诗。他认为"诗是心灵的镜子,情感的小溪,云彩的羞涩。诗是奔跑在旷野的独狼,咆哮在海浪中的身影。"这些对诗的比附和认知,在他的诗的书写里,都曾出现过。张仪飞为浦东诗社副社长,《浦东诗廊》副主编,诗与散文都写,也擅书法。何国胜为《浦东诗廊》副主编,以写诗评为主,诗与散文都写,是浦东诗社中重要的诗评家。

邵天骏为《书香美文》主编,以散文为主,兼及诗与评论,多次获全国大奖。至今已在《新民晚报》《解放日报》等各大报刊发表散文、诗歌和评论200多万字。

七、宝钢文艺协会

在改革开放的大潮中,宝山钢铁公司名重一时。在引进了大量科技人才的同时,也引进了不少文化人。其中包括了不少著名作家和诗人。在建设宝钢的过程中,也形成了一支文学创作的力量和诗人队伍。毛炳甫、莫臻、落依(曹爱红)、倪家荣、萧鸣、韩建刚、吉雅泰等都是其中的代表诗人。

落依,本名曹爱红,另有笔名曹悠悠,1983年毕业于复旦大学新闻系,曾在《宝钢日报》社任编辑。喜写诗与散文,已出版诗集《白雪上的红草莓》《花儿半开》《和你在一起》等。读她的诗,会感受到一种少女的纯真情怀,似有一股清澈见底、纯净可爱的溪水潺潺流入心田,沁人肺腑。

由于经历的不同和情感色彩的不同,她的诗风也不尽相同。当她刚踏上宝钢这块热土的时候,青春的热血立刻沸腾了起来,马上融入了如火如荼的时代洪流之中,写下了《火的律动》《和你在一起》《牵手》等一系列充满激情的铿锵乐章。从这些自豪而又热烈的诗句中,我们不仅看到了宝钢人当年的风采和精神风貌,而且也可以看到她的成长。这就是说,落依的诗,除了人们所通常认可的纯情、柔美的一面以外,也有她铿锵有力和充满豪迈之气的一面。

当然,我们也不得不承认,代表落依基本风格的,还是那些抒写少女寂寞、纯净柔美的诗篇。像《欢乐和痛苦》《致友人》《不语的花》《眼泪项链》《日下花、灯下花》《低低倾诉》《希望》《痕迹》《初恋》《少女时代》等,都可以说是这方面的代表作。这些诗大多都写得那么凄美,那么纯净,那么透明,那么可爱,简直可以洗涤人的心灵。而《一人独处的时候》《少女时代》等诗,在清纯可爱的诗意中,往往还透出些许哲理和人生感悟,给人以启迪。这些诗,正像王坚忍在《青春和童话的糅合》一文中所形容的:"如果比之于音乐,是江南的丝弦细细,箫笛低低,若有若无,如梦如幻;比之于花儿,是初夏素白的栀子花,在不起眼的角落,飘逸出幽幽清香,不绝如缕;比之于自然,是春夜的映着明月的一口池塘,清辉盈盈,池光青青,柔美宁静,韵味悠长。"

应该说,落依有许多好诗已被别人关注到了,有的已被选入各种选本和报刊,有的甚至获得了各种奖项。然而,如果从诗出发,她的《初恋》和《一个女孩子和一束花》似乎更应该引起我们的关注。前者每一句几乎都是一个意象,而每一个意象的指向都是初恋,内涵极其丰富,少女的初恋本身就是内敛的,以一种含蓄委婉的手法来表达一个少女初恋时的情怀,可以说是恰到好处。后者不着议论,也不抒情,从头至尾就是单写了一个女孩在"一条弯弯曲曲的小径旁"采野花的过程,却极富象征意味,其中描述的每一场景、每一动作、每一细节,都颇耐人寻味和深思,具有极大的可分析性。诗中似乎在隐喻人生的某些现象,又不完全是,若即若离,充满着弹性和张力,给人以许多想象与联想的空间。实际上,世界上有不少好诗和杰作,往往都在不经意间得之,就连作者本人也未必意识到。像这首《一个女孩和一束花》,

就可视为落依最好的诗篇之一,也可视为改革开放以来的佳作之一。

倪家荣曾任《宝钢日报》总编、宝钢电视台台长,很早就开始写诗,早期出版有诗集《晨歌》。即使以今天的目光来看,其中有些诗作,如《犁》的锋利,《灯光》的委婉,《我们一起轻轻地走过》的美丽动人,仍都是值得称道的,也都是比较成熟而完整的诗。而今读他的新诗稿本《晨风》,其中仍有一些好诗。

该诗集大致由三方面的内容组成:一个是行旅诗,主要记载了他踏访日本、俄罗斯,以及中国台湾、徐州、青海等地的所闻所感;其次是他对故乡的思念与吟唱;余下的是他的一些杂感与咏物诗,如《梦中杂感》《折翅的蝴蝶》等。

其中占比重最大的自然是那些行旅诗,足迹所到之处,感触不同,因而笔下的诗句也不相同。富士山作为日本的象征,古今中外也不知有多少诗人描写和吟咏过,但在倪家荣的笔下却是"其实是一个孤身只影/垂垂老人头上的一顶冰纱帽/悬在空中",画出了他的独特感受。其访俄罗斯的心情也是相当复杂的。"阿芙乐尔"号的炮声曾掠过大地,划破长空,震惊了整个世界,如今却沉默着,诗人于是在《游涅瓦河》的末尾写道"历史就像涅瓦河/曲曲弯弯/流向芬兰湾/流向波罗的海/然后汇入广袤的大洋",含蓄地表达了他的感慨,他的沉思,颇耐人寻思和回味。

不过,最让人感动和兴奋的,还是他游览踏访中国台湾后所写下的那些诗。也许是从小在海岛长大的缘故,倪家荣从小就有一种海岛情结,对台湾岛的恋情较一般的中国人要强烈得多,诚如他在《宝岛行》(外一首)的小序中所说的:"梦牵魂绕/相思苦恋/一朝成真/不禁心潮逐浪/感慨难言……"正是在这种恋情的支配下,诗人发出的声音也显然不一样了:"难抑心的狂跳踏上你的土地/我已梦你半个世纪/

捧起脚下的泥土禁不住热吻/搂住多情的草木难舍难分。"

总之,无论是《阿里山》《作别》,还是《日月潭》《故宫博物院》,字里行间都浸透了诗人的同胞之情,时时处处都洋溢着诗人的爱国之情。"亲情、乡情、水情",他简直就把台湾岛视为崇明岛,当成自己的故乡来加以赞美和拥抱了。

在倪家荣的诗歌创作中,故乡一直是他的重要主题之一。《晨歌》以后,在《晨风》中,诗人仍以饱满深厚的激情,继续歌唱着他所挚爱的故乡,写下了《梦中故乡》《海岛,我亲爱的故乡》《想起故乡》等一系列诗篇。他在《想起故乡》中写道:"想起故乡,就想起诗/诗行就像家乡蓬勃的秧苗/绿得扰人,梦里都想和她在一起。"诗人已把故乡与生命紧密地联系在了一起,而且比喻不俗,点出了一个充满生机活力与绿意的故乡,颇为难得。

倪家荣写诗喜用短句,能注意到节奏的转换和力量,有些句式用语很受一些古诗文的影响,可以看出他在这方面的修养。尽管如此,他有些诗句又是极具现代意味的,如"五光十色借着黑暗肆意扩张"(《东京湾》)、"广袤的原野举起亿万双绿色的手"(《春歌》)等,无论从诗或画面的角度,都是很有现代感的。

箫鸣,本名肖伟民,宝钢的代表诗人之一,早年曾在《文学报》《解放日报》等报刊发表诗作。出版有诗集《钢蓝色的光芒》。

"这辈子/总是在钢铁与钢铁之间穿行。"箫鸣很早就参加了宝钢工地的建设,并在此献出了他的青春,他的全部,还写出了一系列光辉灿烂的钢铁诗篇。《钢铁诗人》《怀念钢铁》《钢蓝色的光芒》《起吊工》《我听见一个声音》《黎明,我走向沸腾的宝钢工地》《宝钢工地速写》等,都可以说是他的代表作。他"那支淬过火的笔……每天都在寻找铿锵的音符"。但他的音符和旋律与刘希涛很不相同。同为钢铁诗人,刘希涛偏重于钢铁厂的各种人物描写和塑造,萧鸣虽然也有"宝钢人"的人物塑造,如《起吊工》《不死的天堂鸟》等,但他更多的是对钢铁的直接描写与抒怀,如他在《怀念钢铁》中写道:"熊熊炉火/不仅冶炼钢铁/也冶炼思想、信念和力量。"

他能在钢铁发出的声音中,发现钢铁的品质:"纯粹、正直、坚定。"这不仅是"钢铁的声音",而且是钢铁的品质,也是"宝钢人"的品质,正是这种品质,"支撑起一个民族的脊梁"!从他的这些诗句,以及他对曾乐的描写中,我们看到了"宝钢人"钢铁般的品质,以及"宝钢人"意气风发的精神面貌。

萧鸣的钢铁诗篇不仅揭示了钢铁的品质,而且写出了钢铁与他生命之间密不可分的关系:

> 我怀念钢铁
> 就像怀念一个亲密的伙伴
> 它那无处不在的光芒
> 已深入我的血液
>
> 是的　与钢铁在一起
> 所有翻过的日历
> 都变得格外有分量

正因为钢铁的光芒已深入到了他的血液,使他的生命与钢铁融为一体,才使他的生命显得更有意义,"格外有分量",以致终生难忘。正像他在《钢蓝色的光芒》最后所写：

> 有一种回忆刻骨铭心
> 有一种内省热烈而痛楚
> 从放弃到坚持
> 所有走过的岁月
> 都在这一刻被你照亮

照亮他的不仅有钢蓝色的光芒，还有炉火里的钢花和璀璨的焊花。他对焊花的感受别具一格，凡写到焊花的句子，都极漂亮，出色迷人，犹如笔底生花。

然而，无论是"宝钢人"还是"钢铁诗人"，归根结底还是人。凡是人，难免有七情六欲，离愁别绪，人生况味，萧鸣也不例外。不可否认，萧鸣的这部分诗比较庞杂，分类编排上也未完全厘清，但其诗的丰富性、艺术性、复杂性和深邃感也多在此。《雁阵和吹箫者》，当然是完善的，自不必说，再如《长江断想》的开端：

> 长江
> 和着你的涛声
> 你感觉到我血液的奔腾么
> （二）
> 我是茫茫水域上永恒的漂泊者
> 千百年寻求
> 灵魂的归宿

面对浩浩长江，绝大多数人都有一种望"江"兴叹的感觉，感想很多，却无从下笔。而箫鸣却以寥寥数语，便把自身的血液与浩瀚奔流的长江之水联系了起来，呼应在了一起；并把自己视为一个"永恒的漂泊者"，在寻求"灵魂的归宿"。我们可以毫不夸大地说：若把这些诗句置入泰戈尔、冰心的诗集中，足以并驾齐驱，毫不逊色。

很多人都关注诗与感情和内心世界的重要性，却未必理解诗与生命的微妙关系，更难以感受和理解诗对一个人生命的重要性。但从箫鸣的这本诗集，特别是第四辑的诗中，却看到了诗在一个人的生命中的重要意义，以及诗歌对一个病危之人所展示的神奇力量。在当代诗人中，只有海岸的诗集《挽歌》能与之媲美。他们二人都曾与死神擦肩而过，都曾在生死之间徘徊、纠结、挣扎过，都曾以生关照死，并曾以死来回看生，有着对生与死的种种体验与思考，写下了一系列凄美苍凉、楚楚动人的诗，两者有异曲同工之妙！

综观箫鸣的诗，尽管前后期的题材侧重不同，艺术表现手法也时有变化，呈现出的风貌也各有差异，或铿锵，或豪壮，或低沉，或清丽，或苍凉，但清新、明快、洒脱的语言，仍然构成了其诗的基本风格与主要特色。他是一位有思想的诗人，想"让思想在更高处飞翔"。他有自己的诗歌理念，坚持一种有尊严的写作，始终保持着一种独立思考的精神，"让自己只剩下爱、纯粹、悲悯和作为自由公民的孤独"。他无疑是一位具有独立品格的诗人。

韩建刚也是宝钢的代表诗人之一，也写散文与报告文学。曾出版有诗集《思念你，我转岗的兄弟》，与箫鸣合著诗集《奔牛》，另著有散文集《到宝钢的路》等。尽管他后来也写过一些父母情深、儿女情长的诗篇,但他大量的诗还是围绕着宝钢人的创业精神展开的。他不仅写出了宝钢的风雷云雨,也写出了宝钢人的千姿百态,各个行当中的英雄模范。从曾乐到叶敏的《钢城劳模速写》,从《钢铁硬汉》《吊挂工》《火清工》《老司机》到工会老友、宝钢新蕾托儿所,甚至是转岗的兄弟,他都关注。他的诗朴素流畅、感情真挚、充满激情,的确折射出了宝钢人的精神风貌和百折不挠、坚强无比的宝钢精神。

八、桂兴华诗歌工作室

2011年7月22日,"桂兴华诗歌工作室"在上海浦东塘桥社区文化中心揭牌。桂兴华曾是塘桥的居民,之前就与塘桥有联系,如2009年11月,他的《前进!2010》一书的定稿会,就曾在塘桥召开。工作室成立以后,每月举办一次"经典诗歌赏析及朗诵的系列讲座",吸引了宝山、嘉定、长宁、虹口等区的居民前来听讲。这个工作室的活动方式和诗歌生态与其他诗社有很大区别,颇有自身的一些特点,如注重草根,注重社会底层,注重朗诵,注重政治,注重时代。几年以来,形成了居民组成的"春风一步过江朗诵团",走向社区,走向地铁,走向浦东"迪士尼"工地,走向上海书展,甚至登上了上海音乐厅这一辉煌的艺术殿堂。也就是说,大多数诗社仅是诗人之间的交流活动,而桂兴华诗歌工作室则冲破了这一狭小的圈子,把诗引向了社会,引向了公众,引向了城市文化。为了提高朗诵团的朗诵水平,工作室还请来了丁建华、乔榛、方舟、梁波罗、陈少泽等朗诵艺术家前来指导,并合作演出。与此同时,工作室还在塘桥举办了两届"中国当代政治抒情诗高峰论坛",张炯、黄亚洲、陈圣来、毛时安、朱先树、李小雨、傅亮、王幅明、宓月等诗人和评论家都曾前来参与讨论。

九、"一钢四友"与《兰言集》

"一钢四友",取自冯允谦为诗集《兰言集》所作的题记。四友是指冯允谦、程友谨、周晓鸣、徐生林(林原)。他们本是上海第一钢铁厂的同事,因雅好诗歌,把平时所作加以遴选,于2012年集结打印。取名《兰言集》,则受《周易》"同心之言,其臭如兰"的影响,故书中每页底部,均印有"四友同心,其言如兰"的字样,以明缘起。其中,徐生林(林原)早年在第一钢铁厂颇有诗名,其抒情长诗《野草的长征》曾在钢厂千人大会朗诵。徐生林后考入华东师大攻读古典文学硕士,毕业后在市农委机关报任主编,并与朋友创办上海心灵花园心理咨询中心。

四人都有一些古诗基础,但并不拘泥于古诗词的一些束缚,而是采用古代律绝和词牌的形式。不讲平仄,自我抒发,径直写去,倒也自生形象,自有意味,读来雅韵十足,诗味浓郁,称之古诗新韵也可。细味之,其实集中有不少诗在平仄上如稍作调整,使其平仄和谐,便成符合格律的律诗或绝句了。他们虽有让人扼腕之处,但转念一思,诗不论新旧,只要韵味诗意不失,便是可取的。从这一点上来说,"一钢四友"在《兰言集》中的大部分诗,仍是比较成功的。其中有些诗恐怕比一些徒有外壳和格律而无意味的律绝还要高明一些。

十、陈佩君与海上风诗社

陈佩君与殷放曾分别担任过海上风诗社和新海上风诗社社长,后殷放另组诗社,出版有诗集《年轮》,陈佩君则于2003年出版诗集《行囊》,以清新的诗风为主,语言也比较纯净,曾引起过部分诗人的关注。与此同时,她也写散文与小说,于2016年又推出了诗与小说的合集

《魔都咖啡》。收在这里的诗可谓精彩纷呈，佳作连连，无论是抒情还是咏物，无论是写城市的钢铁水泥还是描写江南水乡的妩媚风光，都充满着浓郁的诗意。《衡山路》《百合》《一盏禅灯半轮月》《禅坐》《江南水韵》《月光的祈祷》《青衣》《对白尼采》《城市流派》《我会在最美的时刻飘落》《手掌心》《指甲》《魔都咖啡》等一系列诗，都可圈可点，值得称道。她在《一盏禅灯半轮月》中的一节中写道："收起散落的花/收起时光部落里的种子/我蛰伏在你的思想里/寻找祖辈的光芒。"《在时间的深处》一诗中，她又写道：

　　记忆的碎屑散在这条道上
　　感受延伸下去的温暖

可以说，在这个集子里，她大量的诗基本上都用这种柔美而又充满意味的语言写成。比较起《行囊》里的诗，显然更加成熟，在柔美绚丽的语言和意象中，弥漫着她的诗情、思想和人生感受。

十一、傅明与海派诗人社

傅明，1963年生于上海，笔名周洄，毕业于上海第二教育学院中文系，一直热心于文学与写诗。先与陈佩君、殷放等一起筹建海上风诗社，后在2015年夏，又发起成立了海派诗人社，主编出版有《海派诗人》诗刊。里面除了各种诗歌栏目，尚有理论探讨。有时还会联合其他民间诗社共同举办诗歌研讨活动。

在上海民间诗社中独具一格。他本人出版有诗集《神弓》和《亿万光年》。他的诗都不太长，语言相当简洁，诗脉清晰，题意集中，《幸福

傅明主编的《海派诗人》诗刊

的微笑》《悟道》《竹海》等都很有代表性。他的诗味以清淡为主,有时会有一些构思,如果涉及一些感情方面的话题,会有一些动人之处。他有时会带母亲外出旅游,返程途中,"快速的高铁上/最后一站/是她的微笑",生动而含蓄地写出了母亲盼望到家的急切心情。他的诗多半都是虚实相间,凡结合得好的地方,往往会显得比较空灵,也更多一些诗意和诗味。

十二、美芳子与长衫诗社

美芳子,本名孙云卿,毕业于南京师范大学,中学资深语文高级教师。曾出版20余种语文教学类著作。并出版文史随笔集《闲寓品小录》,也喜写诗。早在"文化大革命"之前就已发表诗作。但其在上海诗坛的活跃和影响,却是在21世纪初。创办长衫诗社,担任《长衫诗人》诗刊总编,主编《长衫诗丛》,并出版有个人诗集《半瓣花朵》。一切有条不紊,井然有序。

美芳子爱写短诗,也提倡写短诗,曾写有《谈谈现代诗的短、浅、美》等文。故其诗集里的诗几乎都是短诗。以咏物、写景居多,笔迹轻轻的,很少浓墨重彩,都是淡描,往往三言两语,便成一首,却不乏诗意,味儿也是淡淡的。

让人想起周作人、冰心、刘大白、《雪朝》中的一些诗。但他却有自身的味道，如组诗《寺院物语》便是前人很少有的；他那些写城市风光的短诗，也是以前所少见的。即使一些咏物之作，如《半瓣花朵》《一片枫叶》《含羞草》《梅雨》等，也有他自己的发现。"五四"时期风靡一时的"小诗"，在田间的街头诗运动中曾流行过一阵，此后即难觅踪影。改革开放以后，孔孚等少数人曾关注过，上海李忠利的六行诗也有一些影响，铁舞又提出过"极简主义写作"，如今又有美芳子的短诗和长衫诗社的提倡，不仅活跃了上海的诗坛，使上海诗歌的品种更丰富，同时也使"五四"新文化运动中的"小诗"传统得以继承和发展。

十三、"宝山三剑客"和周黎明

所谓"宝山三剑客"，是指宝山诗人郁郁、天水和小伟，这是默默的谑称，居然也被默认了。三人中郁郁最为活跃，既自编民刊《大陆》，又与默默的"撒娇诗院"颇多来往，同时也是海上先锋诗群的活跃分子。他原名郁修业，1961年生于宝山，少年时就与孟浪、李冰等多有来往，并开始诗歌创作。孟浪、京不特出国，他又与天水、小伟饮酒谈诗。著有诗集《在路上》《拒绝实用》《之间1997—1999》《亲爱的虚无亲爱的意义》等，多愤世之作，对现实也多持批判态度。《关于古代关于今天》《我心中的宗教景观》《我是我自己的法律》《十二月》《男人是河》等都是其有代表性的优秀之作。

天水，本名王天水，1957年生于宝山，大学毕业后在上海宝隆集团电脑公司任经理。1984年开始写诗，直到21世纪初才印行了诗集《诗十八首》，出版了诗集《放下》。其诗颇有品位，诗风清纯透明，意味隽永，《初恋》《秘密》《冬天的池塘》等都是他早年的代表作。《放下》里的诗可分两大类,一类写他内心的纠结、挣扎与痛苦,如《分手》《今生》《男人》等都属此类;另一类则豁达多了,仿佛顿悟了些人生的奥义,如《一个人》《跟团旅游》《眼睛老花了》等均在此列。他曾说:"诗是我的自慰、自恋、自闭、自我释放、自我发泄的通途。她,让我逐渐走向自己、走向内心的向往和归宿。"这段话可视为对其诗的最佳理解。

小伟,本名孙伟安,1957年生于吴淞,喜书画篆刻,也喜写诗文,著有诗集《门前的杨柳树》。其诗风主要有二:一是以幽默调侃的语调出之,竭尽诙谐嘲讽之能事,如《谈谈江青同志》《北方的女人》等均属此类;二是以略带伤感的抒情语调出之,如《想念雪》《清明节的阳光》《无题》等均颇有代表性。他有些诗的语言跳踯,却自有内在东西贯穿其中,需读者去寻绎回味,如《扑空》一诗,实际写诗人扑空不遇的心情,他偏不写出,只写"天黑了月亮没出来",写"这季节地上没有落叶让我践踏/我践踏自己的影子",最后"点一根烟/回家",以这些动作来映衬和暗示自己的"扑空"心情,显然要含蓄多了。小伟又擅长评诗,对诗有一种敏锐独特的观察能力,往往能一语中的,令人信服。

除了"宝山三剑客",宝山地区的重要诗人还有周黎明。他1964年生于上海虹口区,工商管理硕士,后为宝隆集团副总裁。著有诗集《心寂》《帆影集》,也写剧本与散文,有剧本和诗文的合集《独白·对白·旁白》。与天水一样,青年时的周黎明也写过不少情诗,语意流畅,真挚、单纯而又动人,姑娘的秀发小手和柔弱的双肩是他常用的意象,每每恰到好处。《梦呓》《五月二十日黄昏》《彼岸》《离别》《迷失》《邀你共舞》《孤独临江行》等都是这方面的代表作。他早期所写的都是比较纯粹的抒情诗,20世纪90年代中期以后诗风有所改变,纯情的句子少了一些,却多了一些自然和老成。

十四、陈曼英与闵行诗社

从诗歌创作而言，闵行区就有惊人的变化和力量增强：诗歌沙龙星罗棋布，诗歌刊物层出不穷，诗人阵容日益强大，诗歌佳作目不暇接，诗歌新人接踵而来……从陆飘、陈曼英、石淼、丁汀、薛鲁光、郦帼瑛、盛雨兰、魏守荣、赵靓，到郭利民、钱仲安、有妮妮等，其中有闵行的老土地，也有外来的新居民，有资深诗人，也有骚坛新秀，诗歌风貌也各有不同。一定程度上反映了当今闵行诗人的创作水平。由于陆飘和浦江文学社的诗歌前面已有论述，这里侧重对闵行诗社诗人的一些论述。

陈曼英是闵行诗社的代表诗人，出版过个人诗集《心亭》，又与他人合著诗集《东方四重奏》。《闵行诗人》刊物推出的两首皆为行旅写作。《爱情的珠泪》是写印度泰姬陵的，开篇便好，尽管泰戈尔有句在先，但绝不相类，各自生色。而结尾似乎更好，"秋风秋月之夜/月光向陵寝倾洒银白"，很是凄美；而"唯余冷寂/一行雁群飞过/拾起跌落的悲歌/追赶迷茫"，则是耐人寻思。相比而言，《喜马拉雅山之晨》似逊一筹，此诗写在尼泊尔的土地上观望喜马拉雅山南麓的晨熹，"等待太阳起驾接受朝圣"以下全是场景描写，末尾有想象。然诗中"渐渐放映出雪写的庄严"一句最为出彩，而"雪写的庄严"五字似乎更好。陈曼英的诗有时会有一种纯粹的抒情，前者更能体现出她纯情的一面。

丁汀早年曾有诗的情结，后长期在报社工作，采写了大量的散文和社会的纪实文学，出版有《马蹄放歌》等。如今重拾诗情，偶一发之，倒也别开生面，如从《新四季歌随想》《我是一个思想的火球》两首来看，传统意味更多一些，而前者尤甚。"枫红穗黄掠罅过"一句却很出彩,"枫红穗黄"更为突出。末尾跌出题意,否则尽写春,夏,秋,冬意义不大。后者把自己拟为"思想的火球",突出"思想",虽多议论,然议论中也有比附,确能感受到"火球"的灼热燃烧。语调与前者不同,如将"一个"改为"一团",似更形象。

郦帼瑛新诗、旧诗都很当行、出版有诗集《明月逐人来》《烛影摇红》等。其《如果世界是一片荒芜》一诗,主要是描写自身的精神状态,以为世界即使荒芜老去,但人的精神永存。此诗六节,节与节之间的衔接非常顺畅稳健,且通篇押韵,一韵到底而不露痕迹,见功力。末尾自得其乐,有如人间仙境。

薛鲁光文学创作涉及的面很广,小说、散文、新诗、旧诗,都能驾驭,也是闵行的代表诗人之一。表现手法和题材也比较多样,如在《秦淮河》中,他描写了秦淮河的夜景之后,又把秦淮河历史上曾有过的人事都巧妙地编织了进去,末尾生出叹息。《丽江的舞步》中意象纷呈,却又都是诗人在旅览丽江时在脑中闪现过的,化而为之。一条河与一条江,前者以典故为主,后者以意象为主,皆以感慨作结。

沈世坤除了写诗,也评诗,出版有《世界一幅水墨模样》《沉吟与微享》等,其诗评已引起张烨等诗人的关注。

钱仲安与郭利民也是闵行诗社的成员,都是能抓住诗的切入点,然后来挖掘其中的诗意的。如钱仲安的《父亲》以"一根扁担"刻写父亲生前的苦难与艰辛,以小见大,相当成功。然结处如换一种比喻,或会更有味,也更耐人寻味一些。《秋分》相当扣题,也有巧妙处,"天空被洗得/辽阔高远"固然好,但如有"湛蓝"之类的词语则更好,末尾就丰富多了。郭利民的《二泉饮月》有点别致,题目一字之改,生出许多意味。全诗以另一种方式表达出对阿炳的同情与思念。《一座叫吼的山》纯粹是一种发挥和连缀,也可以说是对"吼山"的另一种理解,别有创意。

同样写秋,有妮妮与魏守荣的写法,与钱仲安的《秋分》又有不同,钱仲安着力写秋之节气,而有妮妮写秋意笼罩下的城市,以及对她所带来的感动;魏守荣则通篇写秋之菊花,"赏"的成分甚足。三者各有千秋。至于魏守荣的《独处》,则比较含蓄,在景物描写中有弦外之音。此诗题意比较简单,但作者在语言的处理上比较妥帖。

石淼的《经济学规律》,实际上是首讽刺诗,而是用内在的深刻性和批判力量,在讽刺中仍给人回味。盛雨兰的《我的名字叫——青》以写景开篇,《奔》以议论开篇,都起得好。两首都是人生抒怀,表明着她的人生态度,以及她的人生追求和对生命的一种感悟。

平心而论,以上各位,都曾有过漫长的文学道路,或有过丰富的写诗经历,都可视为闵行区的代表诗人,尽管风格各不相同,也有点参差不齐,但在一定程度上仍代表闵行区目前的诗歌创作力量。相信在不久的将来,这支力量会逐渐发展壮大,使闵行区充溢着更多的诗意。

除了以上所列,上海各区县还有一些诗人在21世纪之初也相当活跃,如成雅明、李刚、潘大彤、石生、谷风、晓雾、沈家龙、张瑞燕、许云龙、叶青、费平、蒋荣贵、西库、朱吉林、茱萸、陈忠村、赵贵美、戴金瑶、李必新等,他们或组织诗歌活动,或创作诗歌新作,或进行诗歌朗诵,都为推进上海的诗歌发展作出了贡献。

第九节　上海诗词界的代表诗人(下)

进入21世纪以后,上海的诗词创作也有了许多新的进展和起色。

一些前辈诗人年虽耄耋,仍笔耕不止,时有佳作。而一些年岁稍后的骨干诗人,如何丹峰、金持衡、褚水敖、杨逸明、陈鹏举、姜玉峰、范文通、赵一新、张立挺、张佐义、刘永翔、胡中行、大凡、卢明明、曹旭、茆帆、喻石生、徐勤才、姚国仪、陆澄、齐铁偕、胡晓军、黄思维、庞坚、张青云、蔡国华、潘培坤等,开始活跃于诗词界。特别是褚水敖、杨逸明、陈鹏举、姜玉峰、范文通、胡晓军、陆澄、张立挺、胡中行诸位,他们一边自己创作诗词,一边在上海组织和开展一些相应的诗词活动,如端午节、重阳节来临之际,时而举行一些诗词吟诵和创作,有时也走向社区和基层,扩大了诗词的影响,推动了上海诗词的发展。更为可喜的是,上海近几年来,还出现了像张青云、方颐家、汪政、张雄等更为年轻的诗词作者,使中国这一古老的传统文化和文学品种,在上海这座现代化的大都市中也得以延续和弘扬。

一、金持衡与何丹峰

金持衡,笔名旗峰,上海诗词学会理事,《碧柯诗词》执行主编,长期讲授传统诗词。著有《衡梅斋诗文选集》等。他与何丹峰一样,也喜作律绝,七律尤多。其妙篇佳句也多在七律一体。《天岳关〈气壮山河〉碑》《缅怀抗日英雄张自忠将军》《风雨亭前缅怀鉴湖女侠》等,浩然正气,壮烈千古,读之令人动容,至今悲慨。《清明》《扬州廿四桥》《悼李汝伦诗翁》诸律,情深意长,韵味悠扬。其七绝亦有佳者,如《朱仙镇岳庙诗碑征稿应七绝》之豪壮,《金陵秦淮河》之情味,皆耐吟咏。其词则小令与长调并擅,婉约与豪放兼有。何丹峰《答金持衡吟长》一七律有句云"百代相扶廉颇友,千秋重拾伯牙琴",已引为诗坛老友与知音矣。

何丹峰,本名何佩刚,复旦大学教授。以研教新文学为主,却喜写旧诗词,为沪上名家之一。出版有诗词集《神州诗草》《山海微吟》等。其诗重性情,喜为律诗与绝句。五绝之佳者有《潼关初雪》《月夜过秦岭》《乡情》等。如"千山飞白絮,万树落梅花"(《山村即景》)、"日照烟峦秀,秋乡金穗稠"(《赣中风情》)等,皆写景之妙句。七律之佳者尤多。如《云天长傲戴安澜》《四行仓库战歌回响》《过纳溪护国岩思蔡锷将军》《拜岳坟》《英灵永照》等,此皆七律之悲壮者,《思乡》《忆母》《怀先父》《缅思森弟》等,此皆七律之情深者。此外,《沈园沉思》《秋登滕王阁》及《以诗论诗》诸律,亦各有圈点处。

二、杨逸明与陈鹏举

杨逸明为上海诗词学会副主席,中华诗词学会副主席。在全国诗词大赛中多次获得一等奖。出版有诗词选《飞瀑集》等。

在2006年的《当代诗词创作漫谈》中,杨逸明曾说到诗词与"临帖"的关系,说自己曾"临"过陆游、元好问、杨万里、黄景仁等人的"帖",然后结合生活与人生感受,自创一格。其诗以七律七绝居多,不喜用典,而喜以现代生活语汇入诗,故生活气息特浓,轻快中不失清新,流畅中不失委婉,铺叙中饶多趣味,佳作迭出,妙句横生。其讽刺诗尤为出彩,《竹枝词·新闻点评》《某公司戏咏》等,对贪官丑态之刻画,可谓入木三分。而怀古纪游诸作又发人深思,颇多感慨。《"五四"运动八十周年戏作》一律,在戏谑调侃中殊有深意,"治愚谁剪心中辫?荡膺须倾天上波!慷慨青年空有节,纷纭国际未同歌。"读罢令人心情沉痛,叹息不已!

其词直抒胸臆者多,寄情托意者少。不作晦涩语,不使事用典,然亦自有情味与词味。

陈鹏举长期在《解放日报》社任编辑,是上海诗词学会常务副会长、《上海诗词》主编,出版有诗词集《黄喙无恙集》。作者在该书的《跋》中说:"这些文学成于一九七〇年至一九九五年先后二十五年间。诗一百二十首,词四十首。"其诗以律绝为主(仅一首长律七古),词则小令、长调各半。《见童年小友》一律作于1970年,为其今存最早之诗,清词丽句,已露老成之迹。词则以1975年所作之《虞美人》为最早,豪放中有沉郁悲壮之气,令人生慨。起点如此,故其诗、词各有高处。而《无题》九首缠绵悱恻,别是一种,尤见功力。"万里伤心一见时,梦酣梦觉到今疑"(《无题》其五)、"春日相知秋日见,惊鸿一面到今怜。"(《无题》、其七"秋风杨柳惨迎霜,一任杜康涤断肠"(《无题》其八),此类七律发端固妙,然其对句更好,如《无题》其六:"秋花总是红唇启,春月长如泪眼啼。"《无题》其四:"断肠花里诗堆酒,化蝶梦中鬓酿秋。"《无题》其五:"文字江山人半老,美人香草感全非。"均出入于晚唐五代之间,极尽句与格之变化。进入21世纪后,其诗更趋老成。用典而外,时涉奇句妙想,别开天地,令人耳目一新。

三、刘永翔与曹旭

刘永翔为华东师范大学教授。出版有《清波杂志校注》等。其父刘衍文为上海教育学院教授,以研究为主,著有《文学的艺术》等书。也喜作诗词,并影响到刘永翔。父子同道,皆好为旧诗,一时成为沪上诗词界的佳话。就刘永翔所作诗而言,仍以七言律绝为多,佳者亦多在此。《寿钱锺书先生八十》七律四首,遣词运句,自然质朴,不事华丽,多杂议论,却不为议论所累,反觉老成。盖唐音太熟,多用宋调,出入苏黄之间,但在随意挥洒中仍可见其炼字锤句之痕,句格变化之妙。

曹旭,字升之,为上海师范大学教授,上海诗词学会理事,为著名的《诗品》研究专家,同时兼治唐诗和《文心雕龙》等,著述甚富。其诗以绝句为主,佳作亦多在此。中年访学日本期间,思乡心切,曾写过不少怀念亲人、思念家国的绝句,如《旅日感怀》组诗中的《晚春》云:"东瀛回望路漫漫,喜见家书泪欲潸。柳絮飘零花已尽,春先逐客到江南。"《中秋》又云:"他乡又见木槿花,笛里关山自天涯。游子有情皆望月,中秋无客不思家。"此诗末两句,与台湾地区诗人林恭祖《除夕怀大陆》"此夜失眠非守岁,天涯无客不思归"一联,有异曲同工之妙。只不过一写中秋,一写除夕,皆为思念家人团圆最甚之时。尤为可贵的,他也写散文与新诗,曾出版散文集。新诗《祖母的灯》语浅情遥,意味隽永,《惊蛰》一诗则别有寓意,内涵丰富,可使人有多种联想。

四、姜玉峰与范文通

姜玉峰本是华东师范大学地理系毕业的,但爱好文学与诗词,先后担任上海碧柯诗社社长、上海楹联学会会长、上海诗词学会理事等职。诗词以外,并擅书法与绘画。故其出版的《乐山乐水诗词选》一书,诗词而外,还配有国画与书法,可谓融诗、书、画于一集。其诗词以纪游为主,旁及题记、赠答等。

凡纪游,免不了有怀古、咏史、直抒胸臆等。姜玉峰亦不能免,却也时见才情。如《资阳见摩崖大佛》之起句:"又见资阳大佛雄,悬岸立面望长空。"《渣滓洞》之起句:"雾锁山房小院孤,岗楼林立押囚徒。"气象不同,情韵有别,然各有至处。而《参观三峡博物馆》一绝,短短20字,却已概括了三峡千年文化。因其是学地理出身,有时又比他人深入一层，关注和考察到地貌等地理学领域的一些现象，如《戈壁行吟》之六《疏勒河边》云："雅丹地貌有成期，临近公园得启知。河岸雏形看起始，成年神斧凿根基。"之七《雅丹地貌》云："西去敦煌三百里，雅丹奇景四方无。天然风蚀玉关外，舰队昂扬逐热湖。"又如《念奴娇·雅丹》《日喀则印象》等篇，亦多从地貌着眼入笔。凡此，多有与他人不同处。

范文通，字法欧，精诗词兼擅书法，曾任上海诗词学会常务理事兼副秘书长、上海禅诗书画社社长等，经常组织诗词书画方面的交流活动。著有《诗词书法集》《法欧堂函墨》《法欧堂书法》等。

虽然范文通青年时曾从沈剑知学诗，为陈石遗再传弟子，曾受有江西诗派的一些影响，不专崇盛唐之诗，多方取法，格律老成，而王蘧常又谓其宜多读杜甫、陆游诗，但其诗仍以风骨遒劲、雄浑壮阔为主。如《题朱仙镇岳庙》一绝云："雄兵十万压朱仙，直捣黄龙在眼前。报国安知君相意，风波遗恨已千年。"开篇气势雄壮，结尾却寓讽意，有感叹。《题兵谏亭》云："当年兵气布长安，戎首低头草木寒。青史是非谁可定，骊山不语此间看。"亦颇耐寻思。其七律尤为胜出，句法多变，使事用典自然工稳，不露痕迹。《登泰山》《上海解放四十五周年感事》诸律，都是有代表性的。此外，他所写的《赠雪窦寺怡藏方丈》《天水伏羲画卦地》《游四姑娘山》诸律，题材各有不同，风格稍异，却也具有一定的代表性。

五、张佐义与张立挺

张佐义年龄稍长于杨逸明和张立挺，也是21世纪初上海诗坛比较活跃的诗人，早在1965年就写出了"白云死到苍山下，一阵狂飚吹雨来"的诗句,狠则狠矣,然妙则妙矣。

在1972年所写的《水调歌头·鼋头渚》中,又有"一啸山川媚,滚滚大江流"的壮句。此后,他的诗越写越老成。五律以外,七绝、七律均有佳处。组诗《新疆纪行》《山居之什》等句法多变,一味流畅,不觉雷同。《和国仪兄七夕戏作》有句云:"春茶摘翠年年绿,秋菊披篱处处黄。"宛然入画矣。其政治讽刺诗尤为辛辣,深为读者所喜。《登常熟昭明太子读书台》末联云:"多少南朝事,一时心上来!"更令人生出多少感慨!

张立挺为上海诗词学会理事、上海春申诗画学会副会长、枫林诗词社社长,出版有诗词集《剡溪声》《剡溪声补遗》,并获多项大奖。其诗以律绝为主,旁涉词曲。最早的诗约作于1978年。诚如杨凤生在《细理心间一缕情》一文中所说,其诗以中、晚期为成熟,优于早、中期。然无论各期,其写亲情与友情的诗词似优于其他题材。好句妙篇也多在此类。"青灯照壁摇摇孤影,明月穿林映破家""两地相思又一秋,小窗日日对瀛洲""草木亦知情义重,桃花含泪寄清明"诸句,尤则情深意长,颇耐吟咏。有时对社会一些不良风气,也加讽刺,如《元宵爆竹》中写道:"世人多少黄金梦,尽寄声声爆竹中。"对一些官场腐败现象,他也以诗针砭,深表不满。张立挺是一位比较勤奋的诗人,其诗词的进步与成熟,与他的不断追求与苦吟是分不开的,他自己也曾写诗说:"对月全抛身外事,轻吟小令度良宵。""千百愁情云外去,二三妙句梦中来。"俗话说"一分耕耘一分收获",用在他的身上是极为合适的。

六、胡中行、庞坚、胡晓军及其他

胡中行为复旦大学教授,著有诗集《盆葵藏头集》,泥古精舍印制,线装本。前有陈允吉、吴忱的序文各一篇，上下卷。卷上多为贺诗或赠答。卷下收《嵌名古绝书赠尼众班诸学子》11首，皆为五绝；《绝句》30首，皆为七绝。末附外集，收七律四首，七绝七首，词三首。其《嵌名古绝书赠尼众班诸学子》前有小序云："余执教上海佛学院尼众班已历三届矣。去年十一学子毕业，属余为临别赠言，遂嵌各人法号作古绝赠之。"故有《赠勤学》《赠大舟》云云，法号尽嵌诗中，或前、或后、或中。《绝句》30首亦然。无论国学功力，非诗词格律娴熟者不能为。诚如《吴序》所道："先生诗好藏头，珠联璧合，语兼巧思，意厚辞醇。挟双美以骈驰，允一时之豪俊焉。"不论如何，其诗别为一格，与众不同，为上海诗词平添一色，加一品种。

庞坚从南京大学研究生毕业后，即在上海音乐学院任教，后到上海辞书出版社、华东师范大学出版社任编辑。自谓年"十五学诗"，尤喜作古诗词。先后曾得周勋初、卞孝萱、周退密诸名师问学指点，所作诗词益精，有《潄碧斋诗》等诗词集出版。

在改革开放以来的上海诗词界，60后出生的庞坚一直属"小字辈"。但其所作古诗词，却句格苍老，灵动多变，自由出入。今人写古诗词，或诗或词，诗又多在七言律绝，次则五言律绝；词又多在小令、中调。而庞坚则诗中古风近体，词中小令、长调，无不擅长，任意驰骋，纵横往来，操纵裕如，各有千秋。连百岁老人周退密也夸赞道："大体言之，君诗胎息甚厚，得昌黎之雄杰，有长吉之瑰丽，字锻句炼，不肯为凡近甜俗之语，求之侪辈，实罕其俦。"故其五七言古风尤为酣畅淋漓，驾驭自如，风生水起，变化无穷，不可名状。律绝则七字为多，自由写来，各有风调。《读诗绝句一百一十首》自魏晋至近代诗人百余家，人各一首，品评得失，也颇有识见。他自己在致周勋初师二绝句中曾感慨：

"忆赴金陵列门下，不谙经史溺辞章。"如今则学问、诗词兼而有之，亦是幸事。

胡晓军，1967年生于上海，自上海大学毕业后，即在上海市文联工作，现为文联理论研究室主任。擅诗词，又为上海诗词学会副会长、会长，著有诗词集《有戏人生》。也喜写散文与评论，为上海文艺评论家协会副主席，著有散文集《愿随所爱到天涯》等。

由于胡晓军经常看剧听戏，有感而发，故其《有戏人生》中100首诗词，几乎都与戏曲有关。他自己在《跋》中也坦言："对常观剧听戏，难免怀思生情。言之不足，故而文之，文之不足，故而 诗之。"几乎对每一戏皆赋诗一首，或填词一阕。其中尤以词为多，律诗次之。然格律娴熟，词是词味，诗是诗味。就词而言，有婉约，也有豪放。如《破阵子·长坂坡》上篇云："马是追风白影，剑为削铁青钅工。沙场孤身寻幼主，敌阵单枪挑八方，子龙孰敢当？"便以壮词为主，把赵云大战长坂坡的激战场面和英雄气概，表现得淋漓尽致。其他像《八声甘州·桃花扇》《渔家傲·打鱼杀家》《夜游宫·钟馗嫁妹》《高阳台·贵妃醉酒》等，也各有风采。像这类题材的诗词，即古今合流，也不多见，可谓别具一格。

何承淦本是大学数学系毕业，理学学士，曾在上海石化总厂工作，现为中华诗词文化研究所研究员，出版有诗集《百花诗咏》（上下册）。他的诗特色在题材方面。他曾以18年的时间，为1 168种花卉写了1 300首格律诗，都以七律七绝来写，尤以七律为多。如此面广量多、古来罕见，亦可称为上海奇观了。

除了以上各家，上海此期比较活跃，年龄相差不大而又获得一定成就的诗词界代表诗人尚有卢明明、大凡（汪凤岭）、姚国仪、黄思维、茆帆、齐铁偕、张青云、蔡国华、潘培坤等,他们或近体,或古诗,或律诗,或绝句,或词或曲,或兼而有之,各有所长,都取得了一定成就,为上海诗词界的生力军,也为上海的诗词发展带来了新的希望。其中有两个特殊的群体值得一提。

七、《桑榆夕照》与《玉兰幽香》

当上海各种诗社活跃之际,在上海老干部大学也活跃着一支特殊的诗歌创作队伍。这支队伍以耄耋之年的老人为主,但对诗歌创作的热情甚高。其中以写传统的诗词为主,也有少数人在写诗词的同时,兼写一些新诗,结集出版为《桑榆夕照》。此书共收作者约27人,选诗约百首。其中有冯啸、王先民、罗奇、苏骏发、金浩然、谈宝义、沈人锦、马智、陆建新、陈明钊、王德华、黄涛、方直、包大华、曾群等所作诗词,亦不乏佳作。如马智所为七绝,篇篇遒劲,《赞老年人打乒乓球》中云"一挥扣杀犹如燕,暮景残霞别样鲜",尤为生动。冯啸、王先民、罗奇、谈宝义等在写七绝的同时,似乎更注意律诗对仗的推敲,时有工妙的对句出入其间,如"明镜湖中沉古木,水晶盘里映晴峦"(冯啸句)、"跨涧板桥潺水过,粉墙黛瓦夕阳宁"(王先民句)、"碧海扬帆谋福祉,惠风化雨润民生"(罗奇句)、"十年归去山村静,一觉醒来世界平"(苏骏发句)。当时适逢世界博览会在沪举行,故描写此会盛况的诗词也不少,谈宝义的《观世博会展馆有感》一绝颇有代表性:"棋布星罗座座楼,五洲国馆竞风流。千姿百态美如画,异想天开魅力求。"

年老体迈,难免有孤独感,金浩然《独居吟》中的"三房寂静孤身影"诸句,写出了独居老人的寂寞与无奈。而罗奇的《进学篇》一律则写出了学习的乐趣:"诗韵墨香常作伴,史经时政喜为先。"谈宝义的

"韵海书山晚景乐,期颐更赴蓬莱游"之句,亦有乐观豁达的晚年心态。沈人锦的心态似乎更乐观,其《忆江南》云:

离休了,欣喜又逢春。春夏秋冬来补课,诗书琴画各相亲。每日乐津津。

苏骏发诗词并擅,而五律五绝也每有佳构,语意清幽淡远,如"茶香人恍惚,雅韵月朦胧""一盂清水浅,满室冷香幽"等,均可句摘。尤可贵者,他还以诗针砭时政,对一些不良的社会风气进行了抨击和讽刺,如《惊闻富士康惨剧三首》《金钱崇拜》《贫富不均》《"三月五日"感怀》《723甬温血祭》等均属此类。在这方面,王僧发也很有代表性。他在《不死心》一诗中说:"老迈一匹夫,敢为治世谋。……既立天地间,能不真理求?"为此,他曾写了《瞎操心》《天理人情》《天地良心》等一系列自印诗稿,思维活跃,不乏己见。

更有意思的是,王僧友与杨家彬写诗都以新诗或齐言体诗为主,但偶一涉及旧体诗词,却也平仄和谐,字正腔圆。如杨家彬《今日夜上海》七律两首,王僧友七绝《故乡秋景》《自话》等,无不如此。

《玉兰幽香》也是一本诗词合

闵行区古典诗坊的诗选

集,由另一群特殊的作者撰写而成。她们清一色都由女性组成。故书名下方题为"玉兰女子古典诗坊习作选"。实际上就是闵行区的"词作坊"。书中共收作者12人,分别为安妮、陈曼英、红儿、乐乐、郦帼瑛、偶然、青青、沈桃娣、夏风、瑛子、赵靓、漫绮,都选自2014年至2016年之间的作品,以词居多,其次为近体律绝,偶尔也有几首散曲,多《天净沙》《山坡羊》等曲牌。

如果说《桑榆夕照》中的诗词多家国情怀,时有壮句,那么《玉兰幽香》中的诗词则多离愁别绪,相思追怀,同时也写尽了江南的美景与秀色。当然,也有少数例外的,如乐乐的《满江红·叹韩信》。她们的作品大多色调清丽,情韵优雅,散发出淡淡的愁绪与思念,也夹杂着几多清芬气息。其中安妮、陈曼英、红儿、乐乐、郦帼瑛、夏风、瑛子等人的佳作似多一些。"倚栏望冷月,雁去人惆怅"(安妮句)、"卷雨楼中读月光,银辉洒落满园霜"(陈曼英句)、"春住,春住,试问与谁同度"(红儿句)、"山水远,酒芬芳,雾茫茫"(郦帼瑛句)、"叹无缘,恨无缘,缘灭缘生终是烟"(夏风句)等,都可圈可点。至于瑛儿的"光阴流转,此心莫负,只轻轻,寄语浮萍"、青青的"清蚀骨,心若臻,同行寻更寻"等,更是有情语,又尽为词语,词味甚浓。而郦帼瑛的《双调江城子·古都》抒古今之怀,充满沧桑之感,为词中别调、属豪放一类,又另当别论。

由于她们以填词为主,兼而作诗,故所写诗中也时杂词味,如红儿的七绝《忧思》:"残花落处情谁解,斜倚寒栏夜影长。"五绝《伤怀》:"风寒摇绿瘦,夜雨落红残。"陈曼英的五绝《梅香》:"熏衣沾发髻,倚榻嗅幽芳。"七绝《夜归》:"疏烟淡月照湖湾,凉意洇凝玉臂寒。"这些都已近似词语。她们虽然有时也模仿或化用前人的一些诗词作品中的句子,或受一些名篇的影响,但基本上仍都是自出机杼,自抒情怀,自有创意。给人以清新可喜、鲜气扑人的感觉,在上海诗词界也算是自成一军了。

第十节 上海散文诗的发展(下)

一、徐俊国、古铜与林溪

随着散文诗的升温,到了 21 世纪,上海出现了一批新的散文诗作家,他们年纪更轻,思想也更活跃,对散文诗创作的观念、语言、表现手法等等,也提出了各种新的要求和理解,也进行了一些新的尝试和探索。如古铜、陆飘、南鲁、林溪、秦华、清水、徐俊国、汗漫、王迎高、陆群、语伞、包建国、刘惠娟、杨宏声等都有一定代表性,其中大部分都是诗人。但他们一边写诗,一边也尝试着写散文诗。只有语伞、秦华等少数几位,似乎始终专心着力于散文诗的写作,仿佛已成了散文诗的专业作家了。

当然,像赵丽宏、张烨、桂兴华等一些诗人,在新的世纪里也继续着散文诗的写作,也有新的散文诗作品问世,如《赵丽宏散文诗精选》等作品集,就收有不少散文诗,桂兴华的《金号角》《靓剑》二书,都是以散文诗组成的。但此处还是针对一些新生代的散文诗作家,做一个简要的论述。

早年徐俊国尚在山东平度,未被引进上海松江文化馆之前,他就在 2007 年获得了"茅台杯"全国十佳散文诗人奖。作为人才引进上海后的 2012 年,他又获得了第三届中国散文诗奖。他一边写诗,一边也写散文诗,如他 2011 年写下的《诉状》《自然碑》等散文诗,就展示了其独特的视角与风格。2012 年写下的《童年灯》《请喊"鹅小鹅"》《事件》

等诗,则是他对童年生活的回忆,其中有对岁月的眷恋与怀念,也有对生活的感叹和沉思。2015年出版的《自然碑》一书,基本上展示了其散文诗在新世纪的成就,《请喊"鹅小鹅"》一篇,则再次显示出他在写作上的智慧与绝技。

　　古铜,本名字远平,别号永州异蛇,松江区诗词与楹联学会理事兼副秘书长。组诗《群芳》很可以视为其散文诗的代表作。在那些普通的小草小花中,他总能发现一些新奇的诗意,写出别开生面又富有诗味的文字。如他在《灯笼花》中写道:"它的思想日夜通明……生活奔涌,那些细小的幸福被一一照亮。"他对"昙花"也加赞美:"花期之外,都是修道。花开了,道就成了。"在他心目中的"野菊",是"另类的富足和丰饶"。此外,《石榴》《野草》也都意味浓郁,也可视为其最好的散文诗。

　　如果说古铜是以各色的草花中发现诗意,那么林溪则多从动物中发现诗意。他在散文诗《动物志》六章中,以各种动物为抒写对象,其中的《蝙蝠》《苍鹰》《蚂蚁》等都有一定的代表性。如同古铜的草木篇一样,林溪的《动物志》表面写动物,实际上是写人,以物喻人,至少在写动物的生活时想到了人的生存。如他在《蚂蚁》中写了蚂蚁的日常生活和生存劳动以后,又满怀深情地写道:"终究还是要回到巢穴,这才是一只蚂蚁的故乡。"最后又情不自禁地感叹道:"没有人理解一只蚂蚁的伟大,也没有人理解一只蚂蚁的渺小。"他在《蝙蝠》中写了蝙蝠昼伏夜出,似乎给人更多的悲怆、凶险、不测与无奈。

二、秦华、王迎高与语伞

　　不过,在新世纪的散文诗作家中,有三位作家似乎更集中精力来从事于散文诗的创作,他们并不是偶尔为之,而是以散文诗创作为主体,其中比较突出而有代表性的是秦华、王迎高与语伞。

秦华,祖籍四川,现居上海,任中外散文诗学会主席团会员(上海分会主席)、中国校园散文诗学会常务副主席等。2007年,她的散文诗集《春天的玉米》出版,同年10月,虹口区图书馆举行了"散文诗中人性的光辉——真善美:秦华、宋德咏、刘淮海散文诗研讨会",基本上奠定了秦华在上海散文诗中的位置,遂为上海有代表性的散文诗作家之一。其组诗《与火有关》,描写了人类对火的发现与利用的几个阶段,揭示了人与火的密切关系,末尾一段似乎尤为出彩。此外,她还主编了散文诗合集《一窗阳关》,出版有诗集《生活的轨迹》等。至今仍活跃于上海诗坛。

王迎高也以写散文诗见长,祖籍湖南,现居上海。出版有散文诗集《走进心灵》《心灵物语》《骨头里的灯盏》《大地指纹》等。除了描写自身的心灵,他还以大量的篇幅描写了松江的风土人情,表达了他对这片土地的热爱。正因为他长期在松江生活、工作和写作,又是松江区华亭诗社的成员。2013年,华亭诗社特地为他举办了"王迎高散文诗创作研讨会",从而也使他成为上海有代表性的散文诗作家之一。

语伞,本名巫春玉,1977年生于四川,现居上海。曾在《诗刊》《星星》等刊物发表诗作。2011年出版的散文诗集《假如庄子重返人间》,真可谓中国散文诗园地里的奇葩了。难怪次年就获得了第五届中国·天马散文诗奖。

人乃万物之灵。在一个人的人生旅途中,对生命与人生、生活与自身,总会引发一些思绪,在一些感悟与思考中形成一些思想碎片,这些思想碎片既含有感性与理性的双重质地,又带有丰富的感情色彩,含有一种与生俱来的思绪与情感结合而成的节奏。如用语言把这种"节奏"表述出来，便是最接近我们所说的散文诗了。

如果我们对照一下泰戈尔、屠格涅夫、尼采、惠特曼、纪伯伦等人的散文诗，我们可以发现，这些杰出的散文诗作家在写散文诗时，他们的思绪是非常广袤和辽阔的，感情是非常柔美而丰富的，思想也是极其光辉而明净的，几乎都处于一种特殊的境界与状态之中。这才使他们的散文诗显得魅力四射，格外精彩，既闪烁着诗意的美，又给人以深刻的启示。而这正是语伞的散文诗所想追求的。她在《假如庄子重返人间》的《后记》中曾说："一章（组）好的散文诗作品应该对人的思想、心灵或者情感产生某种内在的震动，让人在审视和共鸣中领受'意义的照临'。这种'意义的照临'，来源于作品的精神磁场和灵魂圣坛，它处于我们仰望的高处，具备'光'的质感和价值。"

她对散文诗的这番认识，一方面来自她对生活与生命的思考与关照，另一方面也源自里尔克、荷尔德林等人的诗歌。因为在她看来，"诗歌是人类精神的粮食和心灵的药方"。其中《庄子》虽非诗歌而是散文，却也是她的"精神仙丹"。

庄子对生命与宇宙万物那种超越不群、神秘莫测、独特卓绝、奇妙无比而又充满智慧的理解与认识，曾无数次地震动过她，令她折服、赞叹。于是，她"捧着一粒仙丹走进了散文诗的世界"，有了《假如庄子重返人间》这本书的诞生。书中充满了对人生种种境况的描述、感受、领悟、洞察与体认，充满着感性与理性的有机融汇，充满着神性与人性的交叉与复合，也充满着诗性的意味与闪光，随摘一段，都是精彩的。如《梦》的末尾：

海浪背着开花的眼泪。
山川举起苍茫的疼痛。
我旋转。弯下月光的凄凉。靠近澄澈。哭着——
吻辛酸的灵魂。

她在《人世间》之三中写道:"玉米和山坡,楼群和车辆,各自书写着日子的降落与升起。"在《人世间》之十中又写道:"出生。死亡。生命轮回。这是俗世动人的旋律。"在这些富有诗意的思想碎片中,我们可以感受到一个灵魂初涉人世的惊奇、喜悦、痛苦、失落、迷茫、追寻、探求、挣扎、顿悟与发现。

不可否认,语伞的散文诗中有不少仅是她个人的生命体验,有着比较强烈的个性或个性化特征。这些个性或个性化特征仅是她个人遭际的产物,对有些人也许感触不深,只有那些有同样遭际的人更易引起共鸣。但命运莫测,世事难料,人性相通,个性中会有共性,共性又由无数个性组成,从这一点上说,语伞的散文诗还是具有人性的普遍意义的。

思想有两种,一种可以演绎成体系,一种永远是片断。那永远是片断的思想,就是我们通常所说的格言。但格言与散文诗又多不同。格言多半是思想的结晶,理性思考的结果,散文诗虽然会有大量的思想碎片,却充满感性,往往在认识过程中具有很大的不确定性,更多的是给你启示而非结论。此外,格言只求最简洁明澈的表达,而散文诗则追求诗意的表达,两者在语言上的要求是不同的。相比较而言,散文诗更讲究语言的艺术性。以此来反观语伞的散文诗,以抒怀为主,甚少叙事,语言则新奇、犀利,往往直抵灵魂。节奏上,它以情感上的思绪之弦来引领和掌控,时而漫步,时而跳跃,时而大起大落,迂回曲折,错落有致。完全属其自定的"意义化写作"这一向度上。

除了以上所述各家,在上海写散文诗的作家还有陆飘、陈佩君、南鲁、杨宏声、师意、杞人、王福友、包建国、张萌、弦河、陆群、李谦、徐凤叶、刘惠娟、梅芷、陆歆等。

与此同时,松江区的华亭诗社也一连举行过几次全国性的大型诗歌研讨和比赛活动,使诗社诗人的眼界大开,信心大增,大大激活和推动了松江地区的诗歌发展。而临港新城在推动经济发展的同时,也注意文化建设,近两年也连续举办了两次全国性的大型诗歌朗诵和研讨活动。周浦镇是傅雷的故乡,素有小上海之称,在诗人严志明、王亚岗等人的努力下,政府部门大力支持,也举办了首届全国性的周浦杯诗歌大赛活动,为浦东地区的文学发展增光添彩。

在上海地区的诗歌活动中,由余志成热心操办的禾泽杯全国诗歌征文大赛,持续的时间甚长,影响也比较大,至今仍在稳健发展。而一些民间诗社的诗歌活动在2010年后持续活跃,以更多的形式和方法出现,他们除了自己搞,还联合其他诗社举办诗歌朗诵或比赛活动。如傅明的海派诗社,就不止一次地联系新海上风诗社、城市诗人社、长杉诗社、温馨诗社的成员一起举办诗歌活动,每次都会提出一些重大论题,已产生较大影响。黄叶飘飞主持的华夏诗歌新天地网站和华夏诗歌新天地协会,也会组织各种力量举办诗歌活动,每年定期出版诗刊,也获得了一定的成效。2014年,曾有八家民间诗社联合举办了诗歌朗诵评比活动,沪上名家赵丽宏、张烨、季振邦、朱金晨、杨斌华、缪克构、杨绣丽等均亲临现场,影响甚大,而温馨诗社则以举办诗歌讲座为长,为圈内所闻,出海口文学社又以出版诗集为诗人所知。

如以稳健和诗人队伍的持续壮大而言,海上诗社、浦江文学社则更有代表性，一些优秀诗人如钱元瑜、夏风等正在萌生，不久将为世人所瞩目。

第十一节 丰富多彩的新诗选本和个人诗集

在跨入21世纪的最初十多年里，上海的诗人不仅在全国各种大小报纸杂志上不断发表诗作，而且以不同的方式和形式出版各种新诗选本和个人诗集，渠道多样，数量相当可观。

为了对20世纪的中国新诗有一个总结，同时也对21世纪的新诗有一个良好的开端和展望，孙琴安对改革开放以来的朦胧诗进行了一个评选，推出了《朦胧诗二十五年》，共四册，分别冠以书名《恋情》《沉思》《追寻》《漂泊》，由上海社会科学院出版社2002年出版。书中对上海乃至全国的中青年诗人的诗作进行了系统的选择和评点，并附诗人小传。同年底，上海图书馆与上海人民广播电台还特地在上海图书馆举行了"朦胧诗二十五年"的大型诗歌朗诵活动。由孙道临、陆澄、方舟等朗诵艺术家分别朗诵诗作。

《上海诗坛六十家》分上下两册，朱金晨、李天靖主编，2006年由上海文化出版社出版，内收改革开放以来上海有代表性的老、中、青诗人70余家，至于为何用"六十家"，朱金晨在《后记》中说明："而六十家也只是一个概数而已……在我们生活中，六是一个吉利而美好的数字，仅此而已。"其中有老诗人白桦、黎焕颐、宁宇、宫玺、谢其规、姜金城等人的诗作，也有赵丽宏、季振邦、田永昌、朱金晨、张烨、林裕华、李天靖等一批中坚诗人的诗作，还有一批在改革开放后走向诗坛的代表诗人,如许德民、陈东东、程庸、宋琳、王寅、韦泱、孙悦、徐芳、海岸、默默、郁郁、缪克构、杨宏声、杨绣丽等,甚至还包括了一批长期在沪工作或定居的上海新诗人的诗作。

《忘却的飞行——上海现代城市诗选》,铁舞选编,2003年由大众文艺出版社出版。其中所选的诗以中青年居多,共35家,如杨绣丽、芜弦、缪克构、李天靖、韩高琦等,多者五六首,少者三四首,共143首,每一诗人均有小结。该诗选强调现代性,铁舞在《凡例》中说:"这是一部现代诗选……现代诗强调先锋性。"又说:"城市诗歌是现代主义的别称,因为现代主义产生于城市。"所以他所选的诗均具有"城市特质",其中包括上海城市风貌和文化生活的各个方面,从街道、楼宇、广场、霓虹、酒吧、广告、地铁、金钱、服饰、雕像、化妆品,乃至城市人的恋情、欲望、起居、饮食等,都有反映。因此也颇为集中地折射了目前城市诗的发展状况,具有前卫、新锐的性质,显示了当今诗人对城市,特别是对上海这座城市的感受与情绪。

《青春的绝响》,李润霞编选,2006年由武汉出版社出版。内选在"文化大革命"中还是青年学生的十位诗人在当年所写的诗篇。他们是蔡华俊、陈建华、丁证霖、郭建勇、钱玉林、王汉梁、许基鹤、张烨、周启贵。共选诗355首,每首诗后都注明着写作的时间。这不仅是一批上海诗人初涉诗苑的足迹,也在一定程度上保存了"文化大革命"期间上海潜在诗歌创作的原生状况,为后人了解和研究特殊年代的上海文学历史面貌提供了宝贵的实证材料。

《现代诗笺注》,程庸主编,陈东东与刘漫流任副主编,2008年由北岳文艺社出版。三位编选者都是上海现代派的著名诗人,所以该书也汇集了在上海和全国有影响且较为活跃的实力派诗人50家,入选标准以现代派诗为主,并具有一定创造性的诗作,每首诗后都有点评,或加"佳句提示",或加"关键段落提示",为现代诗、意象诗的解读提供了通道,书后并附《诗歌小辞典》,提供了各类相关诗歌的阅读和写作技巧,便于青年读者和诗歌爱好者打开现代诗难读之谜,掌握现代诗的表达方法。

《中国当代城市诗典》,曹剑龙主编,2018年由上海文艺出版社出版发行。扉页题记:"谨以此书献给改革开放40周年。"专选改革开放以来的城市诗。分为五辑:城市节拍、城市表情、城市独白、城市密码、城市花雨。不仅收有上海著名诗人的城市诗,而且收有吉狄马加、杨克、陈先发、臧棣、龚学敏等一些外省市著名诗人的城市诗,可以说是改革开放以来在城市诗选本中相当完整而有系统的一部读本。由上海这座城市的上海诗人来加以完成,也是上海在这领域中所做出的一种贡献。

除了以上所列,又有赵丽宏与宗全林主编的《诗韵东方:2017年上海新诗选》。此外,赵丽宏、季振邦还主编出版了《〈上海诗人〉作品精选(2007—2017)》,精选了《上海诗人》杂志上的诗歌。杨斌华和陈忠村主编出版了《新海派诗选》,各有侧重,也各有特点。还有一些诗歌合集,如2003年推出的《六个诗人和一座城市》,2004年的《四重奏》,诸书均属此类。书中所录均为上海诗人的诗作。前者所收六个诗人为宫玺、宁宇、米福松、徐芳、程林、缪克构,后者所收四个诗人为古冈、杨宏声、陈惠兴、吴跃东。此后又有《东方四重奏》,为陈曼英、薛锡祥、陈晓霞、时东兵四人的诗选合集。他们不一定代表某一种思潮或流派,而只是一种自由的组合,或是写诗阶段性的某种观念和兴趣的一致性而临时走到了一起。

此外,上海不少民间诗社在出版自己的诗报诗刊之外,也会出版一些专收本社诗人诗作的诗选,也别有特色。如华亭诗社出版过《华亭诗选(2010—2014)》,内收诗人38家,佳作连连,引人注目。海上诗社出版过《春雨挹秀》《巷雨听涛》两本诗选,显示着该社的诗歌风貌和成就。诗乡顾村除了出版《诗乡顾村》刊物以外,还出版《诗乡和韵诗选》,展示自己的面貌。浦东诗社除了出版有《浦东诗廊》刊物,严志明与王亚岗还主编了《浦东诗坛十五家》,展示了浦东的诗歌创作力量。肖水、曹僧则编选有《复旦诗选(2015)》,收录的皆为复旦大学的校园诗人作品。而崇明政协编选的《崇明当代诗选》,则又体现了崇明当今的诗歌创作状况。

在新世纪的曙光里,不少上海诗人以辞旧迎新的心态,或回顾与展望,或盘点旧作,或开笔新撰,或新旧组合,推出了大量个人诗集,前面曾论述或提及的诗人诗作不论,值得提及的个人新诗集尚有以下这些:

叶青《雅歌》《妙意集》,成雅明《爱情无季节》《不老的时光》,瑞箫《木头比我更长久》,朱吉林《爱上一座城》,王晶晶《蔷薇春晓》,丁丽君《你是怎样的宙斯》,赵贵美《一湖晶莹》,赵靓《传说中的女子》《山妖》,施钢荣《诗心》《星光》,秋水卓玛《欢颜落寞深处的泪眼》《味道》,杨明《疯长的城市》,林裕华《寻找永恒》,时东兵《掌上乾坤》,陈晓霞《为你而诗》,俞志发《阳光的手指》,钱玉明《会飞的花朵》,许云龙《行走的蜗牛》,凌武宝《哦,是小草的声音》,吉雅泰《打开心门　让爱进入》《拨开岁月的毛眼睛》《验证爱之图谱》,戴金瑶《爱你,是我保守至今的秘密》,祝科《春夜锦书》,蒋荣贵《趣味诗》,王晟《王晟诗自选集》,刘晓萍《失眠者和风的庭院》,马休《边境线上的蝴蝶》,吴跃东《撕破的重负》,

李必新《岁月留痕》,曲传久《曲传久自选集》,张卫东《今夜,醒着月亮》,沈家龙《秋思》,茱萸《仪式的焦唇》……

以上尽管不是完整的统计,但21世纪之初,上海诗人的耕耘和活跃,于此可见一斑。

主要参考书目

一、诗选类

朱金晨、李天靖、林裕华主编:《海上诗坛六十家》(上下册),上海文化出版社 2006 年 5 月版。

朱金晨、李天靖主编:《上海诗人三十家》,上海文化出版社 2012 年 6 月版。

本社编:《青年诗选(1981—1982)》,中国青年出版社 1983 年 12 月版。

铁舞选编:《忘却的飞行——上海现代城市诗选》,大众文艺出版社 2006 年 10 月版。

姜金城、米福松、程林等编:《六个诗人和一座城市》,2003 年 9 月自印本。

政协崇明县委员会选编:《崇明当代诗选》,上海文艺出版社 2014 年 1 月版。

陈忠村、玄朵主编:《诗·域》,上海文艺出版社 2009 年 9 月版。

程庸主编:《现代诗笺注》,北岳文艺出版社 2008 年 5 月版。

孙琴安:《朦胧诗二十五年:沉思》,上海社会科学院出版社 2002 年 6 月版。

孙琴安:《朦胧诗二十五年:追寻》,上海社会科学院出版社 2002 年 6

月版。

孙琴安：《朦胧诗二十五年：漂泊》，上海社会科学院出版社 2002 年 6 月版。

孙琴安：《朦胧诗二十五年：恋情》，上海社会科学院出版社 2002 年 6 月版。

吴欢章、潘颂德编选：《上海五十年文学创作丛书·诗歌卷》，上海文艺出版社 1999 年 5 月版。

一土、醉汉、羊工主编：《中国：上海诗歌前浪》，上海现代诗歌创研中心 1987 年印行。

未凡编：《当代女诗人情诗选》，中国文联出版公司 1989 年 4 月出版。

《上海作家作品双年选（2001—2002）·诗歌卷》，上海文艺出版社 2003 年版。

张清华主编：《21 世纪中国文学大象：2003 年诗歌》，春风文艺出版社 2004 年 2 月版。

宗仁发选编：《中国最佳诗歌（2004 年）》，辽宁人民出版社 2005 年 2 月版。

中国作家协会编：《跨越：纪念中国改革开放三十年诗选》，作家出版社 2008 年 10 月版。

［比利时］杰曼·卓根带鲁特编：《中国当代诗歌前浪·海岸》，比利时国际诗歌出版社 2009 年版。

许德民主编：《复旦诗派诗歌（前锋）》，复旦大学出版社 2005 年 9 月版。
许德民主编：《复旦诗派诗歌（经典）》，复旦大学出版社 2005 年 9 月版。
许德民主编：《复旦诗社社长诗选》，复旦大学出版社 2005 年 9 月版。
李天靖：《一千只膜拜的蝴蝶》，汉语大辞典出版社 2005 年 4 月版。
李天靖：《波涛下的花园》，汉语大辞典出版社 2005 年 4 月版。
李天靖：《水中之月》，上海文艺出版社 2009 年 2 月版。
李天靖：《我与光一起生活》，上海文艺出版社 2011 年 5 月版。
李天靖：《镜中之花》，上海文艺出版社 2013 年 4 月版。
李天靖：《中外现代诗修辞艺术》，上海文艺出版社 2014 年 5 月版。
远村编：《荒诞派诗选》，太白文艺出版社 2007 年 8 月版。
乔延凤编：《诗歌报·封二·诗人作品集》，大众文艺出版社 2011 年 12

月版。

蔡华俊：《青春的绝响》，武汉出版社2006年1月版。

莫林：《新声履痕》，文汇出版社2013年8月版。

张彬、铁舞主编：《世纪的云华》，语文学网2013年12月版。

钱国梁、朱珊珊主编：《丝雨点春》，香港世纪风出版社2009年9月版。

钱国梁、朱珊珊主编：《卷雨听涛》，香港世纪风出版社2013年8月版。

杨斌华、陈忠利主编：《新海派诗选》，上海文艺出版社2014年8月版。

李忠利主编：《六行诗萃》，作家出版社2014年9月版。

高静娟主编：《诗乡和韵诗选》，文汇出版社2008年10月版。

毛欲华主编：《诗乡和韵诗选（二）》，上海科学普及出版社2011年10月版。

毛欲华主编：《诗乡和韵诗选》，银河出版社2012年9月版。

徐慢、税剑编：《音囊》，掌声有限公司等2006年出品。

发星主编：《21世纪中国先锋诗歌十大流派》，2011年12月独立出品。

小鱼儿、徐云龙主编：《中国网络诗歌年鉴》，一行出版社2012年3月版。

冯允谦、徐生林等：《兰言集》，2012年12月自印本。

徐云龙等主编：《追忆诗意青春》，上海大学出版社2012年6月版。

二、诗集类

辛笛：《辛笛集》（五卷），上海人民出版社2012年10月版。

白桦：《情思》，江苏人民出版社1980年版。

白桦：《白桦的诗》，人民文学出版社1982年。

罗洛：《雨后》，四川人民出版社1983年版。

罗洛：《阳光与雾》，黑龙江人民出版社1983年版。

罗洛：《海之歌》，上海文艺出版社1984年版。

罗洛：《山水情思》，上海文艺出版社1984年版。

吴钧陶：《剪影》，花城出版社1986年12月版。

黎焕颐：《黎焕颐抒情诗选》，作家出版社1992年9月出版

黎焕颐：《黎焕颐自选集》，贵州人民出版社1993年10月版。

黎焕颐：《黎焕颐诗选》，贵州人民出版社1999年9月版。

宁宇：《宁宇诗选》，花山文艺出版社1993年10月版。

宁宇：《云雀》，百家出版社1993年5月版。
宁宇：《宁宇短诗选》，银河出版社2001年1月版。
宫玺：《宫玺自选集》，贵州人民出版社1993年10月版。
宫玺：《宫玺诗稿》，上海文艺出版社1998年4月版。
宫玺：《宫玺诗选》，上海文艺出版社2006年4月版。
宫玺：《庸诗碎》，忠恕堂自印2012年2月版。
宫玺：《宫玺诗文选》，上海文艺出版社2017年1月版。
谢其规：《大西洋的风》，花山文艺出版社1994年6月版。
谢其规：《秋天的杜鹃》，安徽文艺出版社1995年12月版。
谢其规：《凝视秋雨》，中国文联出版社2000年2月版。
谢其规：《谢其规诗选》，银河出版社2009年11月版。
吴钧陶：《幻影——吴钧陶诗和译诗集》，河北教育出版社2001年11月版。
于之：《水之恋》，学林出版社1987年12月版。
吴欢章：《欢章小诗》，上海大学出版社2014年5月版。
钱玉林：《记忆之树》，上海远东出版社1998年5月版。
杨明：《疯长的城市》，重庆出版社2002年12月版。
刘希涛：《生活的笑容》，中国文联出版社1989年8月版。
刘希涛：《神州风景线》，山东文艺出版社1992年6月版。
刘希涛：《爱情恰恰》，学林出版社1997年12月版。
刘希涛：《清声回旋》，百家出版社2001年1月版。
刘希涛：《康定老街》，文汇出版社2011年9月版。
郭在精：《郭在精短诗选》，银河出版社2007年1月版。
郭在精：《风与湖对话》，百家出版社1993年6月版。
朱珊珊：《长笛》，百花文艺出版社1995年8月版。
朱珊珊：《呼啸的河流》，上海三联书店2004年12月版。
朱珊珊：《朱珊珊铁路诗选》，百家出版社2009年1月版。
曲传久：《曲传久自选集》，银河出版社2012年9月版。
赵丽宏：《沧桑之城》，上海文艺出版社2005年3月版。
赵丽宏：《赵丽宏诗选》（上、下），上海文化出版社2008年11月版。
季振邦：《今宵属于你》，上海文艺出版社2006年1月版。

田永昌：《田永昌短诗选》，银河出版社2006年10月版。
朱金晨：《红红白白》，漓江出版社1989年1月版。
朱金晨：《茫茫海》，学林出版社1990年版。
张烨：《绿色皇冠》，沈阳出版社1992年4月版。
张烨：《生命路上的歌》，春风文艺出版社1998年7月版。
张烨：《孤独是一支天籁》，湖南文艺出版社1998年3月版。
陆萍：《寂寞红豆》，上海人民美术出版社1996年1月版。
成莫愁：《莫愁诗抄》，广西民族出版社1993年9月版。
桂兴华：《第一次诱惑》，学林出版社1987年版。
桂兴华：《跨世纪的毛泽东》，江苏文艺出版社1993年版。
桂兴华：《邓小平之歌》，香港文学报社1999年版。
桂兴华：《中国豪情》，江苏文艺出版社1999年版。
桂兴华：《祝福浦东》，上海人民出版社2000年版。
桂兴华：《永远的阳光》，上海人民出版社2001年版。
桂兴华：《青春宣言》，上海人民出版社2002年版。
桂兴华：《智慧的种子》，上海人民出版社2003年版。
桂兴华：《又一次起航》，上海高教电子音像出版社2005年5月版。
桂兴华：《城市的心跳》，上海人民出版社2009年版。
桂兴华：《前进2010》，上海人民出版社2010年3月版。
桂兴华：《金号角》(散文诗)，上海人民出版社2011年4月版。
许德民：《时间只剩下一棵树》，1989年版。
许德民：《抽象诗》，上海文艺出版社2013年10月版。
宋琳：《门厅》，北岳文艺出版社2005年5月版。
傅亮：《逝者如斯》，复旦大学出版社2005年9月版。
徐芳：《徐芳诗选》，百家出版社1992年5月版。
徐芳、李其纲：《岁月如歌》，华东师范大学出版社2001年9月版。
徐芳：《上海：带蓝色光的土地》，华东师范大学出版社2009年7月版。
徐芳：《日历诗》，上海文艺出版社2014年11月版。
季渺海：《梅影》，百家出版社2001年1月版。
路鸿：《江鹭》，百家出版社2001年1月版。
钱国梁：《雪地上的脚印》，百花文艺出版社1995年8月版。

钱国梁：《钱国梁诗选》，中国福利会出版社 2012 年 7 月版。
孙康：《与缪斯同行》，中国福利会出版社 2012 年 7 月版。
金月明：《渐入佳境的朦胧》，中国福利会出版社 2012 年 7 月版。
奚保丽：《亲亲家园》，中国福利会出版社 2012 年 7 月版。
奚保丽：《拥抱棉花》，上海文艺出版社 2012 年 2 月版。
张卫东：《今夜，醒着月亮》，中国福利会出版社 2012 年 7 月版。
陈曼英：《心亭》，上海三联书店 2004 年 10 月版。
王晶晶：《蔷薇春晓》，文汇出版社 2009 年 10 月版。
缪国庆：《青草沙之珠》，上海锦绣文章出版社 2011 年 6 月版。
铁舞：《山水零墨》，百花文艺出版社 1996 年 10 月版。
铁舞：《手稿时代》，作家出版社 1998 年 6 月版。
莫臻：《命运》，百花文艺出版社 2002 年 5 月版。
李天靖：《等待之虚》，重庆出版社 2003 年 11 月版。
李天靖：《祭红》，中国方正出版社 2007 年 7 月版。
李天靖：《秘密》，上海文艺出版社 2009 年 11 月版。
李天靖：《李天靖短诗选》，银河出版社 2006 年 7 月版。
陈东东：《明净的部分》，湖南文艺出版社 1997 年 8 月版。
陆飘：《穿越月亮的黄灯》，上海文艺出版社 2007 年 7 月版。
陆飘：《惊雷的脚步》，上海文艺出版社 2012 年版。
杨小滨：《穿越阳光地带》，现代诗社 1994 年 9 月版。
杨小滨、法镭：《景色与情节》，世界知识出版社 2008 年 9 月版。
郁郁：《亲爱的虚无　亲爱的意义》，北岳文艺出版社 2000 年版。
裴高：《绿色盈盈的太阳》，复旦大学出版社 2005 年 9 月版。
孙晓刚：《城市 2080》，复旦大学出版社 2005 年 9 月版。
刘原：《镌刻的刀》，复旦大学出版社 2005 年 9 月版。
李彬勇：《位于天边》，复旦大学出版社 2005 年 9 月版。
施茂盛：《在包围、缅怀和恍若隔世中》，复旦大学出版社 2005 年 9 月版。
施茂盛：《婆娑记》，上海文艺出版社 2013 年 10 月版。
陈广澧：《拈花集》，天马出版有限公司 2007 年 7 月版。
莫林：《小路集》，天马出版有限公司 2007 年 12 月版。
莫林：《小路续集》，文汇出版社 2013 年 6 月版。

廖晓帆：《欢唱》，上海文艺出版社2009年10月版。

傅家驹：《两棵美丽的白桦树》，文汇出版社2012年1月版。

傅家驹：《攀登集》，文汇出版社2014年6月版。

顾振仪：《蒹葭集》，文汇出版社2013年8月版。

李忠利：《新诗中国风》，重庆出版社2006年10月版。

李忠利：《惜阳》，文汇出版社2013年8月版。

李忠利：《李忠利六行体新绝句360首》，雅园出版社2014年10月版。

戴约瑟：《上海，请听我说》，文汇出版社2009年10月版。

戴达：《与情人节跳舞》，学林出版社1992年9月版。

老马：《天地良心》，自印本。

老马：《瞎操心》，自印本。

老马：《天理人情》，自印本。

京不特：《同驻光阴》，学林出版社1994年5月版。

冰释之：《回到没有离开过的地方》，沃尔特·惠特曼出版社2006年11月版。

冰释之：《门敲李冰》，上海文艺出版社2009年4月版。

海岸：《海岸诗选》，作家出版社2001年4月版。

海岸：《挽歌》，秀威资讯科技股份有限公司2012年11月版。

醉权：《天空在鸟上飞》，银河出版社2014年6月版。

沈家龙：《秋思》，银河出版社2014年6月版。

周黎明：《独白·对白·旁白》，北岳文艺出版社2002年12月版。

费碟：《激情云游》，上海百家出版社2009年1月版。

费碟：《费碟短诗选》，银河出版社2010年8月版。

陈佩君：《行囊》，中国文联出版社2003年4月版。

吴跃东：《撕碎的重负》，北岳文艺出版社2009年4月版。

李文亮：《九龙瀑》，香港语丝出版社2004年6月版。

殷才扣：《年轮》，百家出版社2001年1月版。

严志明：《年轮时光的碎片》，上海文艺出版社2011年8月版。

严志明：《长翅膀的诗韵》，文汇出版社2013年12月版。

时东兵：《掌上乾坤》，上海三联书店2004年12月版。

陈晓霞：《为你而诗》，上海三联书店2004年12月版。

林裕华：《寻找永恒》，上海三联书店2004年12月版。
王亚岗：《淡去的月》，上海三联书店2004年12月版。
曹悠悠：《和你在一起》，中国文化出版社2008年版。
曲铭：《超薄状态》，1999年8月自印本。
曲铭：《五号台风》，2002年5月自印本。
曲铭：《树的天堂》，2004年10月自印本。
曲铭：《金丝桃花丛》，上海文艺出版社2012年8月版。
杨绣丽：《桑之恋》，作家出版社1999年3月版。
杨绣丽：《城市像琥珀般的花园》，百家出版社2009年1月版。
杨绣丽：《彩虹经天》，文汇出版社2009年10月版。
杨绣丽：《雪山的心跳》，文汇出版社2013年12月版。
程林：《纸上的时光》，长江文艺出版社2013年10月版。
缪克构：《独自开放》，中国文联出版社2003年12月版。
吉雅泰：《拨开岁月的毛眼睛》，广西师范大学出版社2010年12月版。
吉雅泰：《打开心门让爱进入》，广西师范大学出版社2010年12月版。
吉雅泰：《验证爱之图谱》，广西师范大学出版社2011年7月版。
韩建刚：《思念你，我转岗的兄弟》，重庆出版社2002年11月版。
成雅明：《爱情无季节》，上海三联书店2004年12月版。
成雅明：《不老的时光》，上海文艺出版社2012年2月版。
孙思：《月上弦　月下弦》，上海文艺出版社2012年2月版。
汗漫：《水之书》，上海文艺出版社2009年12月版。
叶青：《妙意集》，北岳文艺出版社2009年5月版。
祁国：《天空是个秃子》，太白文艺出版社2007年8月版。
徐慢：《比噩梦短一厘米的事物》，《活塞》出品2011年10月版。
徐慢：《剥葱》，《活塞》出品2012年4月版。
马休：《边境线上的蝴蝶》，北岳文艺出版社2009年5月版。
坚冰：《纸醉金迷》，香港锋尚传媒出版社2012年3月版。
成雅明：《不老的时光》，上海文艺出版社2012年2月版。
余志成：《一生最爱·风铃》，百家出版社2009年1月版。
谢聪：《城市的自白》，学林出版社1993年4月版。
陆飘：《惊雷的脚步》，上海文艺出版社2013年3月版。

曹剑龙：《枕流掬珠》，上海文艺出版社 2013 年 10 月版。
张炽恒：《苏醒与宁静》，长江文艺出版社 2014 年 4 月版。
王天水：《放下》，长江文艺出版社 2014 年 12 月版。
王天水：《诗十八首》，自印本。
於志祥：《我的关注是夏季的瀑布》，文汇出版社 2012 年 2 月版。
於志祥：《冬天之影》，上海文艺出版社 2013 年 10 版。
陈陌：《众神的早晨》，2012 年自印本。
荣英：《仪式的焦唇》，长江文艺出版社 2014 年 2 月版。
语伞：《假如庄子重返人间》，中国青年出版社 2011 年 11 月版。

三、诗词类

毛谷风选编：《当代百家诗词抄》，新华出版社 2004 年 7 月版。
上海诗词学会"诗选"编委会编：《上海近百年诗词选》，百家出版社 1996 年 10 月版。
龚依群、林从龙、田培杰编：《当代诗词点评》，中州古籍出版社 1992 年 8 月版。
叶尚志：《叶尚志诗集》（增订本），学林出版社 2004 年 5 月版。
石凌鹤：《放怀吟选集》，百花洲文艺出版社 1991 年 7 月版。
石凌鹤：《放怀吟二集》，百花洲文艺出版社 1992 年 12 月版。
叶元章：《九回肠集》，学林出版社 1992 年 8 月版。
施南池：《施南池诗集》（增订本），1993 年自印本。
徐培钧：《岁寒石吟草》，黄山书社 2011 年 7 月版。
莫林：《韵海轻舟诗选》，文汇出版社 2012 年 1 月版。
王辛笛：《听水吟集》，翰墨轩出版有限公司 2002 年 8 月版。
何丹峰：《山海微吟》，学林出版社 2011 年 9 月版。
何丹峰：《神州诗草》，学林出版社 2004 年 5 月版。
金持衡：《衡梅斋诗文选集》，文汇出版社 2003 年 8 月版。
龚炳孙：《劫后莺花集》，1994 年 7 月自印本。
冒效鲁、范文通：《叔子诗稿》，安徽文艺出版社 1992 年 2 月版。
杨逸明：《飞瀑集》，中国文联出版社 2009 年 7 月版。
陈鹏举：《黄喙无恙集》，学林出版社 1997 年 3 月版。

姜玉峰：《乐山乐水诗词选》，天马出版有限公司2009年8月版。
胡中行：《盆葵藏头集》，泥古精舍本。
张立挺：《剡溪声》，中国文联出版社2010年3月版。
张立挺：《剡溪声补遗》，中华诗词出版社2012年10月版。
汪凤岭：《诗网凡几》，香港文艺出版社2010年5月版。
胡晓军：《有戏人生》，上海锦绣文章出版社2011年8月版。
汤敏：《秉简集》，2009年自印本。

四、评论类

徐俊西主编：《作家论卷》，华东师范大学出版社1999年11月版。
李天靖：《在你炽热的内心》，中央文献出版社2007年5月出版。
李天靖：《森林中的一棵树》，上海文艺出版社2010年9月版。
许德民主编：《复旦诗派理论文集》，复旦大学出版社2005年9月版。
全国当代诗歌讨论会编：《新诗的现状与展望》，广西人民出版社1981年1月版。
海岸选编：《中西诗歌翻译百年论集》，上海外语教育出版社2007年11月版。
罗洛：《诗的随想录》，三联书店1986年1月版。
刘春：《朦胧诗以后》，昆仑出版社2008年1月版。
潘颂德主编：《山山水水总关情》，银河出版社2010年5月版。
郭旭辉编选：《中国新时期诗歌研究资料》，山东文艺出版社2006年4月版。
公木主编：《新诗鉴赏辞典》，上海辞书出版社1991年11月版。

五、报刊、民刊类

《上海文学》，上海作家协会主办。
《上海诗人》，上海作家协会主办。
《上海作家》，上海作家协会主办。
《上海诗词》，上海诗词学会《上海诗词》编辑部主办。
《诗刊》，中国作家协会诗刊社主办。
《人民文学杂志》，中国作家协会主办。

《上海诗人报》，沪东工人文化宫主办。
《城市诗人报》，上海城市诗人社主办。
《海上诗刊》，海上诗社主办。
《海上风》，海上风诗社主办。
《外滩诗报》，上海市外贸协会主办。
《浦江文学》，浦江文学社主办。
《召稼(报)》，浦江文学社主办。
《闵行诗人》，上海市闵行区群众艺术馆编印。
《杨树浦文艺》，上海市杨浦区作家协会主办。
《诗乡报》，上海宝山区顾村镇诗歌协会主办。
《宝钢文艺》，宝钢集团有限公司公会主办。
傅明主编：《海派诗人》，海派诗人社主办。
《新声诗刊》，上海新声诗社主办。
《金秋文学》，金秋文学社主办。
《碧柯诗词》，碧柯诗社编印。
《遐龄吟草》，遐龄诗社编印。
《上海楹联界》，上海楹联学会主办。
《枫林苑》，枫林诗词社主办。
陈广澧主编：《新声诗歌》，新声诗歌编辑部编印。
方胜祥执行主编：《零度写作》（双月刊）。
王海主编：《诗芽》，上海庄行镇社会事业服务中心属下主办。
《稻花香》，稻香诗社主办。
《平行诗刊》，上海师范大学海棠诗社主办。
《活塞》，上海屈原俱乐部主办。
《雅剑》诗刊，雅剑诗社主办。
张仪飞主编：《浦江诗荟》，黄浦区文化馆浦江诗会主办。

六、工具书类

上海市作家协会编：《上海当代作家辞典》，上海文艺出版社2004年12月版。

杨克主编：《中国新诗年鉴(2011—2012)》，江苏文艺出版社2013年9

月版。

杨克主编:《新诗年鉴(2009—2010)》,重庆大学出版社2011年9月版。

杨克主编:《中国新诗年鉴(1998)》,花城出版社1999年版。

杨克主编:《中国新诗年鉴(1999)》,广州出版社2000年6月版。

刘福春:《中国新诗编年史》(上、下卷),人民文学出版社2013年3月版。

后　记

对于改革开放以后的中国诗歌,我一直抱以很大的热情加以关注。身在上海,结识了许多上海诗歌界的朋友,对于上海的诗歌发展,自然更加关注了。于是,就萌生了研究的念头,有了这本书的诞生。

在此书的撰写过程中,曾深入上海的不少民间诗社加以调查了解、考察情况,也阅读了大量民间诗刊,获益良多。对他们的支持表示衷心的感谢!诗人费碟即帮我打印过几篇文稿,与此同时,我的几位研究生,如吴兴海、赵飞文、季惟尊等同学都曾帮我打印过电子文稿,在书稿完成的最后阶段,李柯、汪政、陈博同学也帮我打印过前言、目录等电子文稿,并帮我进行了一些校对补充工作。著名诗人、上海大学教授张烨和华东师范大学教授朱惠国,都对此书给予了关心和支持,朱鸿召先生得知此书稿的撰写之后,也给予了热情的支持与关怀。在此,也谨向他们表示衷心的感谢!

书中如有错讹、疏漏之处,敬祈各方不吝赐教,批评指正。

孙琴安
2018年8月28日
于上海社会科学院文学研究所